铁扬文集

中短篇小说 美的故事

铁扬 著

作家出版社

图书在版编目（CIP）数据

美的故事 / 铁扬著 . -- 北京：作家出版社，2025.6. --
（铁扬文集）. -- ISBN 978-7-5212-3316-2

Ⅰ . I247.7

中国国家版本馆 CIP 数据核字第 2025RC9975 号

美的故事

作　　者：铁　扬
装帧设计、插图附图：铁　扬
策　　划：颜　慧
责任编辑：陈亚利
美术编辑：李　星　丁奔亮
出版发行：作家出版社有限公司
社　　址：北京农展馆南里10号　　邮　　编：100125
电话传真：86-10-65067186（发行中心）
　　　　　　86-10-65004079（总编室）
E-mail:zuojia@zuojia.net.cn
http://www.zuojiachubanshe.com
印　　刷：北京博海升彩色印刷有限公司
成品尺寸：140×203
字　　数：143千
印　　张：7.75
版　　次：2025年6月第1版
印　　次：2025年6月第1次印刷
ISBN　978-7-5212-3316-2
定　　价：98.00元

铁扬自画像 2024 年作

1997年在罗马旅行时

1998 年在画室

2007年在冀西山区

2016 年在画室

夜之过   （大续）

铁 锅

天
夜合呢，树叶落光，夜里月光是□
更亮。人在街里走和自己的影子
难分难舍。有时人超着自己的影子走。
有时影子超着人。人人朝着自己想
去的地方走。走着，干什么，去"扎
堆儿"对坐，对坐在或有灯或无灯，
而有或有炉火或无炉火的房子里。
或有话，或无话，扎堆儿对坐就是
为的，就有欢乐。

有人
当然又□□朝着一个衙门走，这
个衙门是贴着上年纪的对联。忠厚传
家久，诗书继世长。这对联是示着
这流人的风格。这流人大多忠厚，
也有读书的传统。但现在朝这衙门走
着的人，有写文断字的，而写文不断
的也有
字的□□。

自　序

　　2020年的秋天，铁扬美术馆开馆，它的破土开工距今转眼已八年。八年是个不短的时间，这是一个克服困难、磨炼自己、战胜自己的过程。人欲善其事，需要战胜自己的信心不足。

　　在开馆仪式的研讨会上，与会朋友自然会说不少好话，说这馆之美，说馆中陈列作品之美。当然所陈作品是我从数千件作品中精选出的少数 —— 转眼我干艺术这行已六十余年，那么我是艺术家，就有馆中的劳动轨迹作证明。

　　也就是在这次研讨会上不少朋友还提到我的文学活动，甚至更有人说我的文学作品或优于我的美术作品。那么在我的一个不小心之中，又多了一个称谓 —— 作家。我也喜欢作家这个身份，它显示着我在文学行里也有过劳动的轨迹，但画画还是我的本行。

我不愿把我的美术作品和文学作品作比较，因为其中都有我最真实的感情投入，我是遵循有感而发这一原则的。有时我放下画笔，拿起书写之笔，常常是受着记忆之"干扰"，那记忆大多源于我的童年。童年的记忆是顽固的，它明晰可鉴，虽然零星琐碎，琐碎到你家鸡的颜色、狗的叫声、土墙和柴草的气味 …… 春天枣树开花了，燕子回归了。还有正在枣树下、土墙前活动着的那些人：丑婶子、团子姐、胖妮姑、米黑、罗美和湖畔等那些不能把握自己命运的美人。她们的"出现"才使我不得不放下画笔，拿起这支属于文学的笔，于是她们的言行就会在我的脑海中"发酵"，写出来才使我欲望被满足。她们的故事有的变成了散文和随笔，有的变成了小说。至于散文和小说之间的区别，我在大学读书时就听老师讲过，但我主张对它们的概念还是模糊一点好，就像作为画家的我，同行们也难以把我归类。在这本集子中收录的这点文字大概算作小说吧。我所希望的是文章中的那些人能给读者留下印象，他们给人留下的印象不仅属于一个人，也属于那段历史和一个民族在那段历史中的生存状态。

2020年12月20日

于铁扬美术馆工作室

目录

湖畔诗

美的故事

美的故事

我们村种棉花，种洋花，也种笨花。我们村就叫笨花村。

我们村管棉花叫花。每年当枣树长出新芽时，花籽下地，种花人精心侍弄一个夏天。"立秋见花朵，处暑卖新花。"立秋时开始摘花，处暑了新花上市。

摘花论"喷"（pèn），经过头喷、二喷、三喷、四喷乃至五喷的采摘，至霜降采摘结束。头喷花开得生涩不舒坦；四喷五喷花色纷杂发红，花朵萎缩；二喷三喷最"英实"，是花的上乘。花主们为看住这好花，在花地里搭起窝棚看守。这窝棚用竹弓和草苫搭成，一半含于地下，一半浮于地面，里面铺上新草和被褥，是个温馨的窝。于是便有女人打这窝棚的主意了，有闺女也有媳妇。她们早出晚归出没于花地，在窝棚里和看花人缠磨、搭讪、撩拨着情爱挣花。这风俗叫"钻窝棚"。于是"钻窝棚"就成了花地里的一道风景线。窝棚里的故事在村子里游走传说，给一个村子增添着滋味。

在我的少年时，村里有个"钻窝棚"的闺女叫"美"，姓罗，没娘，和父亲住在一起。美的父亲叫"印"，是个杀猪的把式，专在过年时替村人杀猪。美，人长得美，衣服也穿得美。但她平时很少出现于人前，即使在缤纷的花季。越这样，美身上就越增加些神秘色彩。于是便有人专门研究寻找美的出没规律：黄昏后，美要出现，她要向夜幕中的花地里走。这时看美，看得模糊。在夜幕中她闪出街门，闪出村口，转眼就消失在夜幕中，只有她围在脖子上的那条月白色围巾，飘荡在最后。美出门总要围一条月白色线围巾。她一只手攥住围巾的一角，把半个脸和嘴遮起来。只在月色好时，你才会看见她那得体的腰身和摆动着的肥裤腿。那时肥裤腿正时兴，一条裤腿宽一尺二，恰似现在的喇叭裤。

等到鸡叫三遍，东方出现晨曦时，大地会被一层霜雪覆盖，四周如同白夜。美这时要向村里走。她走得很快，半个脸还是被围巾遮住。走近了，你会发现她的眼光一闪

一闪，那眼光特别，像是"嫌"你，又像告诉你，这有什么可看的，一次平常的归来罢了。如果不是她肩上那一包袱花作证，你怎么也不会认为，美是钻了窝棚的，说赶集、串亲戚归来都可以。美迎着看美的人走过来，看美的人倒有些自愧地躲进一个黑暗角落，开始研究美肩上那一包袱花的分量，计算着这一夜美曾和几个男人幽会过。有人或许还会对美生出疼爱之情——好大的一包花。

那时我也愿意看见美，我看美自然不在黄昏，也不在晨曦中，而是到她家中。美的父亲替村民杀猪，逢年时，美家那个不大的院子里，就会支起杀猪锅。喂猪的人家把猪四蹄捆起，抬到美家，等待宰杀。

一只猪要配上两捆烧柴或秫秸或花柴。给猪煺毛要把一大锅水烧热。有时猪和烧柴要在院子里排起队来。村中并非只美一家杀猪，印杀猪的手艺也并非上乘，有时一刀捅不死一只猪。捅猪像表演，猪就在杀猪把式的表演中瞬时被结束了生命。那时，它被按在一块齐腰高的石板上，把式一手扳住猪的拱嘴，使猪的脖子朝天，另一只手操起柳叶刀，刀尖直逼猪的脖子，然后一刀下去，刀尖穿过脖子还要直捣心尖。猪血泉涌似的从刀口喷出，猪动弹几下，转眼间活猪变成死猪。印捅猪有时捅得准有时捅不准，捅不准时猪会带着柳叶刀从石台上蹿下，在院里疯跑，把人们冲得四散。这时人们一面躲着猪一面笑话印的手艺。印也讪笑着用两只带血的手和两条带血的胳膊去追猪……也有人说，印杀猪连猪头猪腿上的毛也刮不干净，白搭了两捆柴火。但一个笨花村还是往美家送猪的最多。这自然和美的美有关。人们守着猪等杀，也在等待一个时刻——美的出现。印终有喊美的时候，美从屋内一闪出来。这大半是印要什么家什，美现在只是个送家什的，对院里的猪和人像是视而不见。但一院子人都兴奋起来，顿时忘掉印的手艺，目光便从死猪和活猪的身上转向来送家什的美。原来这猪到底没有白白送给印宰杀。有多事者一面拿余光瞟着美，一面又忙不迭地在男人群中开始寻找。他们寻找的是谁在窝棚里和美有过欢乐。要找到这人也不难。不是正有人低下头，红起脸了吗？美不在意眼前的一切，她放下手里的家什，低着头踏着猪和柴草的空隙，跳跃似的向屋里走去。人们以自己的观察和猜测验证了该验证的一切，相互传递着眼神。那一两个红脸的男人，脸更红了。

这时的我站在我家的猪前，假装美对我并不重要，我要看的是我家的柴火和猪。我看美还有更属于我的时刻，那时我可以和美站个脸对脸。

美和花的"交道"不只是靠了窝棚里的"事业"。

她在家里还做着和花有关的生意 —— 用花生换花。或者说别人用花换她的花生。从摘花时节起，美便把趸来的花生装在一个大布袋里，再把布袋戳在她睡觉的炕上。有人便拿着花来找美，来者大半都是些男孩，大人不来，想着避起嫌疑。我常从家里"偷"出两口袋花来找美。以花换花生过程很简单，也不需语言交流。我把花从口袋掏出来，在美的炕上堆成一小堆，美走过来把花用手拢一拢，估摸一下分量，掐起来扔上她的花堆。美的炕上有个齐腰高的花堆。花很杂，洋花、笨花、紫花都有，使人浮想联翩。她把我的花扔上去，就去布袋里捧花生。花生被她捧出来，也堆在炕上，让你自己去收，一个交换过程完成。双方没有任何争执和计较。我也相信像美这样一个美人是不会骗人的。

我离美很近，她的手很粗糙，上面还有零零星星的裂口，不似她的脸白净细腻。我还闻见美头上的油味，美头上是要使油的 —— 棉花籽油。

我已经把花生装进口袋，手摸着口袋里的花生，心怦怦跳着，想着赶快离去，却仍站着不动。这时的美就把眼光直指向你。那眼光似善似恶，好像在说，还不快走，花生还少吗？又像在说，知道你不单是来换花生的，别看你是个孩子。

可我从未听见美说话，但常听见与窝棚有关的大人说："美，可会说哩。"他们说美会说话，还述说着和美在窝棚里的"风情万种"。

风情万种是我现在想出的形容词。他们对这男女之事说得直白，说得粗俗，都说是亲身体验过的。只有那个晚上串窝棚卖糖卖烟的小贩（糖担儿）最了解底细。笨花村一带有个习俗，糖担儿何时进窝棚也不为过。他可以在窝棚里任意放肆。他知道美和谁果有其事，谁又是自作多情。而美全身的美他也知道，连美身上藏着的痦子他也见过。

后来抗日了，村里养猪的少了，种花的不再有心思去侍弄花，花地里的风景也成了历史。美也消失了。有人说她跟一个女干部走了，投了八路；也有人说她被炮楼上一个翻译官领走了。直到抗战胜利后，美的下落才得到证实：她做过翻译官的太太。1945年日本投降后，八路军大反攻，拿下了那个炮楼。有个翻译官被打死，这个翻译官的遗孀果真就是美。之后，美只在笨花村出现过一次。她黄昏时进村，在头发上绑了一个白布条，美和那个白布条一闪即逝，再无人知道她的去向。也有人说那是随风而化。再后来美那个杀猪的父亲印也死了。

我常看见有人通过美家少了窗纸的窗户，去看美睡过又存放过棉花和花生的那盘炕。有人说他看见了炕上有残存着的零星花瓣。

　　　　　　　　　　　2009年9月再改

　　　　　　　　　发于《十月》2010年第1期

丑婶子

一

丑婶子的丈夫叫丑。

丑婶子过门时没坐轿，只乘了一辆红围子细车。细车跟在一匹高头大马后面，她的丈夫丑骑在马上。丑穿一件蓝布棉袍、戴灰呢礼帽，礼帽上插两串金花，宛若戏台上的"驸马"。丑的礼帽是租来的，再穷的人家办喜事，男人也要租上一顶礼帽。出租礼帽的人家也出租成摞的粗瓷碗和细瓷碗。丑家的日子拮据，但丑生得伟岸高大，骑在马上就更显排场，脸上且有一种说不清的神情，马也走得潇洒自在。那马在丑家门前止住。丑不顾身后的细车和车里的丑婶子，更不和乡亲寒暄，拍打着自己径直向家中走去，这使人觉得他正冷落着后面的一切。丑平时就有冷淡一切的气质。

细车跟过来也在门前止住。有人替丑婶子撩起门帘，丑婶子跳下车来。她跳得自然而然，对眼前的一切看不出有什么陌生和惊慌。新媳妇过门，脸上都要带出惊慌的。

丑婶子是一个不丑不俊的平常人。她个子偏高，胸扁平，走路时头稍向后仰。现在她走下车来，仰着头，双手梳理着她那一头齐肩发，被几个邻家妇女照应着，走进丑家。

二

丑是我的表叔，属姑表亲戚。丑的上辈不是笨花村人，属于从外村来的"移民"。丑家和我家住得近，只有一街之隔，但两家生活存有悬殊。我家在村中属富户，常年能吃二八米①窝窝。丑家的生活过得拮据，虽然常得到我家的接

---

① 二八米：八成细、二成粗的小米面。

济，但生活仍陷于窘迫。我觉得这和丑的性情有关。他是一位不顾家只顾自己的人。为人孤傲，少言语，和家人像存有隔膜。丑的母亲常对人说："外人一样。"这大约是她对儿子最具形象的形容。

丑不和家人拉扯生活，自有个人的生活情趣。丑婶子过门后是怎样和丈夫接触的，她从不向人提及，但人们觉得，丈夫对她必定是少热情的。因为一个新鲜的丑婶子，很快就成了我们家的常客。

丑婶子来我家不只为消愁解闷，她用干活儿充实自己吧。她手大脚大，干活儿麻利，且有眼力见儿。洗菜、烧火、烫面贴饼子、浆线子、待布……都不显出"力拔"①。就此，丑婶子得到我们全家的待见。再有，丑婶子来我家干活儿不取报酬，不吃不喝。饭熟了，她走了。这使得我们全家常存有歉意。每逢这时，我奶奶一个爱"絮叨"的人，常埋怨我娘没有"看住"她。我娘便试着为她设下"圈套"去挽留。饭将熟时，丑婶子刚止住风箱，我娘说："他婶子，再去喂趟猪吧。"丑婶子站起来笑笑说："赶明儿吧。"话刚落音儿，灶前便没了丑婶子。她小跑着跑出我家。我

---

① 力拔：生疏。

常看见她小跑着的背影，身子向后仰着，两只手梳理着她那并不显乱的黑发。

三

丑叔并非不愿做事，他只顾做自己愿做的事。现在有人发现他腰里有了枪。那枪也不是好枪，是一种叫"单打一"的土造盒子炮。这东西乍看去和驳壳枪差不多，可经不起细看，细看是本地铁匠打制而成。一次只装一粒子弹，射程也短，出膛的子弹忽左忽右飘忽不定。可它是枪，是枪就能给人以威胁。持枪人也就有了一种身份。

这是一个乱世。日本人打进中国，打进这县，正推行一种"以华制华"的政策，网罗青年集结成"军"，帮他们完成"大东亚战争"。与此同时，有志之士也正拉起队伍，誓与日本人决一死战。但丑叔目前不属于这两种势力范围，他另有所投。这是一种拉起山头，打造些土枪、土炮乘机作乱，祸及一方，只为图个私利的团伙。丑入的是这一伙。外村先有议论说：有人被绑了票，找笨花村丑使钱"说票"就能放人。原来丑叔持枪专为帮人说票。绑票是土匪为勒索钱财绑人质，说票是说合土匪放人。丑叔帮人说票，使人质转危为安，也落了个好名声。

四

丑婶子的神情便有些落寞，我奶奶对我娘说："看，愣怔了。"愣怔是村人对于精神落寞、神不守舍人的形容。

原来丑婶子的落寞并非只因丑叔目前的行为所致。人性的发展有时就像开了口子的河，想堵都堵不住。果然，丑叔在笨花村消失了，没有人再到笨花村找丑叔使钱说票了。他投了日本。如果用人以群分来形容，丑分在了不顾中国人的水深火热、为虎作伥的人群。

落寞的丑婶子来我家少了，做事也失去了以往的眼力见儿。一次在一个黄昏，她把我娘拉到黑暗处说："嫂，并非我不愿再来这院。我只是不愿见人了。"我娘懂了。我娘在黑暗中努力看着丑婶子说："来吧。"说完，两人对脸站了一阵，丑婶子才走，走时还是向后仰着身子，两手梳理着齐肩的黑发。

五

丑婶子没有再来,她走了。丑叔把她偷着接走了。接到
县城,她做了一个皇协军班长的"太太"。皇协军应该叫伪
军。当地人管皇协军叫"黄鞋"。其实皇协军并不穿黄鞋。
我见过当了皇协军的丑叔,穿着黑布鞋,一身黄不黄绿不绿
的军装,那军装做工粗糙,尺寸也不尽合身。大檐帽也小,
顶在丑叔头上像一张煎饼,这打扮倒使丑叔失去了"伟岸"。

我为什么能见到丑叔,因为他救过我,使我大难不死。
一次,日本人伙同皇协军来笨花村"扫荡",到我家抓做抗
日工作的父亲,扑了空,就把我作为人质抓起来。日本人
把我交给两个皇协军,他们用枪押着我,让我到后街小学
校里集合。皇协军在后面不住拉动着枪栓,枪口有时还顶
住我的后脑壳,我心惊胆战地跟他们走。这时丑叔迎面走
来,手里端着枪,头上顶着"煎饼帽",他看到我愣了一下,
我想喊他,他却向我摇了摇手走过去。我失望地向后看看,
见他站在原地目送我离去。

学校里被抓的人很多,我个子小,蹲在人群中,这时

丑叔却走到我身边，弯下腰对着我的耳朵说："厕所在东南角。"我领会了丑叔的意思，悄悄向厕所溜过去，丑叔也跟过来，猛然把我抱起"扔"过了厕所的土墙，墙那边就是茂密的庄稼地。

这是我唯一一次见到当皇协军的丑叔，他放了我，使我免遭灭顶之灾。许多年后，我还想起他把我扔过墙的那一刻。我们是表亲呀！

六

丑婶子走了，很少回村。我家人谁也不怪她，大家都记得她那句话，我不愿见人了。时下，抗日战争正值白热化，日军正实行着"三光"政策，抗日军民同仇敌忾的气势正一日高过一日。难道丑婶子还会回村吗？村里有个进城卖花椒大料的小贩常见她。说丑婶子穿着比过去新鲜，头发上还使着油。乡人看女人，很在意头上的使油，使油是一个标志。什么标志？"档次"的标志。穿着新鲜的丑婶子，在城里当街常和乡人打招呼，她说她很想念笨花。还悄声问村人，那一次"扫荡"村里受害大不大，问我家受过损失没有。听话人把话传回来。传时还不忘形容她头上使油的事。我奶奶说："一个太太哩。"话里褒贬皆有吧。然后又说："跟着丑也是个归宿。"我娘也说："总比丑冷淡着她强。"

七

久不回村的丑婶子，突然回了村。

彼时我已是儿童团的一员，专做站岗放哨监视坏人的工作。这天我和几个伙伴正在村口站岗，看见从远处走来的丑婶子。丑婶子走到我跟前猜出我的任务，叫着我的小名说："不盘问你婶子吧?"一时间我真不知道如何回答，看看站在我身旁的同伴。同伴悄悄推了我一下，我觉出同伴这是同意放丑婶子进村，而我还在犹豫。这同伴又把我拉到一边悄悄对我说："她不是你婶子吗?"我想到她过去的好处，又想到丑叔放我脱险的事，决定放丑婶子进村。我走到她面前说："都说叫你过去哩。"丑婶子脸上显出些欣喜地问我："我哥哥在呗?"她说的哥哥就是我爹。我对她说，在家。她向村里观察一阵似有警觉地走去。我想起有人说丑婶子头上使油的事，果真有一股油脂味从她身上飘过来。我还看见她脸很苍白，眼圈也黑，神情恍惚不定。

我放丑婶子进了村，还必得对她做些调查——对这个从另一个阵营来的人，这是我的责任，我紧跟了上去。

丑婶子进村后，左顾右盼地走着。她不进她家却进了我家。在我家前院，径直走进我父亲开办的那个中西小药房。我父亲是医生，现在他和他的药房归了抗日医院。

我父亲接待着丑婶子，我听见他们正在屋内说事。丑婶子诉说着自己得了一种病，我父亲询问病情，丑婶子回答着。我父亲问："小便呢，混浊不混浊？"丑婶子听不懂，我父亲又问："小便混不混？"这次丑婶子听懂了，压低着声音说："唉，净尿混尿，都说不出口。"

……

我不好意思听丑婶子说尿尿的事，跑进里院，把丑婶子找我爹的事告诉了我奶奶和我娘。我奶奶说，怎么不来里院。

丑婶子当然要来里院的。她看了我奶奶和我娘，带着几分慌张和羞涩。她不提时局，也没有提找我爹看病的事，只问了我奶奶壮不壮就告辞了。只待吃晚饭时，我奶奶才问了我爹丑婶子得了什么病。我爹开门见山地说:"花柳^①、花柳。"我奶奶沉吟一阵说:"丑,快遭天打五雷轰吧。"她知道丑婶子的病是丑招给她的。

后来,我父亲给丑婶子开了药,吃了,听说好了。

八

进入相持阶段的抗日战争,敌我双方呈胶着状态。每个战役敌我双方都有伤亡,我方战士阵亡称牺牲,日军阵亡称战死,至今我不知该怎么形容皇协军的死。在某一次的战役中,丑叔死了。我方的子弹击中了他的头部,头部开了花。后来尸体运回笨花村,村人还是通情达理地让他埋入笨花村的土地。下葬时有人看见他是没了头的。丑婶子没有生育,她为他戴着重孝。她扶着他的棺材从村里哭到村外。当棺材入土时,丑婶子决心也要跳入墓穴中。她哭喊着:"丑,我要跟你去呀!"我娘和几个女人紧拉着她,大有拉不住的架势。

我站在一旁看,生怕丑婶子跳入墓中。

---

① 花柳:性病。

事后，我娘问我爹，如果没有人拉住丑婶子，她会不会跳下去。我爹幽默地说："没人拉她就不跳了。"

我觉得我爹不该这么说，虽然这可能性存在着。

九

日本投降了，县城解放了。丑婶子没有回笨花村住，她还住在县城。

在解放了的县城里，八路军的文工团要演戏庆祝。那天晚上演《血泪仇》，我和几个伙伴去看戏。戏散得很晚，有人提议找个地方住下，天亮再回笨花村。我便想到找丑婶子。

丑婶子住在一个和乡村一样的院子里，屋里也只有一盘炕，炕也连着锅台。我想起我奶奶的一句话："一个太太哩。"原来丑婶子当太太和平常人没什么两样。

丑婶子是不去看戏的，可我们进门时她屋里还点着灯。她见我们进来说："我约莫村里有人来，真等来了。"她一面说着话，一面忙着笼火、烧水、煮挂面，锅里还卧了鸡蛋。我们都吃了丑婶子的鸡蛋挂面，谁也不提县城解放了，我们看戏看得多么高兴。丑婶子却说，她都听见戏台上敲梆子了。我看着为我们忙活的丑婶子，又想到先前来我家帮忙的那个丑婶子。

十

后来，我工作了，不常回笨花村，每次回村我都打听丑婶子的去向：得知她仍然一个人住在城里。

又过了几年，我再打听丑婶子，我爹说，跟隆太走了。

我知道隆太是谁，解放前他是县城药铺的一个伙计。个子不高，脸和手都很白，岁数不大就谢了顶，显得脑门也白。穿一件白汗褂，袖子向外翻，一尘不染的样子。他为人和气，待人厚道，说话带着外县人的口音。解放后，药铺公私合营，隆太也朝着国家干部的样子打扮自己，穿一套灰中山装，戴一顶灰干部帽。后来到了退休年龄按规定退了休，大约就在这时带走了丑婶子。

我想这是一个再好不过的归宿。走时，她还到丑叔的墓前哭了半宿。有人看见了她。这时我们那里平整土地已不许保留坟头。据目击者说，丑婶子找丑叔的墓的位置大体不错。

2007 年初稿

2009 年 7 月再改

发于《当代》2010 年第 1 期

团子姐

团子姐的爹就是笨花村的"名人"瞎话。瞎话是他的外号，他自有大名。

笨花村人愿意听瞎话说瞎话，人们知道瞎话说的是瞎话也愿意听。瞎话从街里走过来，人们拦住他说："哎，瞎话，再给说段瞎话哟。"

瞎话走得正急，显出一副忙碌的样子说："哪顾得上呀，孝河里下来鱼了，鱼多得都翻了河，我得去拿筛子捞鱼。"

笨花人一听瞎话要去拿筛子捞鱼，就一传十、十传百地传开来，也争着抢着回家拿筛子。孝河常年无水无鱼，孝河两岸的人不知道捞鱼的规矩，也没有渔网，只有筛草筛粮食的筛子。听了瞎话蛊惑的人们拿着筛子奔向孝河堤，却不见孝河有水，河底像先前一样，亮光光地朝着太阳。

人们才忽然想起这是听了瞎话的瞎话，上了瞎话的当。

瞎话有过老伴，早逝，后来和唯一的女儿团子过日子，父女的日子过得很不协调。我家和瞎话同姓向，不近，我管瞎话叫大伯，管团子叫姐。

那时的团子也许十六，也许十七，一张菜黄的瓦刀脸，且有星星点点的浅麻子。她身体单薄，单薄成一个"片儿"，常穿一件蓝夹袄。那蓝夹袄也大，在身上晃荡着，远看像个纸扎人。童年时，我只觉得在村中的女性里，团子姐是最丑的。团子丑也缺心眼儿，常说些不着调的话，也常用贬义词贬斥着她爹瞎话。遇到有人来找瞎话时，团子就会板着脸朝来人说："找他干什么，瞎话摆式的。"瞎话在家不种地，四处游走着替人"说牲口"——牲口经纪人。团子一人在家无事可做，便常到我家找活儿干。我奶奶和我娘便好心地接纳着她。但团子姐做事实在"力拔"，让她帮着烧火，她不知火的大小，只一股劲地把风箱拉得执惊搰怪，烟尘和火星从灶膛里向外喷，喷上屋顶，又落在锅盖上、案板上。我娘在一旁笑着提醒团子说："团子，小点劲吧。"团子就说："我不会!"说时也不看我娘，也不看灶膛，哪都不看。锅里的粥倒很欢腾，像是为团子叫好。我奶奶也走过来说："团子，省着点劲儿到婆家再使吧。"

团子说:"凭什么给他们使。"我爹好风趣,走过来也说:"团子,有一种职业最适合你,当个火车司炉吧,火车保险跑得快。"团子说:"谁知道火车什么样,司炉是干什么的?"我爹说:"火车自己会跑,不用套牲口,司炉和你现在干的活儿一样,你往锅台里添柴火,司炉往火车头里添煤。"团子还是不明白,问:"火车上也有锅台?"我爹说:"火车上没有锅台,有锅炉,和锅台的道理一样。"团子不再问,止住风箱,想着。

一顿晚饭在"司炉"团子的鼓捣下,熟了。全家人开始在月光下,围住一块石板饭桌吃饼子、喝粥。团子不用让,她盛上粥,喝起来。但她从不入座,一个人站得远远的,把粥喝得很响,也不就咸菜。她喝得猛,喝得快,也不怕烫,喝光一碗,又盛一碗,再喝光,再盛。全家人一时无话,默认着团子的饭量。只有我对团子的举动很有几分愤懑,心说,明天可别再来了。

几碗粥下去后,团子的肚子并不显"鼓",人还是像个片儿。

后来团子要嫁人了,瞎话在牲口经纪行为她找了人家,离我们村很远。团子要出嫁,出嫁时穿一身大红染就的粗布裤褂,人仍旧撑不起衣裳。但她是坐了轿的。一顶红轿

和一顶蓝轿在鼓乐声中进了村，团子进了一顶红轿，蓝轿里下来一个女婿，是个孩子。村人猜测着他的年龄，有人说他过了十岁，有人说没过。村人围住这孩子开着没深没浅的玩笑，问他娶媳妇干什么。还有人说晚上尿炕，可别往媳妇身上尿。那孩子红着脸也不搭话。

团子被人娶走了，时常一个人回来，脸上带着忧愁。以前，她脸上从不见这表情。穿着又肥又大的新衣裳，人显得更单薄。她急匆匆跑进我家，拽住我娘和我奶奶，关上门，就开始了对她们的诉说。她声音时高时低，说的都是一些不愿让人知道的事吧。我奶奶、我娘不断插着话。团子说阵子话走了，我奶奶和我娘还要小声嘟囔一阵（怕我听见似的），最后我奶奶都要骂一句："老不死的！"我以为我奶奶这是在骂瞎话，可是又不像，团子姐已经是"娶"了的人啦，早已不再和瞎话过日子。

过了些日子，团子姐又来了，脸上带着明显的惊慌，整个人好像也变了形，一件肥大的上衣竟被肚子顶了起来，还用问，连几岁的孩子都知道，她这是"有了"。我们那里管怀孕叫"有了"，管分娩叫"上炕"。

面对团子姐形象的变化，村人开始议论起那个从蓝轿里走出来的小男人，说："行喽，会办事。"说那孩子真有和团子姐亲热的能力。但，很快就从外村传来新闻。我奶奶骂的那个人也浮出水面。原来团子姐过门后，和她上床的不是那个小男人，是那个小男人的爹，团子的公公。不久从团子肚子里降生出一个男孩，当然也是她公公的。

团子生下肚子里那个男孩 —— 白胖，不知为什么，她却变了一个人。她抱着儿子回笨花村，一副心满意足的样子。人也丰满得不再像个片儿了。乳房从瘪着的胸上突兀地萌生出来，奶水常把胸前的衣服洇湿。在我家，她常坐在廊下撩起衣服奶孩子，露着白净的胸脯和孩子说话，说，长大后，就当个火车司炉吧。孩子还不会说话，吃奶吃得很猛，声音很大，咕咚、咕咚咽着，使人想起团子喝粥的声音。

团子姐出嫁生子这是后话。如果再回到以前，回到团子姐和瞎话大伯一起过日子的那个年代，爷俩也并非一切都不协调。有件事因为有了他爷俩的默契配合，才使得我们全家念念不忘。

1937年9月，即"七七事变"不久后，日本人占领县城，我们全家要经历一场逃难，过颠沛流离的生活。一个完整的家庭总要有人关照的。这时，家人想到了瞎话父女。瞎话在村中尽管名声"不济"，但我们相信在关键时刻他还是讲情谊的，之前为了我家的利益，他也曾四处奔走。现在我们举家南逃，瞎话当是能关照起我们留下的家的首选人。但他出马是要讲些条件的，他要的是看家的"权利"。我父亲知道这是瞎话要玩"深沉"，就对他说："瞎话哥，从今天起，这个家就是你的。"瞎话放心了，低头笑着。

为使这家安全，他要销毁家中一些碍眼的东西：我家大门以上有几块祖上遗留下的匾额。我们走后，瞎话就把它们摘下来烧了；两匹骡子瞎话给卖了（这于瞎话更为方便）；一头猪被他杀了；屋中的对联和中堂也烧了；几摞用不着的瓷器，瞎话把它们埋了；还有一些东西，瞎话该烧的烧该埋的埋。团子按照瞎话的指示，或点火或挖坑。这样，家中只剩下瞎话父女和五只鸡（三只公鸡，两只母鸡）。之后，瞎话每天搬把椅子坐在大门口坚守门户，晚上打更护院彻夜不眠。其余一切家务均由团子担当。父女二人在我家省吃俭用，循规蹈矩，连个鸡蛋都舍不得吃。逢鸡下蛋，团子就把捡来的鸡蛋放在一个瓦罐里，再把瓦罐藏好。

我们全家在一个百里之遥的山洞里一住仨月，到逃难者纷纷还乡时，瞎话推一个独轮车日夜兼程来接我们回家了。当我父亲问到日本人进过村没有，瞎话说："进过，大洋马的蹄子有簸箕大。"父亲又问，日本人进过家没有？瞎话说："有我把门，他们也敢。"父亲笑了，全家人都笑了。这笑容在家人脸上已消失好几个月了。其实，三个月中，日本人还没有进过笨花村，在瞎话的瞎话中，显然是夸大了自己的作用的。

我们全家由瞎话带领日夜兼程还家，我坐在独轮车上，走过了一些山地、平地和小河，听瞎话大伯说着实话和瞎话朝家里走。瞎话对我父亲说："再买牲口，不买骡子了，买牛、买驴，骡子碍眼，日本人专找骡子给他们拉大炮。"家人知道，这是瞎话把骡子卖了。走着走着瞎话又说："日本人进村专找挂匾的家主进。"这是瞎话烧了门上的匾额。走着走着瞎话又说："你说墙上的字画们有个什么用？"这是瞎话把字画烧了。又说了些杀猪埋碗的事。家人听明白了这其中的一切，我父亲就对瞎话说："要不说，那就是你的家呢。"为了看护好我家，瞎话大伯是充分运用了自己的权利的。

瞎话带路走了一天一夜，走进笨花村，走进我家，团子正站在扫过的院子里等我们，院子被她扫得精光，还洒了水。为迎接我们还家，她显得兴奋异常。搀扶过我奶奶，又搀扶我娘，把我从独轮车上举下来，又去卸东西，忙了一阵却又跑着走了。原来厨房里正点着火，风箱又响起来，还是那么急促。现在锅里没有熬粥，是一锅面疙瘩汤。还卧了不少鸡蛋，白花花的鸡蛋在开着的锅里上下翻覆滚动。我娘到厨房帮忙，团子把她推出来，让她到院里等饭吃。少时，一碗碗白面疙瘩就摆上了石板桌。每个碗里都显现着几个鸡蛋。我奶奶看着碗问团子为什么这些天爷俩放着鸡蛋不吃，瞎话在一旁插话说："怎么不吃，俺爷俩每天都吃。"我爹说："瞎话哥，你这可不是实话，才五只鸡，三只还是公鸡。两只母鸡下蛋，母鸡勤快点，一天才捡两个鸡蛋。你爷俩天天吃，哪还有我们吃的。"其实，刚才我娘就发现团子为我们攒下的一瓦罐鸡蛋了。

瞎话低头也喝疙瘩汤，碗里不显鸡蛋。团子碗里有一个鸡蛋，用筷子拨过来拨过去，给我们看。

团子又来了，这次和丈夫一起，丈夫十几岁了吧。儿子也不在怀里吃奶了，在院里拽着他爹，要爹追着他跑。他爹迎合着，一个跑，一个追，围着树转，从石板底下钻。团子坐在廊下观看，"过来人"一般。我们也站在院里看，看得都不动声色。不一会儿，儿子失去了兴趣，又让他爹和他一起去追鸡，他爹扭着身子不愿去，团子就朝着丈夫喊："还不快去，叫你去哩！"丈夫这才不情愿地跟上去。团子朝我奶奶说："管一个还不够哟，还得管俩人。"说时更像个"过来人"。

后来团子的儿子没有去当火车司炉，团子始终也不知司炉是怎么往火车头里添煤。他长大后当瓦匠，学会了盘炕，他盘出的炕导热性能好，省柴火。儿子给人盘炕，带着帮手，帮手就是团子的丈夫 —— 儿子他爹。他爹给他搬坯、和泥，听任儿子支使。后来儿子又有了儿子，长大后做着一种以物易物的小本生意 —— 以骨头换取灯（火柴），他推着一辆小平车，车上装着取灯和酸枣面儿，串着村找猪骨头、羊骨头，以物易物。

当了奶奶的团子坐在炕上问孙子，问他整天走南闯北见过火车没有。孙子说，远哩。

2007 年初稿

2009 年再改

发于《人民文学》2011 年第 4 期

伟人马海旗

伟人马海旗每天都出现在笨花村的杂货铺前。海旗和这铺子，这铺子和海旗便是这村子的中心。铺子的主人叫丁酉，村人就管这铺子叫丁酉铺。

丁酉铺很小，只有两间小屋做门面，几扇短胳膊短腿的板搭门，门脸里藏着一个几尺长的柜台。柜台后面一步远是货架，这货架由一些盛火柴盛肥皂的木箱搭砌而成。丁酉铺就经营火柴和肥皂，也经营旱烟和洋烟。有几瓶日本国产的灭蝇水——"蝇必立斯"，被扔在货架以下。柜台上油盐也有，但丁酉主营的是点心里的大八件、小八件。确切说丁酉是个点心师傅，他是山西人。山西本是个出大商人的地方。一个山西籍的点心师傅缘何会落户到这个三百户人家的小村？村人早已忘记丁酉的来由。丁酉在这里经营他的铺子是专心的。他和他妻子——一个矮小的山西女人，日子过得十分稳定。

丁西中等个子，四十开外，说话瓮声瓮气，不改的山西口音当地人也听懂了。他那被人称作丁西媳妇的女人，比他小不少，常常站在柜台里抽着洋烟和旱烟。在洋烟和旱烟的选择中，她好像酷爱旱烟。有一种"积成"牌的旱烟，用高丽纸包得四四方方，一包半斤重。这女人抽的就是"积成"牌旱烟。她熟练地从一个碗大的笸箩里捏出烟丝，再把烟丝装入一个短烟袋，摸索出火柴点烟。她划火柴的姿势特别：从火柴盒里抠出火柴，把手一背，随便在什么地方一擦，火柴噗的一声点燃，一团温柔的小火苗从她背后生起。那时的火柴不是安全火柴，纸盒上不涂磷面，哪划哪着。烟被她点着抽起来，随即也咳嗽起来。她微微咳嗽着，喉咙里似有丝丝缕缕的痰在拉扯。这个咳嗽着的女人，在村里常有绯闻：丁西在前面做生意的时候，有村人和这女人幽会。丁西的铺子连着一个后院，从货架中间钻过去便是他们夫妻的住所。人们谈论起这个外地小女人格外津津有味。这使人觉得当丁西正在店铺里摆弄清面和酥面时，是顾不得后院的人和事的。他眼前除了案板上的几团面，还有吊炉里的一团火，火候的大小直接关系着点心的成色。丁酉顾炉火心切，这就更增加了后院故事发生的可能性。有人找海旗了解后院的故事，问他丁酉在炉前关照他的清酥面时，谁从丁酉身后潜入后院。对此，海旗的回答是有节制讲分寸的。村人从海旗的回答里找不出答案，议论在继续。

现在说到马海旗，是个识文断字的人。他的读书历史虽不清楚，但在村人的心目中，海旗的学问居于顶级，远在秀才和教书先生之上。这村秀才和教书先生都是有的。

海旗是个高个子男人，和丁酉的岁数相仿，一只眼睛斜视，望天。他冬天也穿一件村人惯穿的紫花大袄，常把两手袖在袖管里。夏天穿一身粗布裤褂，还是袖着双手。他的冬装和夏装袖子都很长，更显出他那与众不同的气质。平时少言寡语，不开口便罢，一旦开口评论便带出些精辟。有人说丁酉做的桃酥不酥，有人说那东西越放越硬，连老鼠都咬不动。轮到海旗开口评价丁酉的桃酥时，他说："垫桌子腿儿挺合适。"海旗语气平淡，但收到的效果却非同一般。人们一面笑一面观察铺子里正在劳作的丁酉，想到丁酉是不会轻饶海旗的。但丁酉没有恼，他揉着面回过头操着山西话朝门口说："有点用处就行，是物件怕的就是没有用处。"

丁酉原谅海旗，并非没有原因。他明白自己生意做得平淡，点心做得也不算上乘，但门前却充满着人气。

生意人做生意最讲的就是人气。丁酉想，我门前这人气显然不是来源于我，而在于海旗。但海旗在丁酉铺门前并非闲坐，只为添些热闹，他自有自己的事业，自有自己的身份。在这里海旗是个写家和作家。确切说村人凡遇书写行文之事，必得来投马海旗。海旗精通村人办事常用的各种文体，成了专事书写各类文书、书信、请柬、状子、金兰谱，乃至红白大事各项文字的人。这其中尤其擅长红白大事的书写，他是一位书写喜联喜幛、丧事联幛的专家。

丁酉铺门前有棵老槐树，树下有一张带抽屉的白茬木桌，桌后有条长凳，这便是海旗的办公处。每天人们都会看见海旗端坐在桌后那条长板凳上等待，他要等待一桩喜事或者一桩丧事，或者与动笔动墨有关的事。这等待并不是每天都有所获。

终于有人报来消息，村人要为一桩喜事上份子了。这时只见海旗的手从袖管里抽出来，脸上的表情虽然不惊不喜，但他那斜视的眼睛显得更斜了，望着天向来人问道，这是谁家的事？来人说明主人身份，海旗立刻作出判断。

他判断的是这家喜事规模的大小，这关系着海旗手下活计的大小和深度。喜事的规模越排场，海旗所用的笔墨也就越多，涉及的文体也就越考究；反之喜事的规模小，这活计便属小打小闹了。海旗问清根由，得知这是一桩比上不足比下有余的婚事。他拉开白茬木桌的抽屉，从抽屉里拽出一沓红纸，他首先要做的是为上份子的人落下名字。少时，上份子的人接踵而至了，来人把份子钱或多或少地放在桌上，海旗手持毛笔在墨盒里左蘸右蘸，人名便一一落在红纸上。海旗的字写得端正，墨色也得当，但似这等区区小事并非他的才艺展示，海旗的才艺是要展示在喜联、喜幛、喜中堂上。这其中包含了大字小字、楷书和行书。喜联要用大字写出，中堂的上下款要用工整的蝇头小楷写出，而喜幛四字大如箕，更是考验功力的时候。这三样书写的内容在海旗手下更是变幻莫测，他因人施字，因婚姻的性质和门庭的态势编制内容。海旗最看不上眼的就是人们常用的什么"喜见红梅多结子，笑看绿竹又生孙"，什么"天作之合""钟鼓乐之"一类。

海旗写完份子清单便有人送来大张红纸请海旗写喜联、喜幛了，他得知这是一家识文断字的门户，门上的春联常为"忠厚传家久，诗书继世长"。面对这门户他决定玩一把深沉，众人知道海旗手下要出彩了，把一张白茬小桌围得水泄不通。海旗运足气，把一支大笔蘸饱，卷袖悬肘地写起来。先写了一条上联，上联是"如鼓琴瑟鸡鸣戒旦"，下联是"螽斯衍庆瓜瓞延绵"。喜幛的四个大字是"翔止上林"。写毕，便有人请海旗解释其中之意，海旗放下手中之笔对提问者似看非看地说："还是不解释为好，这里的典故，远哩。"

海旗说的远当然是深的意思，深远嘛。这时丁酉也从铺子里探出身子帮腔似的对乡亲们说："凡事越深越解释不透。"听了丁酉的话，乡亲们也就不向海旗发问。

一次有件属于续弦婚事，乡亲们找海旗书写一喜幛。海旗在喜幛上写"琴弹新谱"。当事人要海旗解释其意，海旗说："这，我倒要递说你了。恁俩就好比一架琴，什么琴，反正能弹。弹什么谱？弹新谱。新谱就有别于旧谱。"当事人懂了，笑得有点讪。

当然海旗面临的不都是喜事，他还要等待丧事。村人办丧事，虽然不是海旗愿意看到的，盼乡亲离世，那不是他的德行所在。但人总是要死的，丧事总是要同他相遇的。对于挽联、挽幛的书写，海旗也力求不落俗套。他早已告别了什么"驾鹤西去""永垂千古"一类。他要根据故人的身份、性格把文章做得别具一格。

一次有位大娘去世。这位大娘村人不知其姓名，只知道她有一个外号叫"二斤半"。二斤半的儿子是个木匠。木匠儿子和母亲二斤半日子过得虽然拮据，但儿子孝顺，现在他决定要把娘的丧事办得有头有脸。门前请来鼓乐，院里搭起灵棚。儿子找海旗书写灵棚前的挽联，海旗的眼睛望着天很快就拟出了与死者贴切的句子。此时站在丁酉铺前的围观者，知道海旗又要"出彩"了。连不好事的丁酉也从店中走了出来。海旗一手执笔，一手在白纸上一阵摩挲，终在两条白纸上落了墨。其上联是"四十八两随风去"，下联是"化作祥云少半斤"。原来那时的秤十六两为一斤，去世的老太太外号二斤半，二斤半为四十两，四十两加半斤为四十八两。四十八两是海旗为二斤半大娘设计下的重量。以此重量再做演变便成了这挽联的内容。这次的文字通俗易懂，几个识字的人看出其中的奥妙，竟连声叫起绝来，忘记面对的是一桩丧事。不识字的人似也悟出这里定有文章，也跟着一阵兴奋。

当事人未问青红皂白，将挽联捧回家去贴在灵棚上，吊唁的人们面对挽联该哭的哭，该笑的笑。直到丧事过后，有人把挽联内容告诉木匠儿子。儿子便到丁酉铺门前找海旗算账。海旗端坐桌后袖着手说："这挽联本是个吉祥的句子呀。"当事人说："怎么个吉祥法？你这明明是寒碜我娘哩。"海旗说："说吉祥就吉祥，莫非一定让我解释其中之意？"当事人说："非给俺解释不可。"海旗说："那好吧，长话短说。你娘化作祥云还是你娘。"当事人听不明白，还是愤愤然的，后来还是丁酉站出来帮海旗作了解释，事情才罢休。丁酉操着一口山西话说："你看，你娘的名字不是海旗编造，是人所共知的，用四十八两比作你娘，你娘比原来就多了半斤，这是你孝道的缘故。你娘心宽体胖了，现在她化作祥云而去，必须轻巧着走，这才又少了半斤。她还是你娘，这有什么不好？"不常说话的丁酉替海旗说了这么多话，木匠儿子听懂了，不再说什么，走了。

海旗成心要为村人的喜事再添些欢乐，为丧事添些吉祥的。而最能明白海旗心思且能理解海旗的便是丁酉。

一次，有人向海旗发问，为什么书写丧喜幛时，上款都要写"大德望"。海旗对发问者说："问酉哥吧。"有时候海旗管丁酉叫酉哥，而丁酉有时管海旗叫旗哥。发问者知道这是海旗的故弄玄虚，丁酉的学问远不及海旗，但还是找丁酉去问。丁酉不看来人，脸直朝案板说："你们哥儿几个？"发问者说："哥俩。"丁酉说："你是老几？"发问者说：

"老大呀。"丁酉说:"大德(的)望(旺)就是说你比老二的日子过得强,旺盛。"门口的诸多听者分明知道这是丁酉替海旗故意制造出的乐子,笑得更响了,欢乐能传一条街。

作为一个村子的中心,丁酉铺和海旗还是走到了各自的尽头。海旗死于日本人的屠刀下,丁酉的货架以下摆着"蝇必立斯"的时候,正值日本占领这一方。村中有个汉奸向日本人告密,说海旗除了写喜幛和挽联,暗地还为抗日政府写布告,说,这一方抗日政府的布告都是海旗编写的。后来日本人进村抓住了海旗,把他押在丁酉铺门前,仰面绑在他那张长板凳上,先是灌辣椒水,让他招出写布告的事,海旗不招;日本人又在他身上压杠子,海旗还是不招;日本人就在他肚子上斜砍了几刀,心、肝、肺、肠子断断续续垂到地面。海旗死了。日本人走后,抗日政府出面为他收尸,证实了海旗写布告的真实性。丁酉再把海旗的五脏六腑摁回了肚子里,用几条捆货的麻绳把肚子缠住勒紧,以防五脏外溢。丁酉媳妇粗针大线地给海旗缝了一身衣裳,没忘记把袖子做得长长的。海旗无后人,下葬时村人找出他的一支笔为他写了一块砖,上写"马海旗之墓"。丁酉在马字上面又加了"伟人"俩字,便是"伟人马海旗之墓"。

海旗走后,丁酉的铺子门前冷清了,生意越做越不济。

丁酉的女人抽烟抽得更加厉害，"积成"牌旱烟改成东北大烟叶了，咳嗽也渐渐加重，后院的事也再无传说，不久死于痨病。丁酉只身一人回到山西。

少了丁酉铺和伟人马海旗的笨花村显得失魂落魄。后来铺子改成了供销社，吊炉停了烟火。又值国家的"三年困难时期"，货架上更无东西可摆，除了几瓶桃杏罐头，还有一块块红绿纸包着的砖头，假装点心。有人指着它要买，售货员带出生硬的口气说："那不能吃。"买主问："那是什么？"售货员就不作回答了。但为适应形势发展的需要，门上却不时更换着对联，时下正写着："四海翻腾云水怒，五洲震荡风雷激。"字写得龙飞凤舞，村人看着字想到海旗，说："也算个字吧。"

2007年5月

发于《人民文学》2010年第3期

李八石和胖妮姑

李八石或许叫李八十，或许巴石……

是我们笨花村一位女婿，他娶的是被我称作太姑的女儿——胖妮，我叫她胖妮姑。胖妮姑在县城上过简易师范，五四运动后她剪过辫子放过脚，是一个不折不扣的美女。她圆盘大脸，嘴唇鲜红，一双明亮乌黑的眼睛常带着探究的神情。她人缘好，身边常聚集着和她年龄相仿的女伴，也聚集着像我这年龄的男孩女孩。可是胖妮姑出嫁了，嫁的就是李家营子的李八石。

李八石是个丑男人，丑得出奇。这婚事便应了村中那句经典俗话"美女嫁丑夫"。李八石长一颗榔子头，那头扁得像被人挤压过甩在案板上的硬面团。在这张扁得不三不四的脸上，偏偏还生长着星星点点的麻子。一张永远也闭不上的嘴，露着发黄的牙齿和紫黑的牙床。

这张露着牙齿和牙床的嘴总在笑。和这张不闭的嘴形成对比的，是他那一双眨个不停的眼睛。像这样的一颗头、一张脸，偏偏又长在一个前鸡胸后罗锅的躯干上，使这个丑中带憨的人更加"完整"起来。村人常把李八石和流传于民间的那些傻女婿故事相联系。有故事说，一个傻女婿去家住山区的岳父家走亲戚，岳父母请他吃核桃和柿子，他不知这两样东西怎么个吃法，媳妇便示意他核桃要用锤子砸，傻女婿砸开核桃，吃了，以为柿子也要砸，他一砸，软柿子的浆汁溅了他一脸。回到家后，有人问他在岳父家吃的什么好东西，他便说："吃了个硬吃了个软，扑哧溅了我一脸。"还有个傻女婿要去探望岳父母，先走一步的媳妇嘱他穿戴要光滑一些，礼物要拿重一些，他抚摸着任何衣服都不光滑，唯独自己的裸体光滑。重礼物呢，还是院里的那两扇石磨最重，于是就裸着体挑着石磨去了岳父家……

人们把李八石与这些傻女婿相联系，但他没有用锤子砸过柿子，也没有裸着体挑着石磨进村，李八石进村比他们要体面，是要赶一辆牛车的。李八石赶车，胖妮姑端坐在车里。李八石穿戴不光滑，一件紫花大袄被一条麻绳系得紧紧的，大袄的一角被他撩起来掖在麻绳上。他一只手紧攥着一根短鞭子，另一只手里有一个黄纸包，这是一包油酥烧饼，被李八石用小拇指高挑着。这包烧饼是他们夫妻从县城穿过时买下的。油酥烧饼是我们那里的珍贵物件，它珍贵得应和点心归为一类。那烧饼做得油汪汪，李八石手里的纸包上便也浸着油。浸着油的黄纸包用条红麻绳捆住，四四方方。李八石为什么不把这纸包稳妥地放在车上，单用手指挑着，这道理很简单，油酥烧饼属酥货，酥货怕颠。用手提便有了"减震"作用，倒显出了李八石的聪明。

胖妮姑和李八石进村，总会给村里带来些欢乐。这欢乐一是因了美丽的胖妮姑又回到笨花村，二是这个美人旁边偏偏走的是丑人李八石。那时，半个村子的人看这对夫妻，都很上心。傻女婿李八石手指高挑着纸包也给这气氛增添了些色彩。

李八石随着他那辆不必轰赶的牛车，弯着身子，梆子头向前一探一探，大步流星走得从容。胖妮姑向簇拥着她的乡亲打着招呼，该叫婶子的叫婶子，该叫大娘的叫大娘。

美女嫁丑夫也许只是个平淡无奇的故事，现在这故事奇就奇在美丽的胖妮姑对这婚事的满足，在车上她那一派温馨里透着满足、满足里透着温馨的表情，以及李八石对于这村子、这路、这车、这人、这包烧饼的忠厚和虔诚，便是确凿的证明。

李八石赶车进了村，进了胖妮姑家那个宽大的多枣树的院子，止住车看见正站在院中欢迎他的男人女人们，脸涨红着显出无尽的惊慌，嘴咕哝着吐不出言语，烧饼包还在他手中高挑着。这时，胖妮姑才从他手中接过纸包，两只雪白的手捧着它，叫了爹又叫了娘，极力向家人证实着这烧饼是李八石买的，现在她不过是个传递者而已。

李八石和胖妮姑恩爱着，几年中生了三男三女，所幸的是这三男三女长相都酷似胖妮姑，没有一人像李八石。这时的李八石再赶车进村时，车上的人数也不断起着变化，但李八石赶车的风度不变，他手中那个油汪汪的纸包不变，小拇指高挑纸包的姿势不变。但随着儿女数目的增加，胖妮姑不再是一人端坐在车里，儿女们在车上被她背着扛着，好脾气的胖妮姑任他们抓挠着自己嬉闹。

这时的我也"长大成人"。十四岁时，我成了一名革命战士。那年抗战胜利，内战开始，我在某分区后方医院"任职"，仍活动于当地。

一天我正在驻地的院子里做事，一抬头看见李八石走进来，他脸上透着极度的惊慌，这是我从未见过的表情。他嘴唇哆嗦着，似有口水正向下淌，两只眨个不停的小眼睛倒停止下来，看见我，两只脚在地上急跺一阵，手在胸前一阵比画，叫着我的小名说："不……不好啦，你……你姑姑……"接着他把来此的目的总算磕磕巴巴地讲清了，那是我胖妮姑病了，得了一种叫"血崩"的病，便是妇女下身出血不止。"血崩"还是我领他见到院长后下的结论。接着院长对我说："你去一趟吧，今天没别人了，带两支'麦角'，带个二十毫升的注射器。"我知道麦角的药理作用，那是止血药，遇到伤员出血不止时才用麦角。但这药价钱昂贵，也奇缺，我们的麦角都是托"内线"从天津秘密买进的，那时天津尚未解放。现在院长让我用麦角，一定是因了李八石和我的亲戚关系。

我按院长的指示，收拾一下，带上必要的药具和李八石走出驻地，再走几里到他的村子李家营子。李八石在前三步并作两步，高耸着的脊背影住向前探着的头，气喘吁吁领我走进他家。进了屋子我便看见躺在炕上的胖妮姑，我和胖妮姑已是几年不见。这是一个秋季的下午，阳光透过一个少了窗纸的窗户照在胖妮姑的身上。她盖得很少，齐腰以上都裸露着，先前那一头黑发已变得苍白，苍白的头发在枕头上擀成了毡。她看到我睁睁眼，呻吟着说不出话。我赶紧用酒精把针管擦干净，打开麦角的"安瓿"把药吸进针管，在胖妮姑裸露着的胳膊上找到静脉血管。我推着药液，想着这药在两小时后就会见效。胖妮姑一面接受着注射，一面用微弱的声音叫起李八石，她让他去给我煮挂面卧鸡蛋。这本是接待一个正式医生的规格，那时的我连个医助都不到。李八石心领神会地在灶膛生起火，他面朝灶膛背朝屋顶地把鸡蛋挂面做好，再盛进大碗端上桌子，我向李八石推托几句还是吃起来，吃着，等待着两个小时后的奇迹出现。两小时不到，奇迹果然发生了，胖妮姑转过头脸上露出微笑，对我说："止住了，你可救了你姑姑。"李八石那种常见的笑容，终于也挂上脸，梆子头一摇一晃眼睛又眨起来，他看看炕上的胖妮姑看看我，看看我又看看胖妮姑，两只手在胸前无所事事地紧搓一阵。

胖妮姑得救了，挣扎着找衣服坐起来，我看见这时的胖妮姑真的已不再是先前的那个，擀成毡的白发纷乱地垂在脸上，从前那张水灵丰满的脸松垮下来，胸脯也塌陷着。我在心中暗算一下，原来这已是一个多子女的母亲，这次的血崩，就是她在生第九个孩子时落下的。

我辞别了李八石和胖妮姑，出门时嘱咐他们病人要少喝水。伤员出血时是禁止喝水的，我猜，这规矩也适用于一个血崩的女性。

我回到医院想着我那位美丽的好脾气的胖妮姑的苏醒，也许是一个白发苍苍的老妇人的苏醒吧。原来麦角这东西果真是能救人一命的。但时隔三天，李八石又来了，我以为他是来向我报喜的，哪知他是来报丧的。他看见我把脚紧跺几跺，不顾别人对他的注意，便像个孩子一样失声痛哭起来。他声音嘶哑着朝我喊着："孩子，你胖妮姑死了！"原来麦角到底没能挽救一个人的生命。

……

胖妮姑没了，李八石还是常来笨花村的，但他已不赶牛车，土改时他被划为富农，牛和车都被交了出去。现在他只身一人进村。背更驼了，罗锅鼓得更高了，少了头发的头显得更扁，他手上不再有那个油汪汪的纸包，但微张着的嘴不变，眼睛还在眨，"笑容"常在。李八石进村后，不再进胖妮姑家那个多树的大院子，只在门前一块上马石上坐下来，抄起手，把梆子头深埋在两只弯着的臂窝里，不听人对他的召唤，不顾及人对他的劝慰，只是呆坐着不动。

原来，这是胖妮姑做姑娘时的那个门，李八石来这里呆坐，谁都觉出李八石心中的俊美。在这里他离胖妮姑最近。

2007年初稿

2009年8月再改

发于《十月》2010年第1期

秀姑

一

秀姑有个绰号叫"张小勇"，因为先前她演过一出叫《张小勇参军》的戏，她演张小勇，我姐姐演她的家属，那时她们十四岁，都是当地抗日小学的学生。那年八路军打了大胜仗，拿下附近一个碉堡，晚上庆祝演戏，抗日小学的学生对抗日军民的活动一向积极。

这天晚上，在敌人破败的碉堡前，挂起幔帐，点起汽灯，秀姑和我姐姐在汽灯下出场，演的就是《张小勇参军》。她们自编自演，由一首《丈夫去当兵》的歌曲改编而成，剧情是张小勇出发前妻子送行的情景。秀姑个子矮，春天还穿着家做的棉裤棉袄，像个棉球，她头包一块羊肚手巾，胸前戴朵大红花。我姐姐个子也不高，穿件花棉袄头包一块三角头巾，怀里抱个小枕头，那是他们的孩子。秀姑先出场，站在台上念开场白："我叫张小勇，家住在村东，政府号召参军去，我小勇提早报了名，今天出发上前线，孩子娘非要送一程。"

我姐姐怀里抱个小枕头出场，边走边喊："当家的等等我啊。"她追上了丈夫张小勇，然后夫妻二人就在台上转圈，边转边唱边说。

我姐姐唱："丈夫去当兵，老婆叫一声，猫儿爹你等等我，为妻的将你送一程。"

秀姑说："不用送了，恁娘俩别叫风吹着。快回去吧。"

姐姐唱："丈夫去打仗，女子守家庭。你在前方打得好，我在家中把地耕。"

秀姑说："从今以后咱家是抗属，有人给咱代耕，有困难政府给解决。"

姐姐唱："可惜我非男子汉，不能随你投大营。"秀姑说："哪有带着家属打仗的，打完仗我就回来了。"姐姐唱："幸喜你今扛枪走，一乡之中留美名。"秀姑说："你这是娘儿

们观点，咱不为落个好名声，就为打败日本。"

......

那天秀姑演戏，以她女扮男装的打扮和她那出口成章的乡音，给乡亲带来了无尽的欢笑，自己也落下了一个"张小勇"的绰号。

二

"张小勇"第二年真的参了军，在军区后方医院做了一名卫生兵，后来仗打完了，她没有回乡，开始在解放区随军队四处转移，每到一处就有信寄回来。她的信要寄到我家，让我父亲念给她的家人。秀姑的家人不识字，都是勤劳度日的庄稼人。秀姑参军前也跟家人一起劳作，她小时就会纺线，坐在纺车前还不及纺车高，晚上她和母亲在炕上守着两架纺车，直纺到鸡叫。她们把纺成的棉线拿到集上卖，换成小米，买回棉絮再纺。后来秀姑上学也要两星期回一趟家，背小米交伙食。我姐姐和秀姑常背着小米偷过敌人的封锁线，有一次敌人的子弹还打穿了她们的口袋，小米撒了一地。

我父亲接过秀姑的信看看说:"这张小勇现时在鄚州,这地方还属冀中,离河间府不远。"有时就说:"这张小勇又到了石门桥。"一次我父亲发现信封中还有另外的物件,那是一个扣子大的小纸包,里边有一点白色的颗粒。原来秀姑在信中有说明,她说纸包里的东西叫糖精,这一小包能顶二斤白糖。我父亲对我娘说:"这可珍贵,糖精这东西只听说过,还没见过。明天蒸饼子取两粒试试吧。"我娘取了两粒,用水化开拌在面里,蒸出的饼子家人都抢着吃,我从来没吃过这么甜的东西,现在想来还觉得再甜的东西也甜不过糖精。

三

一年之后,秀姑由八路军变成了解放军,她穿当时的制式裙装,戴一顶大檐帽,进驻保定。此时我也是一个穿灰制服的文艺界学生,星期天我们约好在保定莲池见面。现在的秀姑和当时的张小勇相比,好像没有长多少,制式裙装穿在她身上像个半截水缸,大檐帽在头上也晃荡着,看到我像见到亲人,问我吃饭能吃饱吗,被子够不够盖?夏天有没有蚊帐？六千块钱的津贴够不够花？说时从一个军挎包里摸出一管黑人牌牙膏，交到我手中，我推辞说有，秀姑还是把牙膏狠狠摁在我手中。她说现时她在军区医院当司药，住在西关的斯罗医院，部队比地方供应充足，有困难就找她。中午，她领我去天华市场吃炸糕，我便想起她寄糖精的事。我说炸糕可赶不上用糖精蒸的饼子甜。秀姑告诉我说，糖精可不是糖，是沥青的提取物。当时根据地困难，有时发一包糖精当糖吃。可别多吃，还有副作用哪。

四

二十世纪五十年代，我考入北京一所艺术大学，秀姑也去了北京，她上的是工农速成中学，校址就在沙滩北大红楼。那时她已结婚，在学校是一个挺着大肚子的学生。星期天我到她家中看她，她挺着肚子朝着我说："见过这样的中学生呗，准没见过吧。挺着肚子也得上，凭老家那点文化可不够用，光会给你姐姐编个《张小勇参军》，词不达意的。在红楼上中学，跟不上也得跟，建设新中国得提高文化。"她强调着"建设新中国"五个字，说得刻板但认真。

我站在秀姑对面，却又想起张小勇的样子，那时张小勇在台上像个棉球，现在看到肚子圆圆的秀姑也像棉球。

五

秀姑完成了在红楼的学业，也生了女儿。再见她时，已是某医学院的本科生，那天她刚烫了一头卷发，看到我，双手捂着头发说："后悔死了，后悔死了，我可不适合改模样。"

对秀姑的改模样，我也觉得不改也罢，我拿张小勇的形象和烫成弯弯头的秀姑作比较，觉得弯弯头的她失去了张小勇式的自然。

六

秀姑又变成了一头直发，那时这种发式叫青年头。她在一个研究所做机关医生，凭着她的好人缘，身边常聚集着有病和没病的姐妹们，说着疾病以内和以外的话。

好脾气的人，性格中往往会表现出处事时主意的犹豫不定。我去看秀姑，她端一个碗正在搅拌着碗中的一点肉馅，见我来了，高兴地说："有肉馅咱们包饺子吧。"我说："好，咱们一块包。"肉馅在她手下继续搅拌着，她想了想又说："肉馅不多咱们包馄饨吧。"我说："好吧，馄饨也行。"秀姑迟疑片刻又说："包饺子吧，也许够。"我说："还是包饺子吧。"秀姑又说："还是包馄饨吧。"

秀姑对于饺子和馄饨的换算给我留下了终生的印象，现在想想，我们到底是吃了饺子还是吃了馄饨，我也总在换算。

秀姑离别我们那个冀中平原的村落，参军、进城、中学、大学都经历过之后，乡音未改，还是操着一口地道的方言，把"告诉"说成"递说"，把你说成"恁"，把我说成"俺"，她对我说改掉方言好像就不是她自己了。

递说恁吧，包饺子也许够。

七

秀姑以她的好脾气、好人缘走遍天下，畅通无阻。

又过了些年，我已是一位画家，常背着画具四处游走，路过北京时总要去看望秀姑。秀姑看到我若是饥饿的，就会领我去食堂吃饭，食堂若已关门，她就砰砰敲门，喊着："老刘老刘，吃饭吃饭，开门开门。"食堂师傅一看是秀姑，就会把门打开，不久或菜或饭也会端上来。我若是风尘仆仆，她就会领我去楼下公共浴室，浴室关门，她就会砰砰敲门："老宋老宋，洗澡儿，洗澡儿。"老宋开门一看是秀姑，就会把门打开，把热水放出来。

八

乡人还是把秀姑看成当年的"张小勇"，同龄人叫她勇姐、勇妹，隔辈人叫她勇姑，也有孩子喊她勇奶奶。

张小勇回了村，背个军挎、提个提包进了家门，村人拥进来，都知道张小勇现时已是一名北京"名医"，他们拥进院子，不顾秀姑路途的劳顿，争先恐后开始述说自己的病情。

"勇姐，疼得直不起来。"一位大妈拍着自己的腰。"勇姑，咳嗽不止，一黑介一黑介睡不着。"一位大嫂说。

"他勇奶奶，这孩子长痄腮总是不见好。"一位老奶奶领着一个男孩说。发烧的、发热的、看不清的、听不准的……

秀姑不顾自己的劳顿，顾不得进屋，拉开提包拽出一个出诊包，操着乡音开始给患者施治。

"来，褪下袖子，扎个针儿。"她说。"来，这两包小药，先吃这包，后吃这包。""老风寒，给你一贴膏药，烤热了再贴。""痄腮不能光吃药，要忌响器，遇到敲锣的打鼓的，赶快让孩子躲开。"

……

秀姑在医学院学西医，但她也了解些中医乃至民间许多诊病方式。针灸、拔罐、推拿她都会，也以此得到乡人的更加信赖。

九

二十世纪八十年代以来，十多年没见秀姑，由于在美国定居的子女需要，她去了美国。一天，我突然接到她的电话，她喊着我的小名说："回老家看看吧，回老家见个面儿吧。"我按着她的要求，回老家和她见了面，她拉住我的手说："看你姑姑吧，越来越矬了，还不如当年的张小勇高。"秀姑的腰向一侧弯着，表情中明显地在忍受着什么，显然是腰疾正在折磨着她。

秀姑回老家是来求医的。她说老家有"能人"用偏方能治腰疾。一个对于生理病理都精通的专业医生，竟然不远万里来乡村僻野求医，这本身就很引人思索，难道乡间真有这样的能人？这时我突然想起那年秀姑面对一点肉馅，作出的对于吃饺子还是吃馄饨的不停换算，这就是秀姑的性格吧。这是一个好人式的、质朴的、一时缺少主意的换算。

秀姑扶着我坐下来，说了些域外域内的琐碎，当然她也科学地表示了对这次求医的看法，有病乱投医吧。她说她愿意回来，愿意用乡音自然而然地和乡亲说说话，这才是她回乡的初衷。

十

当然，乡间僻野的能人终没有让秀姑的腰直起来。

又过了十年，我来到美国看秀姑，她住在美国西海岸一个宜人的养老院里，对于子女对她的安排，不时向我表示着满足，她说："孩子们忙，照顾不了我，你看。"她指着房内房外的一切："可好哩，从二楼下去出一个门还有一个院子，有草坪。屋里还有冰箱，里面什么都有，这里晚饭吃得早，晚上饿了，拉开冰箱吃点水果、面包……"秀姑还是操着乡音向我介绍着这里的一切。我想，就她的年纪和状态，这确是一个好去处。论年纪，她已是一位八十大几岁的老人，而她的腰更加弯，胸也向一侧偏着，在屋内扶住可扶的东西，才能移动自己，出门时要靠一辆轮椅或推或坐。但她努力证明着自己还是一个健康老人。

这天，家中的热心晚辈开车要带我出去走走，秀姑执意要同去，我们帮她走出门，扶上车，一路上她仍向我介绍这里的一切。她指着一个公交车站说从前她常在这里乘车，或去超市或送晚辈上学。走过一座建筑，她说这是图书馆，先前她常乘公交车在此看书。她说他们有个老年华人群体，常在一起聚会唱歌……说时脸上流露出对车窗外生活的无限眷恋。

秀姑喜欢照相，在她居住的房间里摆满了各种大小照片，家人的，友人的，自己的。她把自己最满意的放大照放在房间最重要的位置。那时的秀姑容光焕发，披着五彩披肩，笑得灿烂。现在秀姑不断让晚辈停车照相，在她认为可作留念的景致里。她扭过身子对我说："来，照张相。"我们从车上走下，再把她扶下，摆个合影的姿势。果然，这是秀姑最愉快的时刻，她努力站直自己，面对镜头每次还会发出咯咯的笑声。在美国这只能是一个热爱生活，对生命还有着无限眷恋的中国老人发出的声音。秀姑咯咯笑一阵，还会提醒我们："都笑，都笑，要真笑。"秀姑的笑是真笑，不带任何表演，真实得还会使你想到家乡，只有在中国在冀中平原一个村子里，才能听到这样的笑声，它真实、清澈、悠远，也是纯中国式的。

离开西海岸时，我去和秀姑告别，把我的一本散文集送给她，还告诉她从中国带来的小米放了家中（这是秀姑要求我带给她的）。秀姑顾不得翻书，迫不及待拉开她的冰箱，搬出些水果、点心，掰下几只香蕉让我吃。她说，我住饭店准吃不好，又嘱咐我一些旅行常识……分别时，她一定要推车出门送我，她弯腰扶车通过一个长长的走廊，每走过一个窗子，就把她的院子指给我看，还为我没时间参观院子而遗憾。

上午十一点，正是老人们用午餐的时间，走廊里排列起许多坐在轮椅上的域外老人。他们都很在意自己的衣着容貌，极力保持着自己的尊严，这倒显出秀姑在衣着上的随意，她不在意这些。当她扶车从他们身边经过时，不忘把我介绍给她的美国同伴，每走到一个人前，她就会把我介绍一遍："这是我个侄子，从'柴纳'来。"她说得郑重豪爽，极力强调这两点，"侄子"和"柴纳"。

"柴纳"，这是我在美国听秀姑所说的唯一英文单词。这当是"China"。而她说的时候像家乡人说"柴火"。

大约一个月后，我从美国东海岸回到中国，拨通了秀姑的电话，告诉她我已平安回家。秀姑在电话里告诉我，我送她的小米只能在周末回到亲人家中时才能熬一次粥，说她住的地方没有粥锅。还告诉我她正在看我送给她的散文集，说了几个她感兴趣的章节，然后问我，书里为什么找不到她，她还演过《张小勇参军》呢。说着咯咯笑着还哼唱起：丈夫去当兵，老婆叫一声……

2016 年 9 月

发于《十月》2017 年第 4 期

我二哥

一

二哥躺在重症监护室，各种仪器管道连着他的各个器官，人就像被蜘蛛网缠绕，显然这已是危重病人"享受"的待遇了。此时他已九十二岁，二哥长我十二岁。

我站在二哥面前一遍遍呼喊他，他毫无反应，我再次试着呼唤他时，他的嘴微张两下，脸上的肌肉怪异地抽搐着。这是他的习惯表情，预示着他要开口说话，预示着他有字吐不出。二哥说话口吃且严重，大约口吃的人说话五官总要失去些自然，出现怪异。现在他终没有开口没有睁眼，就在我向他告别几小时后，他离开了人间。有晚辈说这是他在等见我一面，一面之后他才无憾地走了。

人在弥留之际，等见哪位亲人一面然后再走本有此说法。

二

在我们兄弟中，二哥本是个聪明人，属于聪明加内秀的那种，他自幼因抗战的背景，所受教育不多，但靠了他的聪明，"学问"却不浅。那时他炕上枕边常有书籍堆放，除线装的古典名篇，还有张恨水那些应时小说。书中配以石印彩图，但他决不允许我翻看，我走近他的书，他的面部就会抽搐着对我说："你……给我……滚。"我"滚"着逃离他的房间。那时他已结婚，迎门桌上摆着新嫂子陪嫁的暖壶，壶上装饰着彩色牡丹花。我走出他的房门，来到院中，房内就会传出他演奏风琴的声音，他有架踏板式风琴，我知道那个调子：云儿飘，星儿摇摇，海早起了风潮……当然以我现在的欣赏水平看，他的弹奏尚属"土闹"，无右手的指法，无左手的和弦伴奏，但当时已被家人刮目相看了。风琴声结束后又会传出小提琴的声音，他有一把日本造的小提琴，是托城中传教牧师代购的，可惜不久之后，他的风琴提琴都被日本人进村"扫荡"时抢走了，这正是抗日战争最残酷的时期。

三

抗战虽正值残酷时期，但家中的土地仍被经管着，我家在村中属大户，土地中种植着棉花、谷物、豆薯类。在诸多庄稼中家人最看重的当数棉花，我们管棉花叫"花"。"花"不仅支撑着全家的衣服被褥，还是家中货币支出的唯一来源，它可以卖掉换钱。棉花盛开时，花地里会搭起窝棚，由家中可靠人看管。二哥便是看花的可靠人选。每逢这时，他自会扛起被褥到棉花地窝棚睡觉看花。看花时节常有村中女人打棉花的主意。有风声传入家中，说前街有个叫罗美的闺女钻过二哥的窝棚。罗美在村中名声不好。我那位有陪嫁暖瓶的新嫂子，曾为此哭得两眼红肿，她找我娘告状，我娘拉不下脸去审问一位后生的风流韵事。嫂子为此不依不饶，在屋里和二哥吵闹，二哥只说："你……

见过?"嫂子当然没见过,家人谁也没见过,家人见过的倒是发生在窝棚里的另一件事,此事体面。

一天早晨二哥从花地回来,身后站着一个红脸大汉,他穿对襟黑夹袄,身背一个荆条大筐,胡子拉碴。家人围过来,我爹对此人有警觉,他遇事总有几分先知先觉,他对来人说:"莫非是自己人?"来人说:"我叫尹率真,在窝棚里认识了你家儿子。"二哥站出来着急地介绍此人,他脸上肌肉抽搐得更加厉害,两眼也挤起来,嘴一张一合,说:"区……长,尹区……长哩。"原来这就是抗日政府的尹区长,家人早有耳闻。父亲把尹区长让进屋,和家人一起吃着早饭。尹区长说,他有幸在窝棚里认识了我二哥,并说他还对二哥作了动员,鼓励他参加抗日政权,随他到区政府工作。二哥面对全家豪爽地说:"走,走哇,我。"

四

二哥走了,在尹区长领导下做了一名区干部。原来尹区长懂得因材施用,权衡了二哥各种特点,让他在区政府做了一名粮秣助理。区长领导下有几位助理,除粮秣的还有民政的、教育的，管妇女儿童的。二哥的位置很适合他，不需说话，不必发动群众演说抗日形势和政策，也无需和群众面对面处理各种因公因私引起的民事纠纷。他只需为干部掌管那些生活必需，菜金呀、粮票呀和少量的补贴。说到粮票，那是一种火柴盒大的油印小票，上面印着粮食的斤两，干部们在老百姓家吃了饭，要把粮票换作粮食交给房东，房东遇到交公粮时粮票可顶粮数。

原来二哥就是一位印制粮票的能手，无师自通。他把印制工具藏于家中，那是一块钢板，一些蜡纸，油辊油墨一类。有时我就见他俯于他的新房桌上，推开嫂子的牡丹暖瓶，把蜡纸铺在钢板上，拿起刻笔在蜡纸上刻写起来。他本来就会写字画画，会画梅花和竹子，常常把纸裁成条幅，四条一组，画上梅兰竹菊，画完还用诗作缀。他新房中就贴着条幅，上写：梅雪争春未肯降，兰花君子者也，竹报平安，菊花隐逸者也什么的。

他在蜡纸上刻字，我真不知他能把芝麻粒大的字写得那么规矩漂亮，横平竖直，我站在旁边观看，他低着头似对我说："美 …… 术字，这是。"

二哥说话总是把几个词组颠倒着说，我猜那是他为了先拣容易说出口的字出口。比如他把今天太热，说成：太热，今天。把"我要出门"说成"出门呀，我要"。

一个个漂亮的美术字在二哥手下闪现着，再用油墨印成粮票。

五

显然，二哥在革命队伍里是个人才，若无变故和意外，他会平平安安与世无争就这般地干下去。再说二哥对他手下的工作兴趣盎然，他从不议论哪位同志的提拔晋升，他笃信人各尽其能。

作为粮秣助理的二哥，把关系着同志们命脉的财帛包成一个小包袱，将小包袱系在腰间，和同志们一样昼伏夜出，奔波于他该去的地方。可是天有不测风云，二哥摊上了事。

1942年是抗战最艰苦的一年。一个夏天的中午，二哥前一天晚上来家，现正在房内炕上侧身大睡，鬼子进村了，是我在房上无意发现的。我从房上跳下，跑到二哥门前叫醒正在睡梦中的他。他翻身下炕，匆匆穿上衣服，系上他的小包袱向外跑去，当他跑至街中，敌人发现了他，鸣枪便追。他在前面跑，敌人在后面追，直到把他追出村子。

当他发现自己就要成为俘虏时，聪明的二哥急中生智，他解下腰间的小包袱，从中拿出他那些做菜金用的纸币，一张张向后撒起来。敌人发现他扔的是钱，俯身便捡，于是他和敌人拉开了距离。他在前面继续撒，敌人在后面继续捡，枪也顾不得放了。就这样他摆脱了敌人的追赶，钻进了路边的青纱帐。

敌人离村后，便有人来我家报告了二哥的"死讯"，家人哭成一团。二哥却回来了，上衣跑丢了，小包袱不见了，光膀子讲了他摆脱敌人的经过，讲时虽然措辞复杂错综，但家人还是听清了。

但二哥的聪明机智并没有被组织认可，许多年后在一次次运动中，终于有了结论，有了种种不利于他的结论。

六

岁月流逝，时间在前进，那时各种运动伴随形势的需要此起彼伏，花样也一再翻新，于是二哥的事也随着运动的变换，变换着性质和深浅。

有运动说，他扔掉的都是钱吗？那是同志们的命。有运动说，他扔掉的只是钱吗？没有文件吗？没有机密文件吗？有运动说，叛徒只出在监狱吗？跑着叛变更典型。有运动说，他不是有枪吗？没扔枪吗？扔枪就是缴枪。

……

二哥有把枪，是一把土造的"单打一"，看似真枪，实际是本村一个铁匠打造的，一次装一粒子弹，打出去的子弹垂头丧气，不知落在何处，后来还被一位同志"动员"去了，二哥没显出心痛，领导决心要将此物追查到底，偏偏那位同志早已牺牲。这样，枪的问题终生也解释不清。

一次次运动对二哥的磨砺，使他滋长了喝酒的毛病，偏偏喝酒又给他带来横祸。一次他在和一个同志边吃饺子边喝酒时说："吃饺子不喝酒不如喂了狗。"这个同志检举了他，说这言论本来自剥削阶级，他家不是有"花"地吗？是种棉花的地主，于是二哥看花和钻窝棚的事也被牵扯出来。这时"大字报"运动正时兴，针对二哥有张"大字报"标题称：蛛丝马迹看一位粮秣助理。

从此二哥更加消沉，语言能力几乎下降到冰点，面对再复杂的语言交流、询问，他只能用四个字作答：行和不，有和没。

七

我还是愿意回忆童年时我和二哥的相处，虽然他对我总是冷眼相待，但也有短暂的欢乐。

过年时家里要包饺子，奶奶爱吃黄芽韭，村里集市不上此货，奶奶就打发二哥到县城去买，二哥也最愿接受此任。家里有辆日本产的自行车，二哥便骑上它进城采购。那时日本人刚占领县城，暂时与百姓相安无事，年节时城里的年货甚丰。二哥上午进城，中午赶回家中。一次他从城里不仅买回黄芽韭，还为奶奶买回用蒲包装着的南国橘子，奶奶接过二哥不声不响造就的意外，笑得前仰后合，心想家中怎么还有这样聪慧、善解人意的人。奶奶年轻时曾随在南方居官的祖父久住，很喜此物。奶奶的笑声感染着二哥，二哥脸上的肌肉紧抽搐几下，似要表达点什么，但他的话还是未能出口，这是他最激动的时刻。

二哥急转身离开奶奶的房间，碰到在院里站着的我，我刚要躲避，他却叫住了我，这是一个千载难逢的时刻。我站下来，头也不敢抬，他把我一指说："你…… 你……

有。"他把我叫进了他的房间，我发现迎门桌上有个小纸盒，纸盒上印有日本字，他拿起纸盒，从中掏出一辆"坦克"，日本产的机动玩具，他把坦克在我面前举举，上紧发条，那东西便在桌上转起圈来，前方的炮塔还嗒嗒地发着火。坦克转了几圈停下了，二哥拿起来说："你哩……走吧。"他把一辆坦克交到我手中，也许我想对二哥说点什么，但我什么也没说出。

那年的春节对于我便是一个最最奢侈的春节了。我吃了黄芽韭馅的饺子，举着坦克到处风光。那坦克在家中跑一阵，在当街跑一阵，围观者都以惊异的眼光观看，忘记头上的花灯和前后街正在热闹着的花会，人们打问着是谁置办了这个活物。我骄傲地说："我二哥。"

八

几十年后，我已是一名画家。我写生时和二哥在风景优美的太行山麓相遇。那里有个阔大的水库，二哥在水库管理处任职，一个中级职位吧，若按行政级别换算，也许"正科"。此时距他任"粮秣"时，已过去三十几年之久吧。

而曾和他在区政府共事的那些"三八式"助理，位居厅局级者自不必说，省级副省级也大有人在。

二哥应该说是一位水库建设者，从这个水库建设开始时的移民开工到建成和管理，大约占去了二哥生命的四分之一（也许更多）的年华。他在这里属后勤吧，这职位是抗战时粮秣的继续。

我在水库的招待所住下，晚上二哥做了一条鱼，几年来他倒练就了一手做鱼的本领。把一条大鲤鱼切成方块，先过油再炖，一炖半天，当地有"千滚豆腐万滚鱼"的说法。

二哥炖好鱼，陪我在他的住所吃鱼喝酒，我在灯下观察他，水库的风尘把他的面相打磨得宛如太行山麓那些放羊打柴的老汉一般。他脸上的肌肉又增了许多怪异的条纹，使人想到在那些运动中，他艰难地回答各种提问时开口吐字的艰难。

我决心要找些开心轻松的话题："我听说'大跃进'修这个水库时，周总理曾来这里视察。当时水库的负责人叫崔民生，周总理对崔民生说，崔民生，你的水库修得好就是崔民生，修不好出问题就是'崔民死'啊。"

我问二哥当时周总理视察时他在不在场，二哥只用一个字回答说:"在。"我问:"周总理是不是这样说的?"二哥回答说:"是。"

我想假若一位善于表达的人,借此事或许能作一次精彩的演讲了,但二哥对此只用了两个字,"在"和"是"。

我决心再找个轻松的话题,问他那年春节时,他进城买回黄芽韭和坦克的事。二哥很是思索了一阵,脸上的肌肉又抽搐一阵说:"买 …… 买过?"他怀疑着自己的行为。我想,他那复杂独特的经历已淡化了那次他对家中的贡献吧。

九

"三八式"的二哥,终于远离了水库回到他现在居住的城市,在被称作单位宿舍的房里一住十数年。这是一个两居室的宿舍,进门有个小厅,但厅内无窗,黑暗中却容纳着厨房用具和一台老式彩电。彩电前的一个三人沙发,便是二哥每天的最好去处。据晚辈介绍,他能从起床之后到睡觉之前,终日坐于沙发之上。电视节目对他并不重要,屏幕上有人说话、有人活动就是他最大的满足了。我猜这是二哥一生中最惬意最自由的时光了 —— 无需说话,无需回答各种提问。有时我去看他,他也无需和我打招呼,我坐在他一旁,和他共同"欣赏"着,或歌者的跺脚,或舞者的露肚脐。分别时我只需说一声:"二哥,我走啊,你好好休息吧。"二哥只说一声:"行。"眼睛还不离开眼前活动着的人形。我回头再看二哥,发现他颜面无比平静,平静得连岁月在他脸上刻下的纹路也展开不少,现在他是一位鹤发童颜的老人,二哥终于迎来了难得的好时代。

十

我在医院和二哥告别后,他平静地走了。我在回家的路上,回忆着几天前的一件事。那天我又去家中看他,难得地见他站在屋中一亮处,欣赏着手中一件什么东西,他专注地盯着手中之物,脸上绽放着难得一见的微笑,他见我进来,把手中之物亮给我看。这是一枚国家为纪念抗战胜利七十周年颁发的纪念章,纪念章只颁给那些"三八式"的老同志。二哥向我举着它说:"看,有我,也有我!"他说得流畅豪爽,脸上是千载难逢的平和,他是说在这支联系着新中国诞生的队伍里也有他。

时代还是给了这位"三八式"老人应得的奖赏和荣誉。时代承认了他的"三八式",为此他脸上平和了,表述也流畅了。

2017年8月

发于《长城》2018年第1期

民国军人屈得意

一

　　童年时，家中许久没有我睡觉的床，我睡在一块阔大的木板上，木板由两只木凳支牢，上面铺陈被褥。后来我长大了，识字了，发现那块木板上有字，有大字亦有小字，它们被镌刻在朱红的底色上，横排四个大字为：卫国干城。竖排一行小字为：春霆先生荣膺中央陆军第十三混成旅少将旅长志喜。这排小字正位于我枕头之下，我便常常翻起褥子辨认观看，它以凸起的阳刻形式涂着金色。那时我不认识那个"膺"字，便问父亲，父亲说："问不问的吧，匾上的事都是过去的事，过眼烟云。"后来我会查字典了，得知那个字念yīng，解释为"承受"的意思。原来我身下这块木板叫匾，这匾是屈春霆被任命为中央陆军第十三混成旅主官时，众乡里为庆贺赠送的。我还得知，原先它悬挂于我家大门以内，"七七事变"后家人为躲事摘下，藏于我身下。

二

先祖父屈得意，春霆是他的字，河北赵县停住头村人，生于1878年，卒于1952年，享年七十四岁。我与这位老人是陌生的，只在他晚年时才见过几面。

关于他的军旅生涯，家人其说不一，直到二十一世纪初，我们为一本书的写作查询资料时，才对他的从军经历展开一些研究。

屈得意于1902年从原籍赵州被招从军，近代史中称：1902年清政府决定编练新军，同年2月袁世凯派王英凯、王士珍赴正定、大名、顺德、赵州等地招募壮丁六百名；是年5月，袁世凯又奏：现已挑选壮丁为常备军，拟先练常备军一镇，即一万九千一百二十人。

屈得意就是这次被招入伍的，入伍后凭借他的私塾功底先入当时设于直隶保定的陆军速成学堂，后经军中各阶级，还家为民时已是将军衔。

祖父从军时，乡人称他为"屈官"。我家则被称为"屈官家"。

先祖父早年曾与孙传芳结拜兄弟，那是他从保定速成学堂毕业后，与孙同就职京畿二镇为下级军官时。祖父为队官，隶属二镇八标一营。孙则为炮科教练。当时他们同在保定金庄一个院内居住，关系甚笃，朝夕相处若家人。儿时我听奶奶回忆，一次他们母子由保定回赵州缺路费，还是孙传芳资助大洋四十元，才得以成行。自此屈得意的军旅生涯又多与孙传芳有关。孙任长江上游总司令时，祖父为其驻守宜昌、岳阳一带（即十三混成旅时）。孙远征东南，任东南五省联军司令时，祖父任浙江全省警务处处长及代省长。1924年他们同赴杭州那天，恰遇雷峰塔倒塌。据家人说，祖父常提起此事，认为这给新直系带来晦气。孙统治东南五省期间，祖父还替孙把守东南大门，任吴淞要塞司令，此时他已升至陆军中将衔。1928年北伐成功，孙大败于东南，他和孙一起下野。自此二人的共事经历才告结束。之后孙在天津做寓公，祖父则还乡原籍为民，孙在天津遇刺时，祖父在原籍接电报后曾疾赴天津为其奔丧。

三

民国时的《政府公报》，有对于军人升迁以及重要战事战报的记载。1918年1月22日，时任陆军第十三混成旅主官的李炳之为一则战事上报北京陆军部。电报云：荆州李炳之来养字电，石逆星川、朱逆兆熊占据荆沙，勾结湘军，破坏统一，本旅奉令进讨，特令二团团长张继善率营长屈得意等进剿，于本夜十二点将荆州、沙市完全占领。谨闻。那是鄂军第一师长石星川在省督黎天才策动下公开反对北洋政府宣布独立，被中央政府声讨的一次战役。显然时任营长的屈得意在这次战役中是立过赫赫战功的，也是他由一位中级军官升至高级军官的开始。之后的"政府公报"中也有关于他的各次升迁以及他获得中央政府颁发的文虎章及嘉和章时的报道。先祖父在中央陆军第十三混成旅任职时间最长，直至该旅驻宜昌时兵变被取消番号，自此，他才和孙传芳同赴东南五省。

　　1924年至1928年的几年中，大约是祖父军旅生涯的"黄金时代"，也为孙在东南的事业鼎力相助。如同他在十三旅"收拾"过石星川一样，也"收拾"过时任浙江省省长的夏超。当时任浙江省省长的夏超本已归降孙传芳，但又不服孙的领导，在杭州宣布独立；时驻吴淞要塞的屈得意携几艘快艇从吴淞口出发沿钱塘江逆水而上，在南星桥登岸，并炮击夏超的驻地，使夏超被俘，并被孙杀于城外的鼓荡。但孙在东南的命运如雷峰塔倒塌一样，终被北伐革命军瓦解。1927年2月18日，北伐军攻克杭州，孙军大败，3月18日退出浙江。

四

　　卸任为民的屈得意在赵州老家有时荷锄于田间，与家人共谋农事，把从南方引来的甘蔗、北方引来的象牙白萝卜在田间试验播种，有时也暂居保定（因保定还有其另室）。至1937年"七七事变"后，因拒绝出任日本伪职，带领几个儿孙由赵州停住头村出发，避居西安，并将二子一孙或送延安或送山西抗日前线。由此可见，这位民国时期的老军人在祖国危难之时，为子女后代所作出的正确选择。

从西安奔赴山西抗日前线的次子屈保生长期在晋西北工作，曾任职文水县，是烈士刘胡兰家的常客。有文字称，烈士刘胡兰曾受其革命启蒙教育，此事无从可考，但屈保生久住云周西村刘胡兰家确有此事。解放后屈保生在青海任职，为该省省委宣传部部长及省报总编辑。

三子杨戈长期在贺龙领导的西北战斗剧社任领导职务，曾参加延安文艺座谈会，流行至今的《哀乐》便是他的作品。解放后杨戈在中央西北局领导经济工作，曾接受作家黄宗英采访。黄在散文《大雁情》中写道："杨戈同志说，宗英你就写吧。"就是那位杨戈。

祖父的长孙，也就是我的大哥，他早年就读于河北邢台第四师范，因闹学潮被通缉，随祖父赴西安后，奔赴山西抗日前线，抗战时曾战斗在晋中抗日前线。解放后曾任川北广元地区专员，并在浙江领导过农业。

我的父亲是祖父的长子，曾是当地国共两党创始人之一，长期在家乡任职。生前还任历届省人大代表。可见作为北洋军人的祖父和在家乡"闹革命"的长子是有默契的。

五

我见到祖父屈得意，已不是当年具英武将军之风的祖父，而是一位粗布长衫的平民老者。

1949年是抗战胜利的第四年，这位久居西安的老者曾还乡原籍赵县，这是我第一次见到他。十四岁的我骑一辆自行车，从县城西关长途汽车站将他接回，只见他身穿一件粗旧的灰布长衫，手提一只不大的绿色提箱，三缕白须飘在胸前，他问我是谁，我报了名字，他说："哦，你是老三，老铁。"我将他的小提箱绑在车后架，祖孙二人步行八里走回村子，一路似无合适的话题，只觉他自有心事，我一身紧张地和他同行。

那时候经过土地改革，原来祖父亲手置办起的土地房屋均已被分配出去，我们从他住过的一所砖院前走过，来到现时属于我们的土院中，再走进一间原来长工住的土屋，他的原配夫人我的奶奶就居住于此。祖父走进屋，我奶奶迎上来，他们相互搀扶久久无语，只有泪珠双滚，这是我此前未曾见过的。祖父和家人稍作问候后，我便随他去拜见屈姓族长，每拜见一位他便下跪于地，呼着他们的称谓，用自己的小名报说我回来了。

六

回乡后的日子对于一位戎马半生的将军终会存有问题吧，虽然他习惯家乡的粗茶淡饭，他习惯土屋子土炕，他习惯冬季的寒冷晚上的黑暗，但他却不习惯晚年的寂寞，即使有他的原配我的奶奶陪伴，但与他的交流也属有限吧。再说那时的农村，面对这一位先前被称为"屈官"的旧军人，乡亲和他自己一时都难以拿捏分寸，于是，保定又成为他的另一种归宿和选择。那里不仅有他的另室，也是他久居过的城市，于是在故乡居住一段时间后，他便又告别故乡，告别亲人，返回他的第二故乡——保定。

保定的双彩五道庙街本有他一处完整的独门独院，但日本占领保定后，某机关为修停车场将其院落拆劈大半，只存南房三间。我第二次见到祖父便是在此院内。那时我也居住在保定，是省文艺专业一名学生，当得知祖父来保定后，一个星期天我去看他。时值中午，只见他还是身着那件灰布长衫，坐于桌前，手执一只铝锅，用勺子正在刮着粘在锅底上的米粒，每刮下几粒便放入口中。他刮得仔细，也很费力，大约做饭煳了锅。祖父抬头见我站在眼前，也不在意我的存在，继续刮着吃着，直到将锅吃净。这再次证明着祖父终存平民之风，平民才是他的本色。那天我们交谈了什么，印象已模糊，而他执锅刮取米粒的形象，却给我留下永远清晰的印象。

七

后来我和祖父又有过几次接触，一次我和同志们正在宿舍读报学习，听得院中有人喊我的小名，我便知道这是祖父来找了，我向外跑去，同志们也停止读报，都急于弄清院里发生了什么。这时祖父正站在院中，还是那件灰布长衫，一根拐杖挂在臂弯里，飘然的白须更是显眼，原来他是向我"要钱"的。他不顾同志们的存在对我说："老铁，给我一毛钱，买个户口本去。"原来他要到隔壁派出所报户口，忘记带钱，我给了他一毛钱，他手持拐杖飘然而去。但此事却给我带来尴尬，因为从此之后大家都半开玩笑见我就喊："老铁，给我一毛钱。"更尴尬的是我以为祖父的形象和我们这群身着灰制服的同志是很不协调的。一位旧军人和一个新社会总是格格不入吧。那时我们过组织生活时，作自我批评都要联系出身，我在检查自己的某些缺点时，也不止一次地追溯过我那个和旧军人有联系的家庭。如此，这位老军人就更不便与新社会谋面了。自此很长一段时间我没有去看望祖父，更害怕再有人在院中喊我"老铁"。

　　一年以后，有人告知我祖父生病了，当我再见到他时，他正害着牙病，一侧的大牙发炎多日，致使牙龈溃疡穿透腮帮，情况十分严重。他告诉我，白天只在北大街红十字会诊所上药处理，而无条件去大医院诊治。后来我向同志们借了钱，带他去省医院打了两次盘尼西林也未好转，此时在西安任职的三子杨戈写了挂号信让他再赴西安，第二天我又借钱替他买了赴西安的火车票，当晚雇了人力车将他送上火车，这是我最后一次见到祖父。在车上大约还互相嘱咐了几句，但祖父是一个少言寡语的人，我不知这是他的习惯还是什么。所以在祖父给我留下的话语中，除了那句"老铁，给我一毛钱"，其他全无印象。

　　祖父再赴西安据说治好了牙疾，但一年后死于脑出血，享年七十四岁。

八

当祖父1949年回原籍家中时，那块卫国干城的匾还在，祖父发现了它，即命家人用刀劈开做劈柴烧了火。

近年，我又被告知村人在家中拆老房子时，从烟囱中拆出一把军刀（指挥刀），我旋即将刀买回，原来这是一把民国军人的佩刀，名狮头刀。此刀分六等，此把为"四狮刀"，是将官以上军人所配，现在我每当看到这把刀，想到的却是祖父的灰布长衫。刀的威风和灰布长衫的平和，或许这就是祖父吧。

2017年1月

远去的笑声

　　新中国诞生时，我离开我的家乡冀中平原的笨花村，在一个省级文工团参加文艺工作。那时我十五岁。回家时父亲问我：你们那里有文化名人吗？我说有。父亲问我，谁？我说，陈一痕。父亲摇摇头，表示不认识。父亲是一位医生，却有着医学以外的许多知识。他的书架上除医书外，还有《胡适文存》《饮冰室文集》，连黎锦晖的歌曲集都有。对于文化名人，他尤其崇敬。他常常一面做着手下的事，一面哼唱着"云儿飘，星儿摇摇"，要么"早晨太阳里晒渔网，迎面吹过来大海风"。父亲当然不知陈一痕是谁。我举出我们团里的陈一痕，是觉得他的名字像名人，也是为了说明我所在的那个单位档次不低，有名人。

　　至今我仍觉得陈一痕的名字实在不一般。若把他和那些璀璨一世的文化名人排列在一起，非常协调。你看，邹韬奋、叶圣陶、李叔同、陈一痕，不是很整齐吗？可惜那时的陈一痕只是我们那个文工团的一个导演，说是导演，一个普通同志而已，一个只在家乡读过"高小"的普通同志。再者那时的导演不

导演老陈

似现在 —— 刚导过一个卖酱油的广告片，也被人簇拥着喊某导、某导。陈一痕是个普通同志，大家平时喊他老陈。

导演老陈，长胳膊、长腿、长脖子和一张严肃的长脸。在这张偏长的脸上架一副金丝眼镜，便显出那张偏长而严肃的脸更严肃。若想和他接近，就会使人想到"无法下手"这句话。只待他对这世上的大事小事发表自己的看法时，你才觉得他离你本是很近的 —— 他幽默，他的幽默不是有意安排，更不是只为哗众取宠把自己当作低下的笑料，那实在是对这世界太认真了的缘故。人大凡在过分认真时，自己的言行反倒会出现闪失。老陈的闪失只表现在说话时

对一个半字的安排有误，这或许就变成了他的幽默之处，它不伤大雅，不改变事物的性质。比如他从来都把"沙发"说成"发沙"，把"比较"说成"较比"，把"喷气式"（飞机）说成"喷式气"。但谁都知道"发沙"就是"沙发"，"较比"就是"比较"，"喷式气"就是"喷气式"。

我来我们团时，还是一个喜欢模仿大人的少年。而陈一痕已经在排练场坐着"发沙"指导演员排戏，为我们这个时代塑造着"典型环境中的典型人物"了。他还告诉你塑造典型人物这一演剧理论，本来源于俄国戏剧大师斯坦尼斯拉夫斯基。

那时老陈做导演，我则学着给他做舞台设计。在排练场听着老陈讲"斯夫拉"理论，到底拉近了我和老陈的距离，于是我敢于和他对话了。我问他，他的名字谁起的。老陈操着很浓重的河北某地方言说："我爹。""你爹是……"我问他。"务农。"他说。老陈说话像面对乡人一般。他乡音地道、简洁，尾音拉得很长。我想，老陈的长辈、一位在河北农村包着羊肚手巾务农的老乡，怎么就给儿子起了这么一个学者般的名字。

老陈却从来没有当名人、当学者的奢望。人们记住他，甚至以后的念念不忘，也只因为他给人们带来过欢乐。其实何止是欢乐,他的一个小小的言语闪失还能使一个冷峻的现实立刻变得冰雪消融,使一个人云亦云的顽固堡垒,迅速土崩瓦解,使那些走入死胡同的瞬间起死回生。那时你会忘记时代对你的苛求,你会笑得忘乎所以。那时候,时代对于你时不时会有些苛求的。

同事中有一个叫小尚的年轻人,在团里本来是一位跑龙套、演个伪军甲乙、群众丙丁的同志。但小尚不满足于现状,一心想当一名小提琴演奏家,还净说一些有关大演奏家的话。他为了提前进入"角色",常常右手按住左胳膊练习演奏小提琴的指法。小尚的行为当然要受到批判的。团里为了帮助小尚不再好高骛远,安心本职工作,先是团小组会上的帮助(小尚是共青团员),而后是团支部会,最后竟酿成全团大会。人们在大会主持者的诱导下,便沿着一条批判极端个人主义的道路开掘下去,会议气氛越来越紧张。但发言者的发言内容却越来越空泛,使批判难得要领,这使得主持人有些不知所措。

这时的老陈突然站了起来,眼镜一闪一闪面对小尚说:"你这个问题,是个什么问题 …… 是个是个,确切点说 …… "老陈决心要把小尚问题的性质说准确点。既是挽救一个同志,发言就不能笼统,要稳、要准,对症下药,有的放矢。于是老陈经过一番思索之后，把自己的目光转移一个角度，面朝与会者同仁，说："他这个问题，是个是个……很明显，就是个自己认为自己'英雄无地不适用'的问题。而……而且，年轻人常有的毛病就是自己认为自己英雄无地不适用。"接下来，老陈当然还要说这个"英雄无地不适用"对于革命事业将会造成多大损失。因此年轻人最应该警惕的就是这个"英雄无地不适用"。

老陈终于把小尚问题的症结说准确了。会议发展至此，不用说是进行不下去的。当与会同仁对老陈的发言七转八转，转过弯时，便是炸开了的笑声。主持人无法再将会议主持下去，小尚便成了受益者。然而老陈并没有弄清众人为什么要发笑，面对这么严肃的批判会，本来就是个"英雄无地不适用"嘛。

一个"英雄无地不适用"涉及的性质毕竟是微不足道。哪知在一次更严峻的"肃反"会上，老陈在向一位"现行反革命"交代政策时，竟然将"坦白从宽、抗拒从严"这个人人皆知的原则，说成"坦白从严，抗拒从宽"。这次谁都觉得老陈是走在一条危险的道路上了。然而老陈的闪失，仍然没有给他带来厄运。这或许是因了老陈的好人缘，或许因了他的长辈是包着羊肚手巾干活的上好的家庭出身。

就在那次的"肃反"会以后，老陈却作为全省文艺界代表到北京参加国庆观礼了，也才有了观礼归来之后的汇报讲演。在那次汇报讲演会上，老陈以按捺不住的兴奋告诉大家，那天，天安门前走的是坦克车，天安门上空飞的是"喷式气"。还说这阵仗，都是针对侵朝美军布置的。"让万恶的美帝国主义，让万恶的麦克阿琴（瑟）发抖吧。"麦克阿琴（瑟）是当时侵朝美军的总司令。在老陈的讲演中既是涉及了"麦克阿琴"，老陈必然会向这个美国鬼子再施些愤怒的。他说："就像前几天报纸上指出的那样：疯狂的'麦克阿琴'在朝鲜战场上真要'抓住一扔了'。"老陈读报常把"孤注一掷"念作"抓住一扔"。而"麦克阿琴"，当然是麦克阿瑟。

老陈刚进团时，领导本要培养他做主演的，曾经让他在《牛永贵负伤》这出小歌剧里演一号人物牛永贵。剧情是这样：八路军战士牛永贵在一次战斗中负伤了，也因此掉了队，他急迫地寻找他的战友张守义。在舞台上的牛永贵应该拖着一条"伤腿"边走边呼喊张守义的名字，于是扮演牛永贵的陈一痕在舞台上便转起来、喊起来，但人们却发现这个牛永贵（陈一痕）喊的不是张守义而是他自己的名字牛永贵。不用说这戏是演不下去了，前台后台笑声一片。但牛永贵不笑，牛永贵还是喊着"牛永贵"下了场。在后台老陈问大家，刚才发生了什么事，为什么大家都在笑，"这么严肃的一出戏"，老陈严肃地对大家说。当有人指出他的喊声有误时，陈一痕愣了一下说："妈的，错了，看下次的。"下次的牛永贵又出场了，拐着腿还是一遍又一遍地喊"牛永贵"。

领导还是没有失去培养陈一痕演戏的信心，陈一痕也总是信心百倍地接受着演新戏的任务。但他不再担任主演改演配角了。在一出叫《胜利渡长江》的剧中，他演一位老船工：解放军为解放全中国要渡过长江，便找来一位老船工（陈一痕）了解长江的水性。这船工坦率地告诉解放军，长江水流凶险，渡江困难，看来是难以过江的。解放军首长叫着大爷说："黄河我们都过来了，长江我们也一定要过去。"船工大爷陈一痕本应该说："这是长江，这不是黄河……"意思是黄河能过得去，长江不一定能过。或许陈一痕是决心要把这两句简单的台词说正确的，对于长江、黄河每次他都有严格的逻辑换算，但话一出口就变得语无伦次起来。说完长江，又说这不是长江；说完黄河，又说这不是黄河。每次颠倒几遍，还是以逻辑混乱而告终。

不仅如此，最使领导头痛的是，老陈演戏想何时上场就何时上场，上晚了顶多向台上的诸位说声"对不住，我来晚了"了事。而说到"诸位"，陈一痕与这个"诸位"也有过故事。一次他演一位战士，在一个战斗总结会上，他说"诸位，我说几句"，说完后，他问导演，这里谁叫诸位？

就这样，领导考虑再三，还是决定让陈一痕改做导演了，大约导演说错一句半句话，无大碍，毕竟是在台下嘛。

陈一痕做导演是经过"科班"的，他曾去北京专门培养戏剧人才的全国最高学府进修。那里虽然也留下过关于老陈的一个半个故事，但并没有妨碍他的学业修成。比如，老陈永远记不住他的学府所在的街道名称和附近那个公交车站。这样，每次他坐公交车时下车就成了问题。于是乘车时他要时刻做着下车的准备。车将到站，乘务员问，前面是某某站，有下车的没有？陈一痕就跃至车门，抢先迈出一条腿说："下。"但他又开始怀疑自己的行为了，于是把迈出的腿又赶紧收回来说："不下。"如此反复至公交车的终点站。当他再向回坐时，乘务员问清他的所在单位后，才指示他在何处下车。

还有什么？还有老陈请进京看他的老战友去北京莫斯科餐厅就餐时的点菜故事。老陈接过服务员递上的菜单，点了菜单首页的1、2、3、4、5、6、7、8。原来西餐的菜单汤在前。这八道菜乃八道汤。老陈面对这八道汤对大家说："喝吧，不喝白不喝。"

陈一痕做导演一做二十年，说了些颠三倒四的话，也拍了不少戏。陈一痕的名字一次次地出现在广告上、节目单上，也几乎成了一方文化名人。然而他的地位还是因了一次不可原谅的闪失有了动摇：他坐在"发沙"上给演员读报，生是把"把阶级斗争的火药味烧得浓浓的"这句充满政治激情的表述，读成了"把阶级斗争的大药丸……"如何如何。领导没有再敢原谅他的闪失，他要远离他这只久坐不下的"发沙"被另作安排了。那天他来向我告别，这时我正同他合作着一台戏。他说他要走，我问他是下放，他说不是，是调动，是因工作需要而调动。他说着看不出有任何压力和不悦。他甚至告诉我说："还是个主任哩。"我问他要到哪里去，他说了一个地区，便是当年林冲发配的那个地区。

陈一痕导演走了，我再见到他是两年以后的一个深秋。这年寒冷来得很早，他也赶早穿起了一件蓝棉袄。也许是棉袄领子太肥，老陈的脖子看起来比过去还要长。他敲开我的门，头顶着门框，脸上是一片平静的茫然。当时已近中午，我在做好的午饭里，又为他多做了一盘蛋炒饭，他吞咽得很猛，每咽一口便伸一下脖子，使人想到"充饥"这两个字。我问他来省城的目的，他说来看病，今天一早他搭了一辆卡车，三百多里路走了八个小时，是早晨四点出发的。我问了他的病情，他说是感冒，我立即想到感冒和几百里卡车的利害关系。很快老陈便转换了话题，谈起了工作。他说他在一个小水库上做了一段管后勤的主任之后，当地领导又起用他为一个县剧团拍戏去了，也总算归了本行。我问他拍什么戏，他在脑子里编排了一下要说的剧名，对我说："……就是，'霓虹哨下那个灯'。"我知道那是《霓虹灯下的哨兵》，当时这出戏正演遍全国。他说调教戏曲演员演话剧太费劲，"扒拉"不动，他累出了病。县里和地区都治不好，他才选择了他早些年战斗过的这座省城医院。老陈吃完炒饭点上支烟，靠在椅背上抽，我好像要"招惹"他似的，非要他讲讲下面的事情，他不假思索地说："多了，看你想听哪类的。"我说哪类的都行，所见所闻吧。他说："讲个结婚的吧。"

老陈住在一个区政府里，一天来了一个老头，老头误认为他是区干部，便对他说要求登记结婚。老陈假装区干部，问，谁？老头说，我。老陈又问，她呢？这时又进来一个老太太，和老头年龄差不多，六七十岁吧。老陈问老头，你结过婚没有？老头说，结过。老陈问，几次？老头说，三次。老陈又问老太太，你几次？老太太说，两次。老陈当机立断说，不行。老头问老陈为什么不行，老陈说，不合乎要求。老头说，领导宽大宽大我们吧。老陈说，不行。老头又问为什么，老陈坚定地说，不合乎规格。在两位老者再三请求下，老陈还是不"松动"。二老无奈，怏怏而去。我问老陈，你为什么不成全人家？老陈说，这情况登不登记一个样，反正也是一家人了。管他们的。

这是老陈讲的最后一个故事，他讲得有板有眼。对于"字们"的安排也没有出现错误。

我请老陈住下，他说早已安排了招待所，离医院近，明天一早去挂号看病。

过了二十四小时，我听见院子里有人在叙述一件事，隐隐约约听见是关于老陈的，我赶忙从屋中跑出去，果然是关于他的，他死了，死在医院门诊大夫的脚下。一位目击者说，老陈在向大夫述说自己的感冒症状后，大夫却发现老陈的感冒并不严重，严重的是他的心脏。他为他做心电图，又用听诊器在老陈的心脏上很是听了一阵，最后在病历上写下"心肌梗塞"四个字。老陈看到了那四个字，便"迫不及待"地倒在了大夫的脚下。抢救是抢救过的。

人们常把老陈的死也化作他的趣闻来讲，觉得他死的方式无论如何和他的人生是相吻合的，好像有了他的死，他生前的一切，才真实得不容置疑了。

省城没有道理为他开追悼会。他远在外地的家人赶来，只撺掇着在一个荒草和果树并生的被称作烈士陵园里，为他立了一块石碑，碑上有他的名字和生前的职务——导演陈一痕之墓。我几经过此，觉得石碑上有了他的职务，他的名字才确实像个文化名人的了。但在众多烈士中，他的名字和职务却又显得很"各色"、很不合群。

2001 年初稿

2011 年再改

发于《人民文学》2012 年第 6 期

姚氏兄弟

我们的邻村很小，只半条街，可姚氏二兄弟出名。哥哥叫藏子，弟弟叫藏印，哥俩好评剧，哥哥拉弦，弟弟男扮女装是主演，据说曾拜石家庄名伶筱金珠为师。

评剧的伴奏以板胡为主，二胡为辅。藏子拉二胡，却坐在板胡的位置，一副艺术总监的架势，一张脸又长又白，不苟言笑，能"镇住场"。

藏印戏出不多，常演《打狗劝夫》。剧情是：有兄弟二人，弟弟富，哥哥穷，弟不认兄，哥哥到弟弟门前讨饭，弟问："你姓什么?"兄答："姓赵，咱们是兄弟，你也姓赵呀。"弟曰："我姓的'赵'是天下第一姓，赵钱孙李的'赵'。你姓的是……"弟指着舞台上的煤油灯罩说，"你姓的'赵'是这个'罩'。"当然，这属于即兴表演吧。台下却为

此而轰动。拉弦的藏子，看看台下，不苟言笑的脸上也显出得意，看来这是"总监"的处理。

弟妻（藏印饰）贤惠，劝夫认兄，弟仍不从，弟妻便设计激夫。她让仆人打死一条狗，将狗穿上人的衣服，扔进后院，让丈夫处理。丈夫叫来"友人"帮忙，友人纷纷离去。弟妻又请来哥哥，哥哥却不讲二话，将"死人"扛出掩埋。弟妻借此便甩开大嗓以大段的唱规劝丈夫，丈夫终感动，于是又指着台上的油灯说："那是个灯罩，咱不姓那个。"又唱，"天下第一姓，才属于咱赵家门。"弟妻在一旁暗笑，唱道："这才是奴家略把小计施，打狗劝夫还是自家亲。"

藏印扮戏不俊，喉结也很突出，但招人待见，村里女人开玩笑时常说："看美得你吧，快找藏印去吧，藏印等着你哩。"

2012年12月

梦氏兄弟

　　我们的姓氏，在村子里属"小"姓。户数不多，存有遗憾的人家居多。梦字辈兄弟五人，三人为独身。梦江老三，是位大汉，只身一人常住在我家一间闲房子里。此人游手好闲，养一只大黄狗，大黄狗和梦江同睡一条炕。每天整整一个上午狗和人只懒散着睡觉，待到他们苏醒，已过中午。于是狗和人同时起身，同时出门。大汉梦江斜披着一件紫花大袄，阴沉着脸，露出红铜似的胸膛，摇晃着自己，大声咳嗽，走出门。他那瓮声瓮气的咳嗽声传得很远，像是刻意告知村人，他和狗已醒来，正要出门。

　　梦江和狗走出家门，径直向前街走去，前街有一家包子铺，他和狗都要吃包子。梦江有钱买包子，因为他在赌场常是赢家，且赌运一向很好。

梦江在包子铺坐下，要两大盘大葱牛肉馅的蒸包。

包子上桌后，梦江先从盘中提出两个，豪爽地当众扔在地上，那是大黄狗的一份。大黄狗习惯地叼起包子吞咽起来，梦江这才开始用餐。当然，二两烧酒是不可少的。

梦江和狗在包子铺吃包子等黄昏。他们要在赌场过夜。

梦江进赌场吃包子，性格浪漫不羁，但从不恋女人，那时的赌场往往与女人相联系。有女人愿意靠近梦江时，梦江即报以咳嗽，以示警告，女人便急避之。

1940年，日本占领着县城，村里闹霍乱。日本管霍乱叫"忽烈拉"，日本医院还为村人打过预防针。但村里还是有几十人死于此疫。日本医生说，前街包子铺就是病源。梦江也死了，死在我家闲屋子里。几个本家为他收尸，他们只用梦江身下的炕席把他卷起来，四个人两条杠，将他抬出，两只脚露在席外，脚很黑。大黄狗紧跟梦江的两只黑脚，奔往坟地。

梦江入土了。村人散了。大黄狗蹲在墓前守候。它不吃不喝，几天后就地而亡。

2012年12月

向三羊有过一只羊

　　向文成为三儿子取名向三羊。因为他的大儿子、二儿子名字里都有此音，但那是太阳的阳，却不是牛羊的羊。羊和阳相比较显然就带出一些随意性。羊、猫、狗小动物而已。但羊和猫狗相比较，显然又带出几分爱意和暖意。也许，当向文成审视尚躺在褓襁中的那个安静的小生命时，他想到了羊这个绵软的小动物。

　　再者，向文成一向爱摆弄文字，乡人取名"喝号"，书写大字小字，大多要找向文成，这也是他要"出彩"的时候。一次村里要立集（建立集市）唱戏，戏台上要挂匾，匾文要和集市有关。向文成便自制匾额，上书三个墨迹饱满的大字"成大集"。乡人问他三字当如何念：从左或从右。向文成答道：左右都可以，不信你试试。有粗识文字的乡人念后，果然发现其中的妙处，从左向右念为"成大集"；而从右向左念，则为"集大成"。乡人叫起好来。原来这还是一面于集市存有大吉大利的匾额。

乡人有"喝号"的习惯，老人为年轻人取名随意，锅碗瓢盆乃至"屙屎"都可以为名。人老之后要有尊严，要有大号，号中要带出"老"字，和名字有所关联，还不可重复名中的字。这就要体现出撰号人的智慧和才华。向文成就是一位撰号者。有位叫"迷路"的老人问自己的号该如何取。向文成不假思索地说，号"老通"吧，于老通。有位叫"篮子"的老人问他自己的号如何取。向文成说，号"老扡"吧，李老扡。果真有位叫"屙屎"的老人问向文成：我呢？向文成说，号"老肥"吧。老人笑道：这可体面煞我了，老肥，肥料呀。

向文成为三子取名三羊，不管何意吧，反正已成定局，三羊的母亲倒觉出这名字的可爱。她把三羊搂在怀里，让他叼住她的奶头说："吃吧，这就是羊吃奶。"她想到羔羊吃奶时的架势，或许自己就是一只奶水丰沛的母羊吧。三羊似乎了解了母亲的心思，叼住奶头，故意撞撞母亲的胸怀，吞咽得更加猛烈。

母亲喜欢三羊，在他不会言语不会坐爬时，她就为他做了一只小枕头，又在枕头顶上绣了一只小羊，一只吃草的小绵羊。她把三羊放在枕头上说：那就是你，你正在吃草。三羊自然不知那就是他。过了两三年，当他终于了解到枕头上那个小动物就是他自己时，便开始喜爱那个枕头，喜爱枕头上的那个"他"。他常抱住"他"在炕上和"他"滚打嬉戏。母亲坐在一旁观看，心想，原来这孩子真和羊投脾气。

父亲向文成也理会到这些，但他心想，不管你是羊也好，是虎也好，三四岁了该接受点做人的规矩了。况且他发现他的三羊与兄长相较的异样。大阳、二阳都聪慧过人：大阳八个月不会说话时，就能指出影壁上的"花"和"月"字。二阳三岁时说话利索，就懂得《三字经》上"如负薪，如挂角"的典故了。而现实的三羊却吐字困难，走路时拐着内八字，像个畸形的小动物。向文成很为此苦闷。他决心要改变老三的现状，再大些时让他重学走路，命他的脚向外撇，撇成四十五度角，在甬路上满脚着地一步步走。向文成在旁喊着口令重复着"矫枉过正"四个字。三羊的眼泪洒在甬路上，洒在他横过来的脚面上。那时他不懂得"自尊心"这三个字，不懂得屈辱的含义，只想到农村有几种寻死的方式：或上吊或跳井，他将要选择的是哪一种。

向文成重塑三羊用心良苦，虽未收到预期效果，但他重塑他的决心未灭。他带他"漫游"书海，他把自己在童年时喝过的"墨水"要一股脑倒给儿子。他告诉他"苟不教，性乃迁"的"苟不教"不是"狗不叫"，"苟"是"如果"。他命令他读书要有"头悬梁，锥刺股"的精神。这教诲常使三羊毛骨悚然。他想，难道为克服我读书困倦，真让我用锥子扎大腿吗？父亲对我为什么非要如此残忍？

但向文成对三羊的塑造是多面的。他还让他站在戏台前和自己一起认识戏文。他觉得有唱、有念、有做、有打的戏曲舞台，也许能引起儿子接纳知识的兴趣。于是他把三羊架在自己的肩上，自己挤于戏台前让他认识人生的另一个世界，那时的向文成是不辞辛苦的。

一次他和三羊一起欣赏了一出叫《捉放曹》的戏。三羊确也对这门行当觉出些兴趣，戏中的故事情节、人物的唱段和念白他也记下大半。当父亲在前儿子在后走出戏园走上回家的路时，父亲突然回头问儿子，那个捉住曹操又放了曹操的人是谁。儿子当然知道这个人叫陈宫，当他要信心百倍地告诉父亲时，可惜他说不出那个"陈"字。他口干舌燥，他面红耳赤，嘴张开又闭上，闭上又张开……原来他终是一个口吃的"残疾"人。

父亲回头无奈地看了儿子几眼，又无奈地把头转回来，父子俩一路不再说话。

向文成对儿子的"无奈"算是对儿子的一次次的"温和"。

向文成对儿子不尽是"温和"，有时也会有"暴力"的。（成年后的向三羊常想，先前父亲的巴掌大都落在他身上什么地方。）

三羊既是"羊"，他也是爱羊的。他的家乡地处冀中平原，却很少看到真实的羊，偶有羊群从村中经过，他都对羊群穷追不舍，直到羊们远去，走到无尽的天边。

有一次村中又来了羊群，是一群绵羊，有公羊，有母羊，也有羔羊。这羊群还意外地要在三羊家"落户"。三羊家有个阔大闲置的土坯院子。

羊群在村里落户是为的让羊啃吃入冬后的麦苗。

种麦人都喜欢有羊来啃吃入冬后的麦苗。只有被羊啃过的麦苗来年春天才会更旺。

这羊群在三羊家落户，给三羊带来无尽的欢乐是不言而喻的。羊群中一只雪白的羊羔，很快就成了他的知己朋友。羊群出门时他跟它撒欢奔跑，羊群回圈时，他和它亲密依偎。三羊的举动引起了向文成和牧羊人的注意。他们决定要给三羊一个惊喜，把那只羊羔"许"与三羊所有。向文成还从家中撕扯了红绸一条，请牧羊人把它系于羊羔的脖颈上，然后告诉儿子说，这只羊是你的。红绸带就是证明。三羊从来没有从父亲那里得到过如此的喜悦。他想，人间原来还有这样的好日子，原来人间不尽是苦难，不尽是"头悬梁，锥刺股"，不尽是甬路上的"矫枉过正"，不尽是谁捉住曹操又放了曹操的问答。我的日子里还有属于我的一只羊。

羊群出圈了，向三羊只觉得羊群里因为有了我这只系着红绸带的羊，蓝天才更蓝了，绿的麦苗才更绿了，鸡鸣狗叫也动听了，人也变得和蔼可亲了。他们看到羊们经过，脸上都挂着无尽的笑容。至于他那只羊羔的欢叫，不就是在歌唱、在愉快地叙述吗？这歌唱、这叙述早已胜过了戏台上那些锣鼓经和唱段。那都是人的制造，羊的欢叫才是自然而然，也许它正在说，我为什么欢叫，因为我有个朋友叫三羊，我们有红绸带作证。我是属于三羊兄弟的。

三羊跟随羊群跑一阵，想一阵，驻足羊群之中，看羊啃食入冬的麦苗，俯下身子对他的羊说："吃吧，吃吧，这是咱家的麦苗。"

三羊有了羊，全家人都觉得三羊变了一个人，他们发

T·Y 2019.3

116

现一向不爱跑跳的他，却又跑又跳起来。细心的母亲还发现他的"内八字"正在向着"外八字"发展。一个本不善言语的他，也常在自言自语说着什么。他对自己说，捉住曹操又放了曹操的那个人不就是叫"陈宫"吗？他语气重重地强调着"陈宫"两个字。他还悄悄对他的羊兄弟说："那个人叫陈宫，是个县令，县令就是县长。"

半个月过去了，麦苗就要被吃光了，羊群要迁徙。三羊是冷不防的。

这天三羊又去会他的羊兄弟，谁知原来那个空旷的土坯院子又变得空旷起来，羊群不见了，羊圈里只留下些羊的排泄物和膻气。那个红绸条还在，它被一块砖头压住，压在羊圈低矮的土坯墙上。有风吹来，它飘起一个角，抖动着自己，像一只挣扎着要诉说的蝴蝶。三羊不忍心再看这只"蝴蝶"的孤单挣扎。他拐着他的内八字走回家中。发现家人都木讷着，自己坐在院中无话。他注意看了父亲向文成。向文成两眼正盯着一个什么地方出神，他的脸色异常，三羊从来没有看到过父亲这样的脸色，脸上的肌肉不时抽搐几下。以后的三羊悟出这种表情叫"讪"吧。他想当时的父亲应该是"讪"，很"讪"的。他以满含热泪的眼睛盯住父亲在心里默默地说：我知道那个人叫陈宫……

跳井，上吊，我还没想好呢。

　　时光荏苒，三羊长大了，从事着他自己想都想不到的事业，他要说话，也好不容易学会了说话，他要站在讲台上面对学生说话。上台时，他从不忘记把自己的脚步摆正确。在讲台上他要说一些他自己想都想不到的话。他口若悬河地说着一些绕嘴的外国人名：肖复克里斯，欧里庇得斯，车尔尼雪夫斯基。他要说苔丝狄蒙娜和奥赛罗的事。他要说普希金早年写小说时叫别尔金。他要说拉斐尔的雅典学院图画中，亚里士多德和柏拉图正在争论着什么。他要说契诃夫从莫斯科到远东库页岛要走三个月。这时，人称他为艺术史学家。当然，他总要七拐八拐到陈宫和曹操的事儿。他说陈宫要不放掉曹操，就不会有东汉末年三国鼎立的局面。但陈宫却是一个胸无大志的人物。

　　时光荏苒，向文成老了，现在他正躺在一个医院的重症监护室里。"临行"前唯一一个心愿就是要见他的儿子三羊。

　　三羊来了，看到被许多管道联系着的父亲，医生只给他留下一张尚可言语的嘴。由于肝病的缠绕，父亲的全身呈现着蜡黄色。

　　向文成的知识领域宽泛，对医学也有涉猎。他睁眼看看站在床前的三羊说，他已经让医生在药里加了茵陈，茵陈能退黄疸。

三羊知道那是父亲的良苦用心，他明白茵陈就是地里的野蒿子。那东西是挽救不了一个垂危病人的。他上前拉住父亲一只蜡黄的手，一滴滴眼泪滴在父亲的手背上，他看见父亲手指的关节很大，被松垮的皮肤包裹着。他连忙把视线移向一侧。那里有一个曲线跳动的屏幕，那东西也许叫呼吸机，也许叫心跳机、脑电机……机械对他是遥远的，他只知道那东西肯定联系着生命的延续。

父子两个一阵沉默。那个屏幕上的曲线在跳动着，发着淡绿色的荧光。还是父亲对三羊挑起了话头，他叫道："三羊。"三羊说："哎。"父亲说："我要走了，你要告诉我，我对你的管教……哪件事最使你伤心难过，你永远都过……过不去。你说了，我走得才安生。"

三羊对这个意外的提问开始有些茫然，但他想到既是父亲要走得安生，他应该对他坦诚。他想，自然是那次羊的事件，那是父亲为他设下的一个"局"，一个骗局。

三羊站在父亲的床前，决定让父亲走得安生，他开始就那个"局"在心里组词，码字。最后他组成三个字"那只羊"。

哪知三羊把组好的三个字开始通过喉咙向外吐说时，却被他的喉咙所拒绝。他哽咽着。

　　向文成看儿子不说话，他决定替儿子说出要说的话，释放出他终生积压在心里的往事。他也开始在心里组词，码字：那、只、羊、吧。他比儿子多了一个"吧"字。当他把组成的四个字通过喉咙向外吐时，却无力吐出。他已力不从心。

　　三羊还在抓着父亲那只蜡黄的手，他觉出那只手在变凉。当他再把视线移向那个有曲线跳动着的屏幕时，屏幕上的曲线变成了直线。

　　一群白衣天使围过来，熟练地拆去联系在向文成身上的生命管道。

2017年7月初稿于奥地利沃夫岗湖畔

2017年8月完成于石家庄

发于《人民文学》2018年第2期

湖畔诗

夜之过

冬天，树叶落光，夜里月光显得更亮。人在街里走，和自己的影子难分难离。有时人拖着自己的影子走，有时影子拖着人，人人朝着自己该去的地方走。走着，干什么，去"扎堆儿"对坐，对坐在或有灯或无灯，或有炉火或无炉火的房子里，或有话，或无话，扎堆儿对坐就是目的，就有欢乐。

有人正朝着一个街门走，这家街门上贴着上年的对联：忠厚传家久，诗书继世长。对联显示着这家人的风格。大多忠厚，且有读书的传统。但现在朝这里走着的人，有识文断字的，也有不识文不断字的。

这个忠厚人家里有炉火，也点着灯。那炉子是用一只旧煤油桶制成，叫作"自来风"，若在白天，还可看见桶上凹下去的字"亚细亚"，这是亚细亚油行装煤油的桶，一尺见方，板凳高。若当炉子，下面用几块砖支起来。现在这只自来风炉子紧挨着炕。炉旁放一些成形和不成形的煤饼。炉火正在燃烧，发着呛人的生涩味。几个年纪不等的女人坐在炕上，有人手里有活计，有人手里没有。女人都是这家的女人。迎门方桌上点一盏带罩的煤油灯。男主人守着灯坐在方桌的"上手"椅子等待来人。主人五十刚过，赤红脸，胡子发黄，他就是这家"诗书继世"的现时主人。他手里捧一个粗瓷小壶，正对着壶嘴喝茶。厚重的门帘被挑开了，一位刚才还披着一身月光在街上走的人进了屋。他叫吉祥，是个三十开外的光头男人，双眼被一层厚厚的"萝卜花"（白内障）覆盖，使人看不见他的目光。他不穿这村人常穿的紫花大袄，穿一身青布棉裤、棉袄，把手袖起来。刚才进门时，他是用肩将门帘拱开的。这村叫笨花村，村人种棉花，紫花是笨花的一种，土黄色，冬天时，村人常穿紫花大袄。

来人走进屋子，不朝方桌走，不坐主人的下手，他自有熟悉的路线，直奔炉子而去，在炉前伸出手，把手烤暖后，就近坐在炕沿上。客人和主人一时无话，客人和主人答话和不答话都属正常。炉中火忽高忽低，有火星从炉口噼噼啪啪地爆出来。

第二位客人进了门，这是一个黑瘦脸、瘪腮、两眼炯炯有神的男人。他进门轻巧，像钻进来一般。他外号叫"黄鼬"。黄鼬进门也不奔方桌，也不坐炕沿烤火，他有专座，那是立柜跟前的一只机凳。

黄鼬坐在机凳上，屋内便生出言语。黄鼬朝着吉祥说："祥儿，小心烧了你的靴子。"自来风炉子有个下口，当火星从上口向上爆时，下口常有炭火跌下来。吉祥立时回答说："远哩。"他说的是他的靴子离炭火尚远。

第三位客人进了门，下手的椅子是主人留给他的专座。他眼神不好走得磕绊，迈门槛时，脚不由自主地踢上门槛。虽眼神不好，但肚子里的学问可以和主人媲美，况且还是这一方的名医，和主人是莫逆之交。他姓向，被村人称为向先生。向先生径直向下手椅子走去，坐下，一只手神经质地在桌上乱弹起来，像钢琴师的指法练习。

一个女人从炕上下来，拿根通条向炉子捅捅，转手把几块煤饼掰碎，扔进炉子。一股生煤味从炉中冒出来。这生煤味使坐在上手的主人想起了什么，他朝着坐在下手椅子上的向先生问："这栀子属什么药性？"向先生那只正在弹奏的手停下来，说："属温和。"主人又说：《实用国文》上说，这栀子还能染布?"向先生说:"染黄。"坐在炕沿的吉祥受了栀子药性的吸引，立刻参与进来，问向先生:"是温和药多，还是猛药多?"坐在机凳上的黄鼬说:"叫我递说你吧，这事还用问向先生。自然是温和药多，这药就像人，猛人多了，成什么世界。""你这比方也未必对。"吉祥说，"那日本国呢，在中国的日本人都属猛人，你看多不多。"这时正值"九一八事变"之后。

"日本，日本国小，人口也上亿。"黄鼬说，"在中国的日本兵才几十万，按这个比例数，还是猛人少。就算这几十万都是猛人。"

现在吉祥和黄鼬接过的本是主人和向先生的话，主人和向先生倒沉默起来，吉祥和黄鼬看主人和向先生不说话，吉祥就说:"咱俩白话个什么，还是听向先生的吧。"

现在该向先生解释猛药和猛人的问题了。他却绕开话题，早在酝酿一个新话题了。

又有几个人进了屋，其中有主人的儿子和向先生的儿子，主人的儿子叫个很文雅的名字——懋。向先生的儿子叫庆。懋和庆交往深，同在县城上过简易师范，属于村中年轻一代的文人。现在屋内的人数差不多已接近平时的水平，显得很满，站着的人把灯光遮住，炕那边就黑起来。

果然，向先生没有说猛药或猛人，他开始了一个全新的话题。他想药和人自然还是温和的多，这还需要解释吗？"我整天想一件事。"向先生说，"文治死前为什么只写了一条对联，把另一条空了不写，你说，这是不是有意所为？"

他说的文治是本村另一位文人"才子"，擅长书画，英年早逝，死于肺结核。他临终前在两条虎皮宣上写对联，只写了上联一条，把另一条下联空下不写。这条对联后来落在了向先生家中，那空下来不写的一条就成了悬念。

这种急转的话题，在这场合中是常见的事。话题想转就转，想接就接，接与不接，由谁来接，要由形势发展而定。现在的问题是文治只写了一条对联就撒手而去，是不是有意所为。

"有意所为。"黄鼬说。"这为哪般？"吉祥问。"考考后人呗。"黄鼬说。"考谁？"吉祥问。"谁学问大考谁，反正不考你我。"黄鼬说。

人们的目光自然而然地转向坐在上手的主人和坐在下手的向先生。

主人思忖着显出些深沉，向先生也思忖着，手又在桌子上一阵乱弹。

主人沿着刚才的问题问向先生:"文治的上联是……"

"华岳西来云似盖。"向先生说,"盖是华盖的盖。""华盖的盖,华岳西来,来来来,谁来对对?"主人朝着大家说,要考谁似的。所有人将面临一次考验,吉祥不说话,黄鼬不说话,问题距炕上的女人更远。看来这问题将落在两位年轻文人身上。主人一向对儿子是夸赞有加的,儿子也愿意当众为父亲露脸。现在主人决定优先把机会留给儿子。他的目光在黑暗中一阵搜索,找到他的儿子懋,说:"懋,你对对。"

懋是个矮个子,说话时,下巴极力上翘,要拔高自己似的,但他声音洪亮。现在父亲点了他的名,那就要首先证明一下自己也证明一下父亲了。

"叫我说,"懋说,"应该这样对:华岳应该对太行,西来应该对东去,云似盖应该对峰接天。"

懋说完努力观察主人的眼色,主人笑着,笑得有点讪,端起小壶就喝水,向先生接了话。

"懋,"向先生说,"你这叫'齐不齐一把泥'。

"你这里有两大错误,一是上联有山,下联就不能再有山,这犯忌;二是太行是南北走向,不能变成东西走向。峰接天嘛……"

"不行，不行！"主人也连着说，但没讲出原因。对对联是一种文雅之举，也就成了少数人的活动。

当主人父子以及向先生还在为此切磋时，另一些人便去开辟另一话去了。也有人在屋子里走来走去，门帘也有被挑开的时候。

另一个话题开始于炕上。

炕上的阵营包括了主人的老伴和他的两个未出嫁的女儿，以及懋的媳妇。两个未出嫁的女儿：一个叫大果，一个叫二果，长得都不好看。大果更甚，脸像个歪桃，且凹凸不平；二果皮肤虽嫩，但长相平平。懋的媳妇性格外向，爱闹，叫个桂花，炕上的话题，常开始于她。现在她正拿着鞋底在纳。手里的针线穿过底子拽过来拽过去，炕墙上她的影子也在闪动。

"你说，这剪子挑着眼也是百年不遇。"桂花说的是他们邻居家有位过门三天的新媳妇，纳底子时用剪子挑一个错误的针脚，剪子挑在眼上，瞎了一只眼。

"生让一个新媳妇摊上。"主人的老伴说。"黑水直流。"炕下一个人说。

"你看见了？"桂花问。

"看不看的吧，明摆着的事。"谁说。一个新媳妇伤眼的事很快被略过。"白妮又杀了一只狗,哈,个儿可不小。"黄鼬加入了炕上的阵营。白妮是个卖狗肉的老头。

"你说白妮煮肉真的放砂仁、豆蔻?"女主人问黄鼬。受丈夫的影响有时她话里也常带出些知识性,比如砂仁、豆蔻。

"听他的吧。"黄鼬说,"砂仁多少钱一两,豆蔻多少钱一两。让向先生说说。"

向先生没听见,他还在想对联,他叫着懋说:"懋,再对对,再对对。"

话题将再次回到对联上。懋没有立刻往下接。"请于老调吧,准能对上。"有人说。

于老调是笨花村编对子的能人,但编的都是"歪"对子。

于是黄鼬就说:"于老调那两下子,可登不了大雅之堂,光会编个穷对联:吃一升量一升升升得尽,走一步近一步步步难行。文治这对联可不是这等档次。"

"爹,有了。庆提醒了我。"懋对爹说。

"说说,说说。"主人说。

"我和庆两人研究,华岳应该对黄河,西来应该对东去,云似盖应该对波浪翻。这就成了黄河东去波浪翻。"

刚才当人们说着新媳妇"挑眼"、白妮煮肉的时候，懋和庆研究出了这个结果。

"接近了，接近了。"黄鼬兴奋着。"差的都是关键。"主人说，"前几个字还马马虎虎，这波浪翻……""败笔，败笔。"向先生也作着评价。"这样吧。"主人说，"把后三个字改成波如山吧，再把东去改成东流。"

主人说完努力观察着向先生，他希望向先生作出总结，此事才圆满。笨花人还是看重向先生的。

向先生思忖片刻，不看主人，也不看大家，眼光跳动着朝着屋顶。他说："这就成了，华岳西来云似盖，黄河东流波如山。对法上不存在大毛病，不俗不雅。换个对法，兴许还有不同的结果。"向先生一定还会有不同的对法，但他没有再往下说。人们便也不再等待。于是有了新话题。

屋里一阵骚动不安，女主人又向炉子里添了几次煤。

聚会终于散了，门帘被一次次挑开。人们踏着月光各自回家，后半夜月亮更亮，人看自己的影子看得更清楚。

过了一些天，懋和庆决心要把补上的对联落在纸上。这天懋来找庆，庆找出那条空着的虎皮宣，请懋落墨。懋的字是优于庆的，庆为懋研好墨，然后由懋执笔，把"黄河东流波如山"落在了纸上。

懋写完对联，单把庆叫到向家后院，悄悄对庆说："庆，你经常去我家，看见一件事没有？"庆说："都……都是黑夜。"懋说："你没看见？"

庆说："黑灯瞎火的。"懋说："坏了，我大妹子的肚子大了。"懋的大妹子便是那个歪桃脸闺女大果。"有……有了？"庆问。"有了。"懋说，"你说这是谁的事吧，我娘叫我查证，大果肚子里的物件怎么也得有个出处呀。"庆思忖一阵说："我倒想到一个人。""我也想到一个人。就是他。"懋说。"就是他，没跑。"庆说。

懋和庆一下就把那个人猜了出来。为了得到最后的证实，懋便差庆去找那个人对质。庆虽然是个不善言辞的人，为了哥们儿义气，还是答应下来。庆找的是吉祥。

一个下午庆把吉祥从家里叫到村外，两人蹲在村西的柳树坑旁。吉祥早已猜出庆为什么要找他，脸上挂了一路微笑。村人常看见吉祥脸上这种笑容，有几分嘎。两只长着萝卜花的眼睛眨个不停。

庆蹲下，吉祥也蹲下。"祥儿，"庆说，"有件事懋让我问你一句话。""没话你也不会找我呀。"吉祥说。"你看见大果的肚子了没有？"

"黑灯瞎火的看一个闺女的肚子干什么，你看见了？"

吉祥反问庆。

"我看见了，大了。"庆说。"大了？喝粥喝的吧，粥里放着山药，肚子就爱大。""从下边往上大的。"庆说。"哈，这就非同小可了。"吉祥显出吃惊，"谁的事?""懋想到一个人，我也想到一个人，黑灯瞎火的光在炕沿上坐着，挨着大果烤火。"庆说。

"庆，你这是要往哪儿拐！"吉祥机警地站起来要走，但脸上的"笑容"不减。

"祥儿，"庆叫住吉祥说，"蹲下、蹲下。"

吉祥又蹲下来。庆把吉祥的肩膀狠狠一摁，吉祥坐在地上。庆说："快，快招了吧，你。"

"谁招?"吉祥说，"谁办的事谁招。"吉祥又站起来要走。庆又把吉祥摁住。"我看见了。"庆说。"我不信，谁办事还能让人看?"吉祥说。"我看见大果跟你出去过，你先走，她后走。"庆说。"哪天?"吉祥问，又机警起来。"华岳西来云似盖。""哎，怎么就数你眼尖?"吉祥说着又站起来，但他不再走。其实吉祥这是"招"了。至于"华岳西来云似盖"那天，是庆"蒙"的。

吉祥看事情已经躲不过去，就将大果的肚子是怎么大起来的一五一十告诉了庆。

那天，人们正为那条对联对得热闹，炕上又是新媳妇挑眼睛、白妮煮肉。吉祥就在炕沿上拉了一下大果的手，大果没躲。他又摸了大果的脚，大果还是没有躲。吉祥就把大果勾出了屋。主人家有个放柴草的闲屋子，正是个合适的幽会之处。就着柴草，大果不仅懂了男女之事，肚子也一天天大起来。

果真是那两条对联惹的祸：华岳西来云似盖，黄河东流波如山。

后来大果在众说纷纭中嫁了人，自此再没有回过笨花村，据说生了个儿子，眼里也生着萝卜花，胎里带出的。吉祥不再去大果家扎堆儿对坐，他有了新去处，晚上踏着一路月光。

2008 年 12 月初稿

2009 年 12 月再改

发于《人民文学》2010 年第 9 期

夜之惠

这家院子很大，被一带土墙包围，土墙常年被雨水冲刷，墙垣高高低低，凸现出一个个"驼峰"。已是冬天，月光很亮，几棵干枣树的影子铺在墙上，也铺在地上，人从院里穿过时隐时现。人是来这家聚会闲坐的。

这家主人是位年长的妇人，红脸盘，好脾气。她本是嫁出的闺女，又回娘家村子落了户。不同辈分的人都称她为姑姑。姑姑丈夫是个酒鬼，早逝。姑姑的日子过得窄狭，心底却宽广，能容纳世间所有的人、所有的事。

现在，主人的屋子里没有灯，连炕锅台里的火刚刚熄灭，余火星星点点不断从灶膛里飘出来。烟柴味儿笼罩着屋子。几只刚吃饭用过的饭碗零乱地摆放在锅台上。现在屋里黑暗，只待有人进门撩动门帘月光闪进来时，才能看见碗的存在。

姑姑袖着双手坐在炕上，因为没灯，手里也无活计。

她旁边坐着一个该出嫁还未出嫁的女儿和一个不该出嫁的女儿。姑姑生过六个女儿，这是老五桃子和老六杏子。

门帘被撩开了，进屋的是一对夫妻，男人叫五寅，女人叫大芬。他们无子女，最爱出来闲坐。每晚，他们是姑姑家必到的客人。五寅和姑姑很近，是自家人，长相也酷似姑姑，红脸盘，颧骨上的肉堆得很厚。大芬瘦小，脸上皱纹很多，像木刻画。五寅走进屋，径直朝方桌走，摸到上手椅子坐下。姑姑家无油点灯，但尚有出嫁时的陪嫁之一种：方桌和圈椅。大芬绕过桌椅朝炕走，一欠身，坐上炕沿。

院里又有脚步声，鞋底擦着地，步速偏慢。门帘随之被挑开，是一个大汉，腿很长，像小学课本上"大人国"里的人形。大汉几步迈到桌前，坐在下手椅子上，他叫卯。整个夏天卯都光着膀子，冬天的衣服穿得也很潦草，脚上的布鞋常"张着嘴"。

又进来一个女人叫绒，矮个子，走路时脚很是向外撇。如果在白天，人们首先看到的是她那张时常噘着的嘴。她的到来，使屋里发生了言语。她进门还未坐定就朝着坐在下手椅子上的卯说："卯儿，俺那铁火炉儿哩？"卯没有立刻回答，沉默片刻才说："院里扔着呢。"

"给俺搬回来吧。"绒说。

"恁使哟？"卯问。

"使不使也是俺的。"绒答道。

铁火炉是一种以煤做燃料做饭用的铸铁火炉，用时旁边安一风箱，炉上坐锅。只有烧煤的富裕人家才用这物件，烧柴不用，柴要烧进灶膛。卯家有煤，可他并非富户，他是一个推煤为生的小贩，两天一趟石家庄，一辆独轮车上装两块大砟，头天早晨出发，来日黄昏回村，红铜似的臂膀上搭着袢绳，还是脚上那双张着嘴的布鞋走得踢踢踏踏。大砟卖给后街的茂盛店，零散的碎块自己烧，可他没有铁火炉，就借绒家的。

现在绒管卯要铁火炉，卯没有说给，也没有说不给。绒没有再说要，也没有说不要。沉默一阵，桃子和杏子在炕上为什么事推打着闹，说小话儿。坐在上手椅子上的五寅冷不丁朝着炕上说："姑姑，这耶稣为什么单把天堂的钥匙交给彼得保管？山牧仁递说过没有？"这种突如其来的问话在这种散漫聚会中常见。

山牧仁是城里基督教堂的牧师，瑞典人，他经营的教会叫神召会。姑姑有时去做做礼拜，对耶稣似信非信的。

"准是觉得彼得可靠呗。"姑姑说,"和人世间的事一样。谁可靠,靠给谁。"

黑暗中你会觉出姑姑在微笑着。若在白天你会看见她颧骨上的肉堆起来,变得通红。

"天堂的门什么样,铁的还是木的,山牧仁递说过没有?"五寅又问。

"哈,你这一问可难住你姑姑了。"姑姑说,"讲道,讲道可讲不到这一步。"

"你说铁的吧,天国还有人打铁?你说木的吧,天国还有树?"五寅思索着,问姑姑。

姑姑没有再做回答,她遇到了难题。沉默中,又有火星从灶膛中跳出,或许是火星的跳,又引出了铁炉子的事。

"卯儿,俺那铁火炉呢?"绒又问卯。

"再叫他使几天吧。"好心的姑姑插了话。这也是躲开"天堂大门"的好时机。

绒不再说要。一阵沉默。

又有几个人走进屋:五寅的堂弟外号三转,三转后面跟着几个半大小子。三转进门用脚踢着找板凳坐。几个半大小子零散在黑暗中。

三转踢到板凳顾不得坐就迫不及待地对大家说:"砸明

火啦，后街。"

砸明火就是有人家被盗。

"谁家?"有人问。"老晌!"三转答。"嗬，算砸着啦。"五寅惊赞着。

人们在黑暗中变得眉开眼笑，他们是笑这盗贼的没眼力见儿。老晌家住村北，是村中一个有代表性的穷汉，但他粗通文字，生性幽默，憎恨贫穷，向往富贵。常以写对联的形式发泄着对日子的不满。比如，别人家过年门上常贴"又是一年春草绿，依然十里杏花红"的春联，欢天喜地。老晌就写"一脚踢出穷鬼去，两手捧进富贵来"。别人家为天地灶君上供上猪头年糕。老晌也上供，就在供桌上摆一碗凉水。盗贼偏偏翻墙越脊地跳到他家。三转说两个蒙面盗贼跳墙进院，在月光中和老晌站个对脸。老晌审视一下来人说:"来啦?"盗贼不语。老晌又说:"来吧，吃什么有什么，喝什么有什么。"盗贼推老晌进屋，审视一遍，发现炕上有条破棉被，当屋有个大水缸。此外几乎别无他物了。有个贼发现桌上竟有一块砚台，以为是宝物，拿起掂量掂量，想把它揣走。老晌说:"那是块砖头，我刻的。"盗贼气急败坏把砚台摔在地上，一破两半，果然是块砖头。贼愤然而去。

140

三转把砸明火的过程叙述一遍，黑暗中便爆发出抑制不住的笑声，都笑这盗贼的失算，笑老晌的风趣。

"这下老晌又该编对联了。"谁说。"准得编。"谁说。"五寅，这怎么编？"姑姑在炕上单问五寅，现在五寅在众人中是位智者。

"怎么编？"五寅问自己，"开门单迎强人进，缸里凉水敞开喝。"五寅自己答道，答得合情合理。

笑声再次升起、蔓延。这是在笑五寅的应对能力了。于是几位半大小子顺势就把激情朝向了五寅，他们要求五寅讲书。讲书才是五寅的强项，编对联是他的"捎带手"。五寅讲书有"瘾"，有时他的开讲靠人的激发，有时无人来"激"，他也要寻机开讲。现在他被人所激，就更增加他开讲的合理性。

五寅开讲已不存在任何悬念，屋里变得鸦雀无声。他清清嗓子，拍打拍打身上，像位即将出征的将军提枪上马似的。他一旦开讲，便像将军策马下山，风急天高了："话说，圣上传旨，命施大人施不全寻找三桩国宝。那圣旨上写道：找到三桩国宝高官拣坐骏马拣骑找不到三桩国宝举家犯抄活灭九族连施不全的官职一抹到底。"

这本是五寅讲书时一段司空见惯的"贯口"，不算新奇，但五寅愿说，众人愿听，这贵就贵在五寅那一口气，他不换气，不打奔儿，一气呵成。然而，这毕竟是个小段，听完小段，众人要听的当是五寅的整本大套。在整本大套中，五寅最拿手的当是关公的"屯土山""挂印封金"至"护送皇嫂千里走单骑"。对于关公这段故事，五寅一旦开讲是要全身心投入的，可称得上口若悬河、高潮迭起，贯口处处见，段段有包袱。他所倾注的感情，不亚于关公保护二位皇嫂所倾注的感情，声泪俱下也是常有的事。

现在五寅的讲书，仍旧开始于施大人寻找三件国宝，结束于关公的过关斩将。人们受着故事的吸引，谁也没有注意到，有个人却冷淡着施大人和关公早已离席而去。这便是三转。只有离他最近的卯注意到了。现在五寅的书刚结束，屋内安静下来，卯自言自语地说："走了。"卯虽然说得轻，但人们还是听见了。大家也知道卯指的谁。

三转走了，又进来一个人，是个女人，这是三转的媳妇，她岔过人的空隙，摸黑走到炕前，姑姑已感到她的到来，赶忙在炕上为她腾出一席之地，这女人便欠身上了炕。

这是一个身材匀称、面容白皙的女人，满月似的圆脸，头发乌黑，嘴角以下长颗美人痣，在村子里应该算是最美的女人。这女人在炕上紧挨姑姑坐下，带着几分激动和恼怒拍打着自己的手对姑姑说："又去了！又去了！"她说话声音虽小，一屋子人还是听见了她的诉说。谁都知道"又去了"意味着什么。这关系着一个女人的无奈。人们想，还是换个话题给这女人以宽慰吧。

五寅朝着炕上说："姑姑，那天使真有翅膀，山牧仁递说过你没有？"

面对这问题姑姑没有回答，她觉着"又去了"最为重要。她正在黑暗中拉着女人的手。"又去了"正在使屋内气氛起着变化。

"莫非这人……"绒说。"和鸟兽一样，都有个性情。"卯说。"俺家的公鸡，给一群草鸡'炸蛋儿'，按住谁是谁。"五寅的媳妇大芬今天才说第一句话，她是个"公鸭嗓"，在黑暗中说话显得一惊一乍的。"炸蛋儿"就是鸡的交配。

"狗哩？前街老混家的狗一连一条街，见谁日谁，母狗看见就跑。"谁说。

"别拿鸡狗打比方了。"姑姑说，她把三转媳妇的手抓得更紧了。女人贴着她的肩膀喘着粗气。

听了姑姑的话，大家又安静下来，不再说鸡狗的性事。他们只在黑暗中研究，三转是何时离开这屋子的。

就像三转是专来报告后街砸明火的，然后乘着施不全正在追寻三桩国宝，关公还没有保护皇嫂过关，就悄然离去了。那么，这屋子里就在不知不觉中少了一个人。这里少了三转，另一个地方就多了三转，这就是三转媳妇说的"又去了"那件事。

　　三转去哪儿了？他去了一个叫四寡妇的家。这四寡妇就住在姑姑家斜对门，三转正苦恋着她。三转扔下自己美人般的媳妇不顾，苦恋着一个丑女人四寡妇，是人所共知的事，也成了村中的奇闻。于是人们就给三转起了个外号叫"三转"。三转本来有大名，三和四离得近。

　　人们不再拿鸡狗打比方，又开始了一些互不相干的话题，诸如，谁家的老人得了"水臌"；牲口吃苜蓿为什么能上膘；也有涉及国家大事的：张作霖被炸死的那个地方叫皇姑屯还是叫黄瓜屯，少帅张学良下步该如何替父报仇……绒没有再向卯要铁火炉，天堂有没有树、天使长不长翅膀仍旧是悬案。这些悬而未决的问题，迟早还会提及。现在已是后半夜了，人们要各自回家。

　　从姑姑家的黑屋子里走出来看月亮，月亮更显明亮，人们跟着自己的影子走出姑姑家那个有枣树的院子。走过一个小门时他们都不约而同地朝那里望望，那是两扇不上油漆的

白茬小门。小门关得很紧。其实那个寡妇是个丑女人，扣胸，瓦刀脸。三转的媳妇可是挺俊的。人们到底也不明白，这人到底是怎么回事，三转这到底是怎么了。

这天夜里三转媳妇没有走，她睡在了姑姑的炕上，姑姑把自己的压脚被匀给了她。夜里很冷，姑姑就在自己脚下压了一个簸箕。

早晨，三转媳妇先醒了，她撩开被窝不好意思地观察身下的褥子，原来褥子上有一小片红，她拽起自己尚未穿的棉裤脚，左擦，右擦，打算把那一小片红擦掉，但无济于事。姑姑发现了她的举动，知道那里发生了什么，就说："别管了，我挖补一下吧。"三转媳妇涨红着脸，也笑，但很讪。讪的笑，才冲淡了挂在脸上一夜的愤怒。她不再管褥子上的事，站在炕上"光板"穿棉裤，"光板"穿棉袄，系着腰带对姑姑说："姑姑，我走吧，还得笼火呢。"说着，又坐在炕沿上垂着两只脚找鞋。

三转媳妇走了，姑姑从炕角拉过"营生簸箩"拿出剪刀，将那枣大的一小片"红"挖了下来。桃子和杏子靠墙睡，挤一个被窝，她们看着姑姑在挖补，觉得眼前很空洞。晚上人们说了那么多话，一睁眼又像什么都没说。

姑姑在褥子上挖了一个洞，又铰了一小块旧布，补着，

146

自言自语着："这一个月一个月过的。"她在惋惜着三转媳妇白白延续着的"月事"，也是在埋怨三转的行为。二人结婚许久，至今尚无子女。

2008 年 10 月初稿

2009 年 12 月再改

发于《人民文学》2010 年第 9 期

秘秘

　　这是一间双人病房，我进门时只能看到另一张床上那位患者的一双脚，脚很薄，苍白，左脚背上有一颗核桃大的黑痣。脚以上被医院印有标识的被单覆盖，我擦着他的床边走过去，找到我的床位。

　　我这次患的是无名头疼，院方建议我住下来观察治疗。我享受的是"高干"待遇，其实双人病房算什么高干待遇，院方一再为我解释，目前床位紧张，才在此间加了一张床。

　　我躺下了，把两床之间的布幔拉上，也算是块独立天地了。忍着头痛静思一些事，也无奈地注意着对方床上的一些动静。对面的陪床人员不时进进出出观察他的病人。病人是安生的，半天无任何活动和要求。少时医生来了，说要为病人放水，因为他腹部有积水。自此诊治开始，有人把所需器械推进来操作着，水声也相继而至。

并嘱患者这次先放两千毫升，水开始向一个容器里流淌着，发出滴滴答答的声响。

我了解"放水"这个流程，少年时我曾在解放区一所医院做过医助，也为病人放过水。腹腔积水大半是肝病所致，我曾为一位患此病的妇女放水，最多时一次放水达五千毫升。当时借用农家的水笥，水达半笥之多。我用一个粗大的针头接一条管子，将针头刺入腹腔，积水流了出来。

这位不常发声的"邻居"像是一位半昏迷的失语者，现在伴着那边的流水声，他忽然大声喊道："拉屁屁！"这对于他来说当然是一句最真实、发自内心的声音了，而且声音洪亮，表达简洁。陪护人员进来帮他排泄。后来他又发出一些断断续续不连贯的自言自语，比如："你敢！放了他！服从，子弹……"当然，这些言语都与战争有关，证明着他是一位有战争经历的战士，现在是一位离休的老领导了。

有一天我的猜测终于得到证实，他是一位老革命，且是一位省级领导。

有人来看望老人了，捧着大束的鲜花，提着特仑苏牛奶，有山区放养标志的笨鸡蛋……来人凑到老人耳边问：

"秘秘书长，好点吗？我们来看您了！"老人没有反应，也无话语回答。

原来这是一位当过秘书长的老革命，住在这里当是省级或副省级待遇吧。

来人又向老人说了些慰问的话，还向他汇报了当前的大好形势，老人仍无反应。

秘，一个少见的姓氏。秘，也引起了我的一点回忆。抗日战争时我也认识一位姓秘的战士，后来负伤住在我们的后方医院，我曾为他换药治疗。他性格开朗，好开玩笑，常说些逗人玩的开心话，减少自己和病友们的痛苦。像"子曰：学而时习之，不亦说乎？有朋自远方来，不亦乐乎？"下面是他自己编出来的，"打把茶壶，手提夜壶，大饼热乎，切糕黏糊，睡不醒就迷糊……"连下去还有无数个"乎"。

我为他换药，喊他秘秘，他喊我战友。秘秘的伤，在肩上。一次伏击战中，他所在的区小队，伏击了日本一个汽车队。他左肩负伤，一粒日军三八枪子弹从肩胛骨缝中穿过，幸未伤及骨头，只是一个被穿透的洞。大夫让我为他做处理，先用挠匙伸进伤口，将洞内的渣滓刮干净，再将一条沾满红汞的纱条穿过去，手抓纱条的两头用力勒，直到鲜血渗出发现新肉。再做些后续处理后，用敷料将两口敷严，隔日换药。

此手术要在无麻药的条件下进行，伤者的疼痛可想而知。然而秘秘却面不改色，口中念叨着他的"不亦乐乎"，并增加许多新"乎"，还常常鼓励我说："战友，只管干你的活儿。"

半月以后吧，秘秘的伤口终于长出新芽，洞内的空间日渐缩小，秘秘要和我告别了，出院时他扶着我的肩膀说："战友，就这样干，干你手下的活儿，谁喊疼谁是孬种。"

秘秘走了，给我留下的是他的快乐和对我干活的鼓励。

后来听说他由区小队分配到县大队，然后又去了军分区的三纵队，但我再没有见到过他。几十年后他会有更高的升迁。

当然，秘姓还会有许多人，现在身边的这位秘秘书长不一定就是秘秘吧。

几天来我努力观察着同房病友的蛛丝马迹，他的脚很白，很薄，左脚背有一颗核桃大的黑痣。在我的印象中秘秘也有此特征，当时他自己还常说，脚板薄跑得快。但是脚很薄很白也许是他长久卧床所致。

一天，医生又要为他放水了，命他侧身而卧。我故意走过去研究他的体征，瞬间他露出了双肩，我发现他的左侧肩胛骨下有一处枣大的伤疤，在射灯下显得很亮，像一颗不规则的五星。原来这就是他，是秘秘。

晚上，他的治疗终止了，只剩下我和只有一幔之隔的秘秘，他静卧着，偶尔发出些自问自答的呓语：子弹，放了他，你敢……

我认出了秘秘，思绪万千，但无任何交流方式。又一天过去了，我已进入梦乡，秘秘却在那边突然喊道："战友，干你的活儿。"他话说得含糊拖沓，但我还是听清了，他呼唤的是战友，是我。我连忙乘机企图与他对话，告诉他战友就在他身边。但他已打起呼噜。

秘秘的病见好，肚子也瘪了下去，话也多了，但还是一些语无伦次的问答。有人来看他了，问："秘秘书长好些吗？"他答道："谁姓秘？"来人问："你喝水吗？"他答道："放，放……"

我站在人后，双眼盯着他左肩上那块伤疤，眼泪掉下来。这时老人突然像有所感应一样，高喊道："战友呢，就他行！"

我连忙走过去拉住他的一只手说："战友在，在……就在你身边。"但他又闭起了双眼打起了呼噜。

我要出院了，和秘秘相处的几天脑子里尽是从前和他相处的往事。想到人生是如此短暂，曾几何时他还是用快乐充实着自己又用快乐感染着他人的年轻战士，而今却成了一位只有呼吸、失去一切不该失去的能力、只在需要排泄时才能正确表达生理需要的老人。

我看见他床头的标牌，他已是九十六岁的高龄，屈指算来1945年他当是二十三岁。

我要出院了，站在他床前，再次拉住他的手，喊着他的小名秘秘，企图调动起他的记忆，说："秘秘，我就是你的战友，为你治过伤的战友。"秘秘睁开紧闭的双眼，盯了我一眼说："战友？没有……遍地都是敌人……蝗虫一样，朝你……冲。"

我又说我是战友，我就是。秘秘闭上双眼，伸出手朝我摇了再摇，然后就大声朝着门喊："拉屉屉。"

一个护工端着便盆走进来。

2018年8月于北京

黑

一

黑不是一头牛，黑不是一匹马。黑是个人，黑是个女八路，黑是个汉奸，黑是个好人，黑是个坏人。

黑第一次来我家，深更半夜，由抗日村长领着。村长把黑领进我家，在灯下对我爹说："老向，认识认识吧，这是黑同志，东边过来的。"我们都知道东边过来的人，就是八路军来开辟工作的。东边就是我们东边几个邻县。那里抗日工作开展得早，也就出干部。

我爹在灯下正教我念《实用国文》，念《曾参教子》那一课，他见有人进屋，合上书连忙从椅子上站起来问道："黑同志姓黑还是叫黑?"黑站在灯下只笑不说话。

村长就替她说："都这么叫她哩。"

我就着灯光看黑，黑不能说黑，也不能说白，平常人吧。她个子不高，长圆脸，下巴偏尖，没穿八路军军装，也没戴八路军帽子，腰里只系着一条皮带。她摇着一头齐肩的长发，头发还有点自来弯，眼光在灯下一闪一闪对我爹说："就这么叫吧，反正我也不白。"黑看起来很随和。有点招人待见。

后来村长对我爹说，把黑领进我家，是老范的指示，老范说，要给黑找个堡垒户。老范和我家熟，是抗日政府敌工科的干部。

黑要住在我家。全家人都围了过来，我奶奶、我娘、我嫂子一群女人。现时我家的男人就我和我爹，哥哥们都在抗日前线。我爹在抗日政府担任督学，还常不在家。女人们围住黑看，看稀罕一般。我家还没住过女八路。

黑要住我家。我娘说："就让三儿和黑就伴吧。我去收拾耳房。"我小名叫三儿。

我娘说的就伴就是让我和黑一起睡。我一听说让我和黑就伴，浑身就不自在起来。我不愿意：一个男人，一个女人，虽然我才九岁。我不敢说不。再说黑是八路，抗日群众要拥军，也是我们"抗小"①老师的教导。

村长看我低头不语，摸摸我的头。黑也伸手摸了摸我的头，事情就这样定了。

二

晚上，我将要和黑睡在我家耳房里一盘小炕上。我家有正房有耳房，耳房跨在正房两边。先前我一个人睡这盘小炕。现在我要和黑一起挤。我娘点上灯把耳房打扫一遍，又抱来枕头、凉席、被单什么的。现在正是夏天。事情既已定下，我就抢先在小炕上躺下来，用被单裹住自己，我怕和黑一起上炕，一起脱衣服。

我听见我娘在院里给黑备下热水，黑在院里洗了脸、洗了脚，就走进耳房。我面朝墙，把自己裹得更紧。黑脱鞋上了炕，窸窸窣窣脱衣服，她一定发现了穿着衣服紧裹被单的我，说："三儿，最近没情况，细睡吧，别捂出痱

_____
① 抗小：抗日小学。

子来。"

没情况就是敌人不出来"扫荡"。敌人出城就叫"有情况",躲敌人就叫"跑情况"。细睡就是脱光衣服睡觉。平时我们那里不论男女老少,睡觉都要细睡,只在有情况时才穿着衣服粗睡。

我不说话,假装已经睡着,黑在我旁边躺下来,伸伸胳膊,伸伸腿,东砸我一下,西撞我一下,身上的气味也飘过来,她要细睡。

其实黑知道我在装睡,就说:"三儿,刚才你爹教你念什么书?"我忘了我是已经睡熟的人,就说:"是告诉大人不要欺骗小孩的事,古时候也有大人欺骗小孩的,有个人叫曾参……"

黑笑起来,说:"知道你装睡,咱们是不熟,熟了你就不怕我了。明天我教你跳个舞吧,教你跳个《藏粮舞》。先教会你,你再教给你们的人。"

黑说的你们的人是说我们抗日小学的伙伴。看来村长早把我们的家庭情况告诉了黑,连我的"抗小"身份,黑也早有了了解。

我高兴地翻过身来,面朝黑说:"明天教?"黑说:"明天教。"

我忘了黑是细睡的,我看见她那半盖不盖的身子。一团被单缠绞在她身上,我又赶紧把身子扭过去。我们的小炕上有月光,我觉得黑并不黑。

三

黑在院里枣树下教我跳《藏粮舞》。黑对我说,这是她刚在东边学的,不一定全对。她教我把身子站直,两手叉腰,先"咯噔"左腿,抬起右腿。然后再"咯噔"右腿,抬左腿;向下弯腰,眼睛朝地下看,她说这是找藏粮的地方。然后双手举高"刨地",抬出"粮食"放入挖好的"洞中",再铲土掩埋。这都要用舞蹈来表现。黑哼着舞曲伴唱。最后,粮食被埋藏,藏粮人围住"藏好的粮食"唱起来:我们都是老百姓 / 学会工作在田中 / 打得好多粮食呀 / 我的心中多太平 / 可恨那日本鬼 / 驱使伪军到处抢掠 / 我闻之最心惊 / 坚壁了多太平。

我一遍遍地"咯噔"着腿"藏粮"。我爹在旁边看我一拐一拐地跳,说:"黑,你看这个藏粮食的人,腿脚准有残疾,不太利索。"黑说:"都是我教得不地道,我就是这么学的，动作也不标准。"

黑把自己跳得也汗津津的。一件单衣湿得前心贴后心。她解下皮带，撩起衣襟不住擦汗，两手不断梳理着汗湿的头发，这时我看黑格外好看。

黑在我们村住，不像其他干部一样串联开会，发动群众。黑不串门，也不让群众来找她。她在我家就专等一个人。这人就是老范。我娘问我爹黑是哪类干部，怎么和别的干部不一样。我爹说："咱们对革命内部了解甚少，我这个督学，光知道教育口这点事，黑和老范自有故事。"

四

黑又来了，我娘说："黑哟。"黑说："是我，大娘。"

黑进了院，站在院里不进屋，只看枣树。我家有几棵枣树很旺，正结着枣。那枣叫"大串杆"，枣长得平展，皮也薄，吃起来细甜。黑爱吃枣。黑问我娘："三儿呢?"我娘说："没看见在树上。"黑朝着树上说："三儿呀，给摘几个好的吧!"我就拣好枣往下扔，黑就在树下跑着接、弯腰捡，捡起来在衣服上蹭蹭，咔咔吃起来。现在黑穿着白短袖布

159

衫，阴丹士林①蓝的裤子，衣服又短又瘦，浑身鼓绷绷的，我就不好意思往下看了。我不敢看黑，可黑敢亲近我。我从树上下来，把装在口袋里的枣也掏给黑。黑接过枣，一弯腰把我箍在她怀里。我觉得她怀里很胀、很热，我想跑，正好我娘在廊下叫黑。

"黑，还不快进屋歇会儿，吃枣有的是。"我娘说。黑放开我，提着她的小包袱就朝我们那个耳房走去。

最近黑来我家手里总提着一个小包袱，包袱里是她将要换的衣服。

黑是女八路，可她从不穿八路军的衣服，那包袱里包的也不是军装，那里的衣服很新鲜很洋气。黑走进耳房，把小包袱放下又出来对我说："三儿，那个《藏粮舞》你的人都会跳了吗?"我说："都会了，还正式演出过一次。"黑说："有机会我再教你一个洋式的吧，苏联传过来的，叫《别露露西亚》。这比《藏粮舞》还好看，有男有女，女的还穿裙子。"黑说着揪起自己衣服的下摆就地转了两圈。黑又说起这舞的来历，说这个苏联舞还是从延安传过来的。我问黑，我们的女生没有裙子怎么办。黑说："让她们各自

---

① 阴丹士林：一种蓝洋布的品牌。

拿家里的包袱皮替代。"

《别露露西亚》，我觉得这舞的名字很奇怪，就问黑："怎么这名字这么怪。"黑说："我也觉得挺绕得慌，要不说是个洋式的呢，这是个洋名、苏联名，是苏联那边的舞蹈。他们那边的女人穿裙子。你说裙子好看裤子好看?"我没见过女人穿裙子，回答不出。黑说："要我说裙子好看，看戏台上的女人裙子一飘一飘的，你没见过?"我想起来了，戏台上的女人穿裙子我见过，我问黑，真有那样的人吗? 黑没有回答我的问话，想起什么事似的，撩起衣服大襟，从口袋里掏出一盒烟，抠出一根抽起来。我最不喜欢黑抽烟的样子，她说那是现学的。现学不现学的吧，反正那样子不好看。我们村有女人抽烟，那都是不好的女人。

黑又是来等老范的，黑和老范常常是前后脚到我家。果真老范来了，老范也不穿八路军的衣裳，穿一身白纺绸裤褂，手里拿一把折扇，像个卖洋布的买卖人，可他腰里有枪，有一把德国撸子。老范进了门，和家人打了个招呼，就把黑叫进耳房，关上门说话去了，他和黑说话都要关上房门的。这时家里人就躲到后院。我多常在后院，我多当督学之前是医生，我家后院还有他闲着的药房，他常回来给后方医院配药。

我爹在后院问我娘："老范来了？"我娘说："来了。"我爹说："又给黑布置工作来了。"黑的工作要由老范来布置。

五

一顿饭的工夫，黑领了任务，来后院向我们告别，老范站在黑的后头，用折扇啪啪地拍着手。老范是个言语不多的人，虽然和我们全家也很熟，可相处不像黑和我们那么自然，使人觉得他说着这件事还想着别的。

黑一接到任务就变成另外一个人了。就在她和老范关着门说话的时候，她换了衣裳（小包袱里的），还化了装。其实她小包袱里什么都有：小梳子、小镜子、香粉、头油、口红⋯⋯现在她穿一身日本产的藕荷色毛布大褂，袖口齐着肩，黑礼服呢皮底鞋，肉色洋袜子，头上使着油，别着化学卡子，嘴上还抹了口红。刚才她和老范关在屋里，就像变了一场魔术，老范就像魔术师。

对黑这身打扮，虽然我们都不喜欢，看惯了也就不稀罕了，就像黑抽烟一样，那是形势的需要、抗日的需要。形势需要她变成什么样，她就得变成什么样，刚才还弯腰

捡枣呢，现在就变成一个洋媳妇，现在是洋媳妇黑要进城。进城干什么，只有黑和老范知道，城里住的是日本人和伪军。

老范和我爹握了手，黑没有和谁握手，只对我说："三儿，《藏粮舞》里有两句唱，我唱得不对，过两天我再教你，还有那个《别露露西亚》舞。"我娘给他们开了我家后门，后门直通县城大道。

我爬上房顶看黑，黑向县城走，老范朝另一个方向走，黑走着走着，划着火柴点了一根烟，一缕青烟和一块大庄稼地把她遮住。

六

两天以后，黑从县城回到我家，还是那身打扮，可人却不那么新鲜了。毛布大褂皱皱巴巴捆在身上一样，一只丝袜子掉在脚腕上，头发也不再整齐，化学卡子也不见了，眼圈有点发黑，看上去她很累。

我娘看见黑和往常一样说："黑哟。"黑说："是我，大娘。"我娘说："我去给你烧水洗脸吧，看这风尘仆仆的。"

黑在耳房把自己洗涮干净，换上平常的衣裳。我们就着月光和黑一起低头吃晚饭，谁也不问黑进城的事，黑什么也不说，饭吃得都不香甜。

这天晚上黑没有细睡，在黑暗里她箍住我的脖子对住我的耳朵问我："三儿，你爹呢？"我说："走了。"

黑说："想法递说你爹，三天之内别回村，千万千万。也递说你哥哥，叫他别回村。"我哥哥在区上当粮秣。"也递说村长和你们的人都经点心。"黑又对着我的耳朵说。

我明白黑对我说的话，这就是"有情况"，这情况是黑得来的，是黑用她的打扮换来的。

七

两天后，黑说的情况得到证实，日本人和伪军来到我们村，在村里指名道姓地抓人，人不在就烧了一些房子，烧了我爹的药房。村人得到消息早，损失不大。

黑和老范不断在我家会面，黑不断化装进城，一次次带回情报，村人也一次次躲过灾难。八路军得到情报也早，打伏击打得很准。

八

但是，抗日县长被敌人从另一个村子抓走了，几天后他遭到敌人的杀害。行刑时，县长高喊着抗日口号，被敌人乱枪打死在城垣之下。

人们猜，准是有人出卖了县长。

九

一天晚上，黑又来了，和过去有些不同，她显得少言寡语，家里人和她说话，她也答非所问似的，直到她又和我挤上小炕时，话才又多起来。她摸黑躺下，叹了口气对我说："三儿，咱俩说说话呀。"

我不知说什么。黑又说："三儿，你几岁了?"我说："十岁了。"

黑说："你说日本人为什么要来中国，不来多好，他们来了咱们还得打他们。要是不来，少多少事呀。"

我想了想说："嗯，可日本人不来，我还不认识你哪。"

黑说："我真不知道你这么会说话。"

我也不知道我这么会说话。

这时，黑一转身侧过来把我箍住。她的身子紧贴住我的脊梁。我觉得她的身子有点凉，也许是我的身上有点热。

我和黑挤一盘小炕转眼一年了，我不嫌她，还有点愿意和她挤了。可黑和我整天说话，她从来没有说过"咱俩说说话呀"这么郑重其事的开头。现在黑这么一说，就像要有什么事一样。

黑在我身后摸摸我的脸说："看你多好，才十岁。你愿意长大吗?"

我说："愿意。"黑说："我不愿意。我不愿意你长大。你长大了还能和我一块挤哟?"我觉得还是不长大的好。黑说："还是不长大的好吧。"

黑轻轻叹着气，转过身从枕头底下摸出一根烟，点着，抽起来，说："三儿，我知道你嫌我抽烟，我也嫌我。这就是长大的不好。"

我说："你不兴不抽呀。"黑说："不抽不行，这都怨日本人来中国，有人愿意看我抽烟。"

黑的话我又懂又不懂，想到她风尘仆仆从城里回来的样子。准是城里有人愿意看她抽烟吧。

　　她抽着烟问我："三儿，你说要是不让你当人，你变一只鸡好还是一只鸟好？"

　　我说："变鸡，鸡对人好。"黑说："鸡也被人吃。"我说："变鸟吧。"黑说："鸟被人用枪打。"我说："那变什么？"

　　黑说："要变就变一阵风，来无影去无踪。刮一阵子走了。想找都找不到。下辈子我就变一阵风。"

　　黑今天说话很乱，可不像过去的那个黑。她冷不丁又问我："哎，三儿，有人给你说媳妇吗？"

　　我不说话。"也许有吧。"黑说，"不好意思了吧。有没有的吧，早晚的事。可得让你娘给你好好相相。你想找个什么样的？"

　　我的心怦怦跳着，我想说，要找就找黑这样的，可我说不出。黑说得出。

　　黑说："可别找我这样的，你听见没有。找个安生的。这是我嘱咐你的话，早嘱咐为好。谁知道哪天还能见到你。"

　　黑的话把我吓了一跳，我猛然坐起来，忘记细睡的自己，黑伸手在炕墙上把烟掐灭，也忘记细睡的自己，她箍住我说:"三儿,别嫌我有烟味……你就永远十岁吧。"说完在炕上一滚,用被单紧裹住自己,好久不再说话。我以为黑就要睡着了,可她又脸朝房顶猛然问我:"你说看过戏台上穿裙子的女人,好看吗?"

我说:"好看。"

黑说:"身上脏着哪,脚臭着哪,要饭吃的一样。可会唱,遇到带冤枉的戏,更是没命地唱。所以呀,带冤枉的戏都有看头,就像《窦娥冤》一样。"

我问黑:"你说六月真能下雪吗?"黑说:"那是老天爷睁开了眼,看见了窦娥的冤。窦娥唱着:窦娥的冤枉动天地,三尺雪将我的尸骨埋。"黑哼唱起来,声音颤抖着。我问黑:"真下了三尺厚?"黑愣了一会儿说:"也许三尺还多哪。"这一夜我和黑都没有睡。

天亮了,老范来了。

十

老范来了,这次他没有穿纺绸裤褂,穿一身灰军装。老范身后还跟着两个人,穿着便衣,可手里都端着手枪。

老范知道黑正在我家耳房里等着他，这次他不进屋，单把黑叫到当院说："米黑，用不着化装了，就这样走吧。"现在我才知道黑姓米。老范两眼死盯着黑，两个便衣人就去扭黑的胳膊，黑没有反抗。看来她是有准备的。我想着她晚上对我说过所有的话。

黑出事了。

十一

黑出事了，她犯了罪。几天后的一个晚上，在我们的"抗小"教室里，召开对黑的宣判大会，黑的罪名是：经常出没于县城，给敌人传递我方情报。还说，县长的被捕遇害和她有关。

那天，我们全家都参加了宣判大会，黑被五花大绑着。房顶上有盏汽灯呼呼地照着她，她脸色苍白，低着头不看人也不说话。

我看见老范也在会场，他在一个黑暗的角落背着手来回走。

主持人开始列举黑的罪状，黑还是低头不说话，只在主持人宣布县长的被捕遇害和她有关时，黑才突然抬起头高喊起来，她说："我没有去过东杨村，我从来也没有去过……"县长被捕的那个村子叫东杨村。

黑说完，眼光在人群中一阵寻找，像寻找又像求助，我在远处看着她觉得她实在可怜，可怜得像一只受了委屈的猫或狗。

我觉得黑说的是实话，她没有去过那个村子。县长被捕的那些天，她一直住在我家，还教会了我跳《别露露西亚》舞。这个舞比《藏粮舞》要难得多。黑对我说这几天她没有任务，一定要教会我，还纠正我《藏粮舞》里的动作。她说，有句唱词也不对，不是"学会工作在田中"，是"血汗工作在田中"，后来我们就听说县长出事了，她还对我说："怎么让县长落在他们手里，你知道城里什么样吗？瘆人。真是的！"说时，眼里还转着泪花。

现在黑站在审判台上，她寻找的一定就是我，证明她那几天没有去过东杨村。可我不敢挤过去替她作证，他们给她定了那么大的罪过，说要从重发落。

黑在老师的备课室里押了一个晚上，第二天她才被押走。

十二

　　两个便衣人押着黑从我家门口经过，黑停下来想看看我们家人似的，可家里人不敢看黑。只有我偷藏在枣树上等黑的到来，我看见了她，她被倒绑着双手。两个便衣人用枪玐着她。

　　这天很热，她还是穿着她那件白褂子，阴丹士林蓝裤子，衣服汗湿着，前心贴后心，汗湿的头发也贴在脸上。黑不住扭着身子向我家看，她什么也没看见，没看见树上的我，走了。谁知，她将要去往什么地方，哪知第二天就有了黑的消息。

　　黑死了。死在一块棉花地里。一个叫老再的老头看见了她的死。

十三

　　老再说，黑被推进了花地，正在打花杈的老再听到两声闷声闷气的枪响，他想这一定是黑出事了。

接着他就看见两个便衣像兔子似的跑出花地，下了道沟，跑走了。

过了一天一夜，村长领人才把黑埋了。埋时，好多人围住黑观看。我站在远处不敢近前，村长见我站在远处也朝我喊："三儿，就在那站着别动。"

我想，就要下雪了吧，下三尺厚吧，我使劲仰头看天，可这天太阳很毒，有人说黑都被晒出了味儿。

埋了黑，村长见我还站着不走，就拍拍我的头说："走吧，三儿。"我和村长并着往家里走，村长说："谁叫我把黑领给你呀！"他叹着气。

就在这天，我搬出了耳房，永远告别了我的小炕。我娘收拾着黑用过的被褥，我爹也站在一旁，谁也不说一句话。

十四

对于黑的死，总要有些后话的。那天老范又来了，我爹问起黑的事。

我爹问老范："按什么性质定的?"他问的是黑为什么被

崩在花地里。

老范说："逃跑，押解中逃跑。根据有关规定，这情节可以开枪。"

老范抽烟，用手弹着烟灰，虽然烟灰尚短不够他弹的。我爹不说话，只疑惑地看着老范。我爹和老范对坐沉默许久，老范又接了一根烟。

我爹又问："老范，你说东杨村事件真和黑有关系？"

目前县长的被捕遇害称东杨村事件。

老范想了想说："黑虽然死了，东杨村事件还是一个悬案……"

十五

黑死后，县城里的日本人还砍了一个叫王五庆的伪军中队长。罪名是和一个叫黑的女八路"靠"着，泄露了不少皇军行动的情报。

十六

人们对于黑的身世来历说法不一。有人说，黑是一个邻县地主的二房（有说是三房），这二房和一个叫九岁红的艺人相好，被休了，黑就投奔了八路。也有人说，黑是保定二师的学生，专门回乡投奔抗战的，还自愿从事生前的工作。还有人说，她本是一名唱梆子戏的艺人。我倒觉得最后一种说法接近。想起黑在我家耳房小炕上，讲戏中那些冤死女人的故事，她还说过，凡是有关被冤死女人的戏都有看头。

2010 年初稿

2012 年再改

发于《当代》2014 年第 1 期

小本事轶事

人的本事有大有小

有人有大本事

有人有小本事

我写了一位外号"小本事"的人，和我同村

　　村中牛姓只一户。老牛姓牛名道厚，种一菜园，用一低矮土墙圈住。菜园毗连他的居室。夏天园内多种些莴苣、小葱、水茄子。入伏后改种萝卜、白菜。行人常抄近道穿墙而过，信手揪一把小葱，再用几片莴苣卷住嚼着。道厚老汉只说，吃、吃，水茄子也不小了。孩子们爱吃水茄子，揪下一个咬着，老汉也不说。白白的水茄子大如鹅蛋，水分充足，吃起来甜丝丝，解饿又解渴。

道厚老汉所生三子，名字均吉利不凡，都带出个"臣"字。老大名成臣，老二名迎臣，都已长大成人，在外地或打长工或打短工，常年不归家。三儿出生前家中只有道厚和老伴相依为命，靠了小菜园和间种的玉米高粱，可饥可饱地维持生存。道厚老汉常说，这一切都是靠了园中这眼甜水井。没有它的滋润，万物皆枯干，是这眼井滋润了他家。

但天有不测风云，偏偏老三又要出生，老三出生时是个风雨交加之夜，当一个赤红的"肉球"从老伴身上呱呱坠地时，老伴因血流不止而离世。而就在这一瞬间，甜水井也"枯"了，井的"枯"，不是水干，而是井壁的崩裂和垮塌，四壁的砌砖垮下来，将井埋去半截，成为井的废物——枯井。

可三儿却活了下来，一个赤红的"肉球"在炕上挣扎啼哭，道厚老汉一眼看去，他不似婴儿不似猫狗，只有一颗硕大的头颅压迫在一个鼓着的肚子上。老汉迎前摸去，但他有鼻孔也有呼吸，他寻思过把这东西扔进枯井中，再填上几锹土，让他和这井同归。但他忽而又发出恻隐之心，便又撕扯下几条旧棉败絮，将他包起，等待他长大成人。

道厚在园中深埋了老伴，盼望这"肉球"成人，并为

T·Y2014 3

他取名为"名臣"。

名臣越长越有人模样了，但他生长缓慢，八岁时才有锅台高，一颗硕大的头歪向一边，压迫着一个歪着的肩膀，短胳膊短腿，走路也摇摆不定。但有一条，他能说会道，能发现问题，眼快嘴快。道厚在房中劳作时，名臣能及时发现他的不当之处。这使得越老越糊涂的道厚，倒觉出三儿的几分可爱。

名臣再大些时，常跨出短墙，把视野拐入当街，洞察人间烟火，发现人间一些出于常规的阵势，发出更具经典的"警句"。

村中有一家办喜事者，双轿进村，鼓乐齐鸣。众乡亲正站立两旁兴高采烈地围观，赞叹这桩婚事的气魄，名臣却在一旁发话道："二茬毛，值当的?"

二茬毛是对再婚女人的贬称，而这家男人却是未婚者。

村人追问名臣是怎么判断的。

名臣答道，这里的世故多着呢，递说你也听不懂。一副冷峻的面孔朝着追问者。

有好事者为证实名臣的论断便去打听内情，新娘确系一个二茬毛。

又有新婚者，新娘下轿后，村人发现她左眼突起着一朵萝卜花。乡亲们暗自议论。此时名臣也挤进人群中，又发警句说，看着吧，右眼还有大事哩。

果然，几天后新娘做针线 —— 纳鞋底时，为纠正一处错误针脚，用剪刀挑开，准备再纳时，剪刀却直奔右眼，当即黑水直流，右眼完全失明。

自此，名臣得了一个外号"小本事"。小本事不仅断事不凡，两耳听力过人，记忆力也超强。

一次，小本事从村中一私塾窗前经过，听见窗内的读书声，先生正教学生念：苟不教，性乃迁，教之道，贵以专。小本事便记下了这书中的警言。

时，村中有杀狗卖肉者与小本事为邻。邻人每次致活狗于死时，常将狗吊上树干，用碗凉水猛灌进狗的嘴中，狗即丧命。一次邻居再用此方，狗却挣扎而不死。邻人正在无奈，恰逢小本事走来，想着"苟不教，性乃迁，教之道，贵以专"的句子，便走向前信手抄起一块砖头，朝着狗头砸过去。狗立时命丧九泉。事毕对邻人说：闹狗就要教训狗，它不死就属于"性乃迁"，叫它死就得"归一砖"。这是圣人之言，前街刘秀才正在教学生念哩。记住了，要紧是这后面的"一砖"。

邻人用此法，无不成功，常用煮熟的狗肉赠予小本事。

小本事只说:"也不为吃你这块肉才递说你'归一砖'的。"

邻人说:"知道,主要是为了你的本事。"

小本事嚼着狗肉还不忘哼唱着:"怀抱着皇家的印……"

哼唱"怀抱着皇家的印"是小本事早已养成的习惯。这句唱本出自京剧《大保国》。

小本事的本事越来越受到乡人的重视,说他的为人也厚道,习性很像他父亲的名字倒了过来。但小本事虽有"本事",但腹中常感委屈,于是为填腹中之饥,常生出些不大不小的无伤大雅的小计谋去填饱肚子。

那时,我们村中有集市,逢一、六过集。小本事常游弋于集市,停留于饮食摊位前。一次他在一位卖炸油条的锅前,久不离去,注视着油锅里的炸食长叹:"这,太费油了,太费油了。"卖主见是小本事在锅前长叹,便知他有省油之法,遂停下手中活计说:"小本事,今天我可遇到高人了。今天咱不吃锅里的炸货,走,下馆子去。走,老长店,黄焖鸡,葱花饼。"小本事故作推辞,二人还是走进老长饭店对坐下来,黄焖鸡、葱花饼自不必说,衡水老白干也少不了。酒足饭饱后,这正是主人向客人请教的时候了。

小本事用手背擦净油嘴说:"这样吧,你改行蒸馒头吧。"

主人本想与小本事发出些争执的，但念他平时为人，只说，算我上你小本事一个小当吧，知道你的肚子饿。小本事讪着也说："一个小玩笑而已。"

主人离去，小本事晃荡着身子走出店门，醉醺醺哼唱着"怀抱着皇家的印"。

当时村中有一习俗，遇婚事、丧事必得由"礼生"主持，但主持人要识字。

邻村距笨花村仅一里之隔，村小，无人识字。遇红白事便请笨花村一位秀才充当。是日，邻村有丧事，来请秀才做礼生，遇秀才出门，村人便半真半假地推举小本事去应差。此间小本事已粗识些文字，遇事不怵，说："叫我吧。礼生这点差事算个什么，无非按规矩吼两嗓子而已。"

小本事随人来邻村，当事人家中灵棚已搭就，孝子和小辈们正跪坐于灵棚等待开吊。礼生小本事来至棚前接过主持词进入礼生状态。

按规矩凭吊者开吊后，礼生要报出孝子及妻室姓名，向来人还礼施以谢意。此家姓潘，孝子名根升。妻子孙氏。吊唁者在施吊礼后，小本事手持礼单朗诵道："孝子翻跟斗还礼致谢!"孝子听礼生请他翻跟斗虽感意外，但由于身份原因还是就地翻起来，一个、两个……下面还有妻子孙氏，小本事将孙氏读成孩（还），说妻子孩（还）氏，意思是妻子也得翻。妻子一听她也得翻，一个两个……围观者皆大惊失色。事后有人问小本事这是什么规矩，小本事说："孝道之举有多种，翻跟斗是礼中之重，比二十四孝中郭举埋儿、丁香割肉还重。"

有人赞叹道，小本事快成大本事了。

我与小本事同村，常见小本事的本事发挥，但让孝子翻跟斗或属演义吧。乡人其说不一，有说翻过，有说并非如此，小本事把潘读成翻不假，那是礼单写得不清，此事成了小本事一桩断不清的"公案"，有人问到小本事，小本事只说年轻力壮的翻几个也无妨。

翻跟斗事件过后，小本事突然在村中消失，有说他去了省城谋大事去了。当然此时的小本事个头也有长进，二十几岁的年纪已高过窗台，走起路来也大步流星，去大城市谋大事也有可能。

时至二十世纪五十年代，当地因种植棉花而得名，国字号的棉纺厂在省城已建设不少，工厂招工时乡人多有投奔者，有乡人说曾见过小本事立于某大厂的招工广告前。果真小本事应试成功，入了一家国字号的大厂。

此时的小本事已很少回村，偶见他回村时，便是一身现代工人打扮：只见他身穿深蓝色夹克式制式工装，脚蹬一双翻毛大头皮鞋、厚底（这对小本事很重要），走起路来目不斜视，显出人的"伟岸"。不仅如此，制服胸前还有一排凸起的红字：国营第八棉纺厂。一团小字还围着一个更大如核桃的"浆"字。棉纺厂已明确了小本事的身份，但一个"浆"字可难住了众乡亲。有人找刘秀才请教，秀才说："好一个背字，浆和汤水有关，应该是一种较浓的汁液，豆浆也为浆，莫非小本事现在是一位卖豆浆的?"又有乡人说，也不对吧，开豆浆铺不会这打扮，卖豆浆，一副套袖一个脏围裙而已。

"还是问问小本事本人吧。"秀才说。有人便找小本事询问。小本事说："种你的地吧，工业上的事离你远哩，一环套一环，一扣连一扣。三言两语也说不清，给你细说吧我又腾不出时间。怹就往大处想吧，知道什么叫车间吗?不了解车间就不可能知道这个字的含义。下次吧，厂里开了支我请你下馆子吃黄焖鸡再递说你吧。"

小本事现在是一个吃商品粮有固定收入的人，身高又长了三五寸，加上他的厚底大皮鞋，骑自行车不用再掏着大梁骑了。现在小本事进村是要骑自行车的，他有一辆半新不旧的日本白熊牌二六自行车，平把，大后座。小本事骑上去，屁股在座子上扭个不停，但上路猛，轧起一阵阵尘土，一溜烟似的被尘土包围着前进。

日月荏苒，转眼已到二十世纪六十年代，小本事离村已有十多年之久。社会常发生巨变，一场被称作"文化大革命"的运动要涉及全国全民。各行各业都要放下手上的活，全身心投入史无前例的运动中。那时我已入文艺行，由于所学专业与演出团体有关，正服务于一个省级演出单位。运动对于这行更加苛刻，属于要改造的单位，运动也包括对于个人灵魂的改造。我们被圈在一个叫"五七干校"的地方，在那里自己动手盖房种田，参与被改造的各种活动。单位的领导也不再是领导，要有新的领导工宣队（工人阶级宣传队）来接替。一天，我们排好纵队等待我们的领导 —— 一位分队长的到来，果然，一位马姓总队长把一位分队长领到队前，原来这位分队长不是别人，是小本事。小本事的工装已换成一身假军绿，假军帽也别着五星帽徽，脚上还是他那双翻毛大头皮鞋。总队长说这位就是你们的分队长，别看个头小，阶级立场可鲜明，觉悟也高。今后你们的改造就由他负责 —— 工人阶级领导一切哟。他将和你们同吃同住，但和你们身份不同，今后你们个人的前途要由分队长来定夺拍板。他姓牛，牛队长。

牛队长（小本事）站立于马总队长的腋下，清清嗓子操着一口已改进的乡音（接近京腔），说："其实也简单，就目前形势而言，就是个站队问题，看你站到哪一边，是无产阶级一边还是资产阶级一边，过去站队站错了，站过来就是了。这可不是我说的，是'最高指示'指出的。也许有人问我，你呢，你呢。对，这是我应该回答的，不然没资格面对你们说大话，我敢吗？就我而言，站队问题没个错，一站一个准儿，为什么，阶级不同，一个根红苗壮的人，家里除了一眼枯井，什么都没有。没吃没喝没问题……"

小本事话到此时发现队中的我，但他的眼光机智地把我绕开，假装不认识我。自此，我只是他的队员，他是我的领导而已。

小本事接下去又说了一些不连贯的时尚用语，总结式地又说，好好改造吧，有我哩！话又带出浓厚而地道的乡音。

牛队长自有通情达理之处，白天站在队前训话演说，说些连自己也不大理解的豪言壮语，声称将来要"结合"在本单位（那时讲"结合"，是留下来做正式领导），我们这些被改造者大半都有被"开除"改行的"前景"，该卖萝卜的卖萝卜，该卖白菜的卖白菜……绝不手软。但晚上和我们同睡地铺而卧时，他便是另一个人了，使我又想到同村的那个小本事。

那时十二人为一班，同睡一地铺，初起说话谨慎，唯恐言语有失于自己不利，气氛沉闷。后来靠了小本事"道厚"的传家之风，气氛稍缓，大家也开始说笑话解闷，故事大半是有关"傻女婿"的。小本事不知不觉地也参与其中。

一次，小本事在被窝吸了一阵卷烟，开口说：给恁说个新鲜的吧。谁见过孝子在灵棚前翻跟斗，准没见过吧。就有，怪谁，怪"礼生"。先前这行当叫礼生，现在叫司仪，叫主持人。礼生发话，当事人就照办无误。叫你跪，你就跪；叫你哭，就得哭；叫你翻跟斗，就得翻。有一家办丧事，请了个礼生。孝子姓潘叫根升，礼生把潘念成翻，把根升念成跟斗。于是就变成了孝子翻跟斗。媳妇姓孙，礼生念成孩（还）氏，媳妇也翻起来，一个、两个……这件事说明什么，说明当事人受了二把刀之害。这种人在你们中间有吗？有！为什么让你们接受改造，改造也包括了对二把刀半吊子的清除。都属封资修残渣余孽，现在讲"吐故纳新"，都得被吐出来。

小本事接着发挥，昨天看你们演出舞蹈，举手投足，有个无产阶级架势吗？手里捧的是"红宝书"啊，一伸胳膊像个"鹰拐子"。当然也有个别不赖的，比如那……谁，小本事没有再提"那谁"的姓名。

于是"那谁"就成了一个"悬案"，说明"那谁"是受牛队长重视的。

当晚，地铺上一阵沉默，都在思考一个人——那谁。小本事唯恐有人追问那谁是谁，便机智地插科打诨地开辟了新的话题，说有个人在外地打工，遇天气寒冷又下了大雪，给媳妇写了一封信，让媳妇给他捎个被卧。因识字不多，错字百出，信中写道：天上正在下大白，家里有个好暖和，快给我走来。

媳妇接信一看，天上正在下大白，这是在下大雪。家里有个好暖和，什么暖和，还是我的身子。快给我走来，这分明是叫我去暖和暖和他的。于是去了，坐了一阵车，走了一阵子路，大晚上才到，一骨碌钻进了丈夫的被窝。

小本事讲完便有人发问：哎，牛队长把大雪写成大白，还有情可原，白比雪好写。这大被卧和好暖和比较起来，难度差不多呀，会写好暖和就不会写大被卧？

小本事说，你提的问题正中要害，故事的不合情理之处也就在这里。也是提醒你们，你写的、演的那些封资修作品大半都属于"大被卧和好暖和"，不合情理。在工人阶级领导下接受改造的必要性也就在这里。

"那谁"是谁，成了一时的话题。

我们等待"那谁"浮出水面。

一日，大家正在食堂前排队买饭，牛队长也在其中。舞蹈队有个叫娜娜的演员走来，筷子敲着碗。她体态丰腴，浑身带出些风骚，走到牛队长身边，信手抻抻牛的毛衣袖子说："开线了，晚上我来给你修修……"牛队长故意把胳膊一抽，说："这碍什么事。"把破了的毛衣袖子掖了掖。有人眼尖，还发现两人交换了一下不寻常的眼色。

大家打饭回到屋，"开锅了"，高叫着："她呀！'红宝书'举得不低，胳膊伸得也直，她呀！"

"那谁"浮出水面，自然事情不会到此结束。总有"改造"不彻底的年轻人盯上了"那谁"和牛队长。舞蹈队的小伙子们精力也充沛，昼伏夜出地开始了对牛队长和"那谁"的侦察和跟踪。功夫不负有心人，调查终于有了结果。

一个春天的休息日，阳光也好。不远处的山脚下有片小树林，其中还夹杂着几株迎春和丁香，是个引人流连的好地方。有人预测到今日可能在这里有好故事发生，便早早埋伏于小树丛中。果然牛队长来了，骑着他那辆半新不旧的日本白熊牌自行车。大梁上坐着一位女士，便是"那谁"。女人被带不坐后尾而坐大梁是一种待遇。

什么待遇？高规格的。

二人在林中下车，牛队长把自行车藏好，下面的事不说也罢，男女之事吧……哪知二人正在尽兴时，两个小伙子上前将其搌住。二人跪地求饶半天，但费尽心血的小伙子们，哪能就此罢休——心想，牛队长你可是改造我们的"领导"呀，你还大言不惭地说要"结合"在我们单位，让我们去卖白菜、豆腐。我们可是被你改造的对象啊……下面当是向大领导的汇报，以及大领导了解后对小本事的处理。牛队长当然要另有下落。

一日，总队集合，排成纵队，总队长出现于队前说，今天集合不同于往常，有"好戏"看。少时，有人将小本事押在队前，总队长说明原因后，宣布将牛队长开除工宣队，并定性为"工人阶级的败类"。这时"败类"的铺盖卷已从我们的房间扔了出来。"败类"小本事将自己的行李抱起，捆于他那辆自行车又宽又大的后架上（好像那个宽大的后架就是为他这次的除名而设计的）。当他准备扬长而去时，却又欲去又止，朝着大家说："大家叫我队长，那是对我的抬举，其实我就是个'打糨糊'的。可是，"小本事用手猛指总队长高声喊着说，"他也是个'打糨糊'的，我们的车间叫浆纱车间。"

至此，"浆"字的确切含义也终于明确。

原来在一个纺织厂内的诸多车间内有个浆纱车间，任务是把织布前的细纱上浆，再入织布车间成布。现在是一个纺织厂的车间"包"了我们一个文艺团体的思想改造。至此小本事当然也要离开带"浆"字的车间还乡为民，回到他那个有"枯井"的院子里。

转眼又过了些年，常有人从老家来，我问起小本事的现在，他们说小本事考过电影演员，演武大郎，在电影厂门口一蹲几天，排队等待应试。但结果未被录取。原因是他比另一位应聘者高了半个脑袋。

现在呢，我又问。

乡人说，现在过得"可强"哩。凭着会打糨糊的本事，在村里开了一个裱糊店。裱糊住宅房间，也扎糊送葬时用的童男童女。但他懂得"与时俱进"的道理。产品一再更新，现在不光扎糊童男童女、八仙过海什么的，还扎糊"汽车"和"彩电"。他常问来人，扎个"奔驰"还是扎个"宝马"？来人说扎个"窝窝"牌的吧。小本事说，什么窝窝，还贴饼子呢，那车叫"沃尔沃"。不扎那个，那车叫中国人收购了，合资了，还是扎个正宗的美国车凯迪拉克吧，尼

191

克松、肯尼迪都坐过。彩电呢，扎索尼吧，声音好，死人耳朵背。

小本事的扎糊，先用秫秸做骨架，再用他亲手打成的糨糊，把彩纸裱在骨架上，活灵活现，很受顾客欢迎。小本事还为自己撰写了广告词，门前显赫地写着：

纸扎活物现真情，裱糊房间像雪洞。

走进小本事的裱糊店，死活都满意。

2018年8月初稿于北京

2019年春再改

发于《长城》2018年

湖畔诗

一

那时，我毕业于省内一所卫生学校，属中专。在临床科学习时，老师让我注重妇科。毕业分配时，人事部门又问我，愿不愿意当司药，说，当司药可以留城。我想了想说，可以。

留城还是有吸引力的。是许多同学争取不到的一个好去处。再说，学医的分科是要由毕业后的实习专业决定。我们并没有经过实习，对于专业对口不对口也就无所谓了。再说我对妇科的认识"注重"还仅停留在书本纸面上。从解剖图上看，女人的子宫像个切开的梨，卵巢像只怪蝴蝶。

至于妇科那些更"深刻"之处，对我还是神话一般。这样，我就留城在一个不小的单位医务室当了司药。现在我与面前的瓶瓶罐罐、药粉、药片打交道。只待有女性患者凭处方取药时，我才有意无意地把她们暗藏在体内的脏器和我的书本知识相"对照"。这时，我常感到我内心的不洁。

单位的医务室，只有我和一位姓李的医生两个人。但我们所处的空间不小。我们把这间空旷的大屋子用布幔分割成了几个小空间，每个空间都有自己的专门用途。我站在属于我的这块空间里，面对我那一排被我擦拭得窗明几净的橱柜，心想，大医院也不过如此吧。

李医生是一位很有阅历的西医，他做过军医。但他在叙述他的军医生涯时显得有点混乱。他说，一次有件事他让小鬼去报告指导员，小鬼朝他打了一个敬礼去了。小鬼、指导员这当然是革命军队中的称谓了。小鬼通常是指为领导服务的警卫员或通信员。有时他又说，一次，他让勤务兵深夜十二点到劝业场买元宵，勤务兵也朝他打了个敬礼去了。勤务兵当然是军队中的另一种称谓。而劝业场在天津，天津当时是敌占区。有一次他还说，一个慰安妇找他看病。他用日语和她说话，慰安妇听不懂，原来这慰安妇是朝鲜人。还讲了这个慰安妇不少细节……这个有着高挑的身材、鼻子修长、眼窝深陷，看上去有几分西亚人血统般的李医生，彼时正值中年，且无家庭拖累，一个人独来独往。

我尊重李医生，因为他像我心目中的医生，无论是他那一尘不染的衣着，他那文雅的举止，就连他的洗手规则也都带着极严格的职业特点：手心手背搓擦几遍，然后又搪开五指，双手交叉又一阵揉搓，连指甲都不放过，最后用净水把手冲了又冲。李医生告诉我洗一次手有六道程序。至今他开处方还用拉丁文，他把拉丁文写得龙飞凤舞。虽然用拉丁文开处方已被废止，但李医生用。他说病人看到拉丁文从心理上已经得到安慰，你用中文写"苏打"就不如用拉丁文写"soda"；你用中文写"磺胺"就不如用拉丁文写"sulfonamidum"。拉丁文之于病人是一种必要的心理暗示。我赞成李医生的观点。我认真解读着李医生天书般的处方，和他准确无误地做着配合。

只有一点我对李医生心有不满，便是他对女患者的过分关照和"瓜葛"。在属于李医生的空间里，他和女患者没完没了地"瓜葛"，他本是正统的西医，却弄起了号脉、按摩、推拿一类。这使得他有更多的时间在患者的身上安抚、弹拨。他还与患者聊些与疾病无关的话题，诸如对蜂窝煤炉子的改造，用买脸盆的小票能在哪里买到水壶，的确良和棉布哪种织物优越。有时他还和女患者聊织毛衣的针法，我猜李医生并非织毛衣的内行，但他能说出不少针法和花样。诸如太阳花、萝卜花、玉米花还有大阿尔巴尼亚、小阿尔巴尼亚……女患者也津津有味地附和着，她们的笑声不时从李医生的空间升起。

二

买东西凭小票，改进蜂窝煤炉子，毛衣的针法都联系到阿尔巴尼亚。这是一个特殊的年代，当时国内正处于"三年困难"时期，国外有"帝、修、反"来和我们作对。地球上除了中国这盏"社会主义明灯"，远处只有一个阿尔巴尼亚国也点着一盏"社会主义明灯"，这使得我们不得不饥肠辘辘地和一个阿尔巴尼亚肩并肩地迈着前进的脚步向前走——"我们走在大路上"，像那首歌里唱的。于是，阿尔巴尼亚的毛衣针法也不远万里传过来。刚才我就是从单位礼堂听完政治报告走出来（那时的单位领导都要作报告）。领导在报告中先讲了目前形势、"三年困难"时期，又再次强调了"帝、修、反"的存在，然后说，现在我们的生活已进入到一个"低指标、瓜菜代"的时代。"低指标"是国家配给每个人的粮食指标要降低，"瓜菜代"是号召大家以瓜菜代粮。

还说目前这点困难要大家克服，谁也不要忘记地球上还有四分之三的人生活在水深火热中，这四分之三生活在水深火热中的人还要等我们去解放，虽然我们是低指标、瓜菜代。

我从礼堂出来拐进食堂去打饭。同志们已在食堂先我一步排起长队，拿饭盆的，拿饭盒的，拿钢精锅的。人们穿得很厚，有人穿着棉猴戴着帽斗儿，显得队伍十分拥挤，谁也不提刚才听报告的事，只搓着手、跺着脚、哈着气等打饭的小窗口打开。小窗口终于打开了，一股热浪从里面冲出来，把一个冰冷的食堂冲击得热气腾腾。人们开始把一张火柴盒大小的饭票递进去，把属于自己的那份饭食打出来。不久我也打出了我那份以菜代粮的饭食，往宿舍走，路过传达室时，传达师傅递给我一封信。这是一封来自老家的信，白报纸做成的信封上印着梁山伯与祝英台的戏装画。写信人是我的堂叔向老宽。

我回到宿舍，先通开炉子，守着炉子吃饭看信。今天的饭食还好，除了两个甘薯面包着的榨菜团子，还有一块"人造肉"。在此，我应该把"人造肉"作一介绍，因为它体现着我国人民在这个特殊时期的一项重要发明创造：这是由薯类和碾碎的玉米秸秆发酵而酿成的糕状物，一面涂着酱红色模仿肉的外形，更有能人在"肉"的侧面用颜色分出层次 —— 五花肉似的。目前我们单位全体职工分成班组，正轮番着制造。在一个地窖里，摆着各种容器——瓦盆、脸盆、碗盘都有，再把所需原料填进去，让其发酵。现在我们这个班组的"造肉"工程，正在窖内实施中。

两个榨菜团子，也并非真正的榨菜，那是生长在我们这个城市东面大淀里的金鱼草。吃这东西能使人忘记自己的属性，想到的是牛、羊、驴、骡和水中的鱼类。但我们吃——我们时刻牢记"低指标、瓜菜代"的口号，这里有最高领袖的最高指示的含义。领袖就有过"忙时多吃、闲时少吃"，必要时还要"杂以瓜豆"的语录。虽然现在的形势已不是多吃少吃的问题，瓜豆也成了新奇，但领袖的语录仍在鼓舞我们。大家以坚定的信念吃着盘中餐。

我吃着"人造肉"看信。信，确是老宽叔的笔迹，他识字，先前他在城里上过"高等"。他在信中叫了我小名后以自己的口气叙述道：恁家那几间没人住的老西屋，前几年生产队喂牲口占着。现在牲口被社员杀着吃了，房子也没人管了，快塌了，卖了它吧！时下咱村东头王老五的儿子当兵复员回来要娶媳妇买房，这也是一个机会。有机会咱就该利用。房塌了就不如卖了。信中还说，我们弟兄三人我最小可离家最近了……老宽叔说得对，我的两个哥哥都是"三八"式干部，后来都南下任职。此事当然就落在我的头上。

面对信的内容，我困惑了好几天，回家卖房，在目前这当是一件不光彩的事，它不符合我们"走在大路上"的雄心壮志。这是一条不光明的小道。可又想到老宽叔"塌了不如卖了"这句话，我决定去和李医生商量。我把老宽叔信的内容告诉了李医生，没想到李医生赞同老宽叔的观点，他说话简单，他连着说了两个"卖"，又说"不卖白不卖"。不过他提醒我一定要到单位人事部门请假说明情况。最后，我受了李医生的鼓励羞羞惭惭地来到人事部门说明情况。人事部门领导说，你不是党员卖房自己负责。党员可不行，要受党纪处分，这行为纯属资本主义，复辟资本主义正是我们要提防的。这意识还联系着"帝、修、反"。"你没有听过报告。你看全国人民正在意气风发地干什么，你的行为又算什么！"面对领导的一席话，我面红耳赤地呆立半天，还是以老宽叔和李医生的话为标准向领导表态说："我愿自己负责。"

三

告别李医生，从我的幔帐里走出来，先坐四个小时的火车，又坐三个小时的汽车，归心似箭地往家奔。其实我乘坐的汽车是怎样的汽车，那是一种燃烧木柴的卡车。卡车上放置着由半人高的汽油桶做成的火炉，靠劈柴在炉中燃烧产生前进的动力。乘客直挺挺地站在车上烟熏火燎随车前进。有乘客问司机，油呢？司机说：找"帝、修、反"要去。他们卡咱们的脖子。他说得半信半疑，脸上泛着滑稽的笑容。

汽车在我所熟悉的一条公路上摇头晃脑地前进，尘土从车后升起来，把车和人包围住。烟尘还轰赶着路边寻食的鸽子，我坐三小时"汽车"，再步行六里，来到我的家乡——兆州向阳公社笨花村大队。

现在记述我的村子，前面要加所属公社，我儿时不必，只说兆州笨花村。笨花村在兆州城东六里，一条深深的黄土道沟连着县城和村子。站在沟沿上向四周看，是一望无际的大平原。兆州就属于冀中平原。我踏着这条熟悉的黄土道沟向村里走。入冬后道边的野花野草已干枯，若是在夏天道沟两旁盛开着数不清的野花：大坂花、羊角蔓、婆婆丁、猫猫眼、猪耳朵……现在沟里只剩下细腻的浮土，你踩着它走路，浮土不住往鞋里灌。

细腻的浮土，这是我们家乡的特有。它细腻如面，如同女人粉盒里的粉，踩上去噗噗有声，你走着，它还会扑上你的裤腿、你的肩、你的头脸。少年时代的我，就是踩着这细腻的浮土在这块大地上发育成长。

再往前走，过一个少水的苇坑再过一个干涸的柳树坑，就是我的村子了。

天黑以前，我终于站在我家的老西屋跟前，果然，它破败得已面貌皆非：那是四面的残垣顶着的一个破败的屋顶。屋顶上长着枯黄的星星草，像一位秃顶老人稀疏的头发。

四

在笨花村，我家属大户，拥有的房屋当然不止这几间老西屋。抗战胜利，土改时，我家多余的房屋和土地被我父亲列出清单交给了农会。我父亲是一位懂得与时俱进的人，他善于先知先觉地跟时代走。他是五四新文化运动的当地传播者，还是一名受人尊敬的医生。许多女人还叙述着，她们头上的辫子是怎样被父亲动员剪去的。孙总理逝世后，是他一字不落地把"总理遗嘱"写在学校的影壁墙上。我还记得那面影壁墙，白墙上写着蓝字，开头是"余致力于国民革命……"有村民以为"余致力"是个人，问我父亲那是谁。我父亲说，那不是个人，是孙总理说的话，"余"是指孙总理自己，"致力"说的是他努力做的事。现在我眼前这几间破败的屋子，便是他的活动基地，他在这里看病、办学校，和村人讨论国内、村内大事。现在我通过一个破窗户向里看，先看见地上一些干涸的牲口粪便和一些零星的牲口草料，想起老宽叔说过的生产队在这里喂过牲口，继而又想到牲口们被杀的事。再向墙上看去，墙上还有这里做学校时的黑板，黑板上还有隐约可见的粉笔字，或许那就是个"泛爱众（众）"的"众"字，或许那就是个"甚嚣尘上"的"嚣"字。前者是《弟子规》，后者是《新民主主义论》。再细看，还有4/4或2/4的字样。那不是数字，那是音乐简谱中的节拍记号……

这时背后有个声音传来。这是老宽叔。老宽叔看见我扒着窗户向里看，说："这么说你是接到我打给你的信了，也不知道地址写得准不准。"

我转过身对老宽叔说："叔，我接到了，请了假。"老宽叔指着房子说："看衰败的。"老宽叔在房前走过来走过去，向上看看，向下看看。

他穿一双开了绽的棉鞋，步履蹒跚。我呆立在他身后。他弯腰捡起一块碎砖头，一面在手里掂搭着叹气，一面向我说起卖房的意向，还是说："卖了总比塌了强。"

我没有更多附和老宽叔的话，心里七上八下敲鼓一般。

老宽叔看我不说话，就说："也许你自有难处，走吧，先回家吧。"

老宽叔说的回家，当然是回他的家。他转身向前走，我跟上来。先前我们两家的院子有道墙相隔，现在墙倒了，迈步就来到老宽叔的院子里。他的院子很大，有几棵我所熟悉的老枣树。现在正是入冬时节，枣树叶子已落尽，几棵枣树下却有炕大的一块菊花地。雪白的菊花正放着花香。老宽叔见我注意菊花，就说：这不是花香鸟语，是县药材公司给的任务，入药用。晒干后交给人家，挣个酱油醋钱。

我和老宽叔一前一后来到他的屋里，屋里还是以前的格局，只是墙更黑了，家具更老了。婶子已过世，老宽叔身后无子女，现在只有他自己度日。我们分上下坐在迎门桌两侧。他还是说起老西屋破败的经过，说生产队怎么在里面喂牲口，又怎样把牲口杀了吃了，说牲口如何懂人性，被杀时纷纷掉着眼泪，有的牲口甚至对着社员下跪。他说着话，便伸出手张罗着卷烟抽。他拿过一个盛烟叶的铁匣抓挠烟叶，又不知从哪儿拿出一本砖头模样的厚书，从中哗啦撕下一页，就去卷烟。

看到这厚书，我心里往下一沉，这不是一本《圣经》吗？这是一本《新旧约全书附诗篇》。那种版本，我熟悉它，惊异它的存在。我从老宽叔手中要过书，翻动着，心跳很急。老宽叔却不经意地说："你认识这物件？"

我认识这物件，我打开这本《圣经》翻看，原来内文已经被老宽叔卷烟撕去不少，但扉页还在，扉页上还清晰地显示着书主人的名字，名字是用红蓝铅笔蓝色的一端写下的。那是"向湖畔"三个字。

向湖畔是书的主人。向湖畔是谁？是老宽叔的妹妹，我的姑姑。

五

我七岁了。七岁的我喜欢在大院子里四处游走观察，俨然一位"研究"者。我研究鸡的下蛋，看蛋是如何从鸡的体内滚出来的；我研究公鸡为什么总是比母鸡神气活现；狗为什么不吃猫的食；蜘蛛是怎样把自己的网挂在墙上；马蜂的窝原来是用我家的窗户纸做成的。它们叼走了我家的窗户纸，纸上才留下了一个个豆大的小洞。我游走着来到我家后院，后院有榆树、槐树、椿树，树下长着一人高的麻秸（苎麻），麻秸下有柔软的茅草。我坐在麻秸以下、茅草以上等有鸟到来，鸟不来，我就想事：前几天村里唱戏，我看见一个坤角儿的脸很白，手很黑；员外脸上挂的胡子要是挂在我脸上会是什么样……这时头顶上那棵大槐树又吸引了我，大槐树连着老西屋，我便攀着大槐树上到房顶。我想研究更远的事。

我家的老西屋位于笨花村最西头，坐在房上四看，能看出好远。

我坐在房上向西边看，西边六里就是兆州城的土城墙，城里有座古寺，古寺中有座塔，我们叫它"锥锥"，锥锥从城墙里边冒出来，高出城墙许多。城墙后面就是连绵不断的太行山。有个山峰像桃子，我们叫它桃山。有个地方像磨盘，我们叫它磨山。

我看城墙、看锥锥、看桃山、看磨山。

湖畔姑来了。湖畔现在十五，也许十六，她穿着短袖布衫，月白长裤，半走半跳地沿着连着我们两家的土墙走过来，像走钢丝一般。走近了，我看她光脚穿的布鞋有点歪。

湖畔个子不高，短发，圆脸，鼻子两侧有一小片星星点点的蚕沙（雀斑）。我常想，为什么有人长着蚕沙就难看，它长在湖畔姑脸上，她就更好看。要是她不长蚕沙，她一定就不是湖畔姑了。

现在我正坐在房上向西看。湖畔也坐下来，问我在看什么。

我说："我在看城墙。"湖畔也朝着城墙看，问我："你说城墙高，锥锥高，还是山高?"我说："这三样，锥锥最高。"湖畔说："一百个锥锥摞起来也赶不上山高。"我说："为什么看着锥锥高，山倒矬。"湖畔说："我递说你吧，这都怨山远、锥锥近的过。"我想了想，觉得湖畔说得对，东西们越远显得就越小，一头牛在近处看有半房高，在远处才像只狗一样大。飞机在天上飞只有鸟大，落下来也许有一间屋子大。我猜。

我们看了一阵城墙和山。我又"领"湖畔向南看。村南有座老土窑，土窑前面有棵柏树，远看像只鸡，人们叫它"鸡柏树"。

我问湖畔："你说窑里能不能住人?"

湖畔说："能，王宝钏就住过土窑，薛平贵也住过。后来薛平贵走了，王宝钏在土窑里一住十八年，没吃没喝靠挖野菜度日子。"

王宝钏和薛平贵的故事我也知道，笨花村有个秧歌剧团，就唱《平贵别窑》，也唱《武家坡》。《平贵别窑》说的是薛平贵去从军和王宝钏分别的事。《武家坡》说的是十八年后薛平贵又回到土窑夫妻相认的事。

湖畔说："你盯住土窑和鸡柏树细看，窑前真像有个王宝钏一样，忽隐忽现。你看她在鸡柏树下，一会儿蹲下，一会儿站起来，那是她在挖野菜呢。"

湖畔又说："其实窑里窑外也许什么也没有，那是你觉得有。有时候你觉着有的事，或许就有，就能看见。"

我说："那是怎么回事？"

湖畔说："你觉得有的事，是你用了心，用心所看见的事，光靠眼看不见。"

我用心看了一阵子土窑，仿佛就看见了王宝钏在挖野菜似的。然后我又"领"湖畔向东看，东边十五里有个天主教堂。教堂里有座尖塔。听说塔下有个花园，常有牧师在花园里散步。都说牧师走路不回头，即使后面有人喊他，他也不回头。我问湖畔姑是真是假。

湖畔说："真是。牧师不是一般人，我佩服这种人，向前走，不回头。"

我们都向东看，也许都想着牧师的走路，直到有两只喜鹊从我们头上飞过。北邻居有两棵老榆树，树上有喜鹊窝，树下还有个大草垛，草垛挡住了我们向北看的视线。我们就躺在屋顶上看天。现在头顶上的大槐树正放花，一阵风吹过，槐花像雪片一样飘下来，撒在我们的身上，撒在我们的头上脸上。我们盖着槐花看天。天很蓝，很高。

湖畔姑问我："看见了什么？"

我说："看见了天呀。"湖畔笑了说："这还用说。天上有星星没有？"我说："白天哪有星星。"湖畔说："我教给你一个办法，就能看见星星。"

她信手从旁边揪下几棵星星草说："你叼住它，闭上眼，再看看。白天也能看见星星。"

我叼住湖畔递给我的星星草，闭上眼，我猜湖畔也叼着草闭着眼。

湖畔问我："看见星星没有？"我说："还是没有。"

湖畔说："你准是没有记住我的话，白递你说了。你一面想，一面看，用心看。有没有？"

我一面想一面看，仿佛真看见了星星。星星还不少，连天河都有。我高兴地喊着对湖畔说："看见了，看见了。真有。"湖畔倒不说话了。我睁开眼看她，她还在闭着眼，槐花撒了她一脸。不知她又在想着什么。

六

我八岁，正是抗战时期。村中无学校可上，我父亲就在我家的老西屋开办了一所家庭学校。他教识字，讲文化，宣传抗日。学生们年龄参差，有男有女。我父亲叫学生们从家中搬来自家的各式桌椅，不分男女围坐下来。我父亲站在桌前说：现在桌椅都有了，墙上还缺一面黑板，在墙上刷黑板得用"烟子"，可时下买不到这物件，怎么办？我想了个办法，咱们用"锅底黑"，锅底黑要到各户收集，收捡锅底黑每个学生都有责任。谁家做饭都得用锅，都得烧柴火，烧柴火做饭锅底下就有了锅底黑。于是一场"积攒捐献"锅底黑的行动开始了。学生们把自家的锅底黑刮下来，你一捧我一把地伸着两只黑手向学校跑。我父亲不知又从哪儿弄来"水胶"，有了水胶和锅底黑，他自己动手在我家老西屋的一面山墙上刷制了一面特大的黑板。

教室里有了黑板，我父亲站在黑板前讲课。没有正式课本，他就讲《弟子规》，讲《千字文》，还有一种半文言半白话的《实用国文》。

我和湖畔挨着坐。

我爹说：我主张念书要死背，死背是为了死记，记什么，记字，不是让你记讲究。有些书里的讲究也不一定对，你就说《弟子规》吧，"弟子规，圣人训"，就值得研究。弟子讲规矩应该，为什么非要圣人出面。再说这第三句，"首孝悌"，是让你孝敬门第，这句话也不能深究，对什么门第也要孝敬吗？他家要是汉奸呢，要是土匪呢，难道也要孝敬？所以我说，咱们学它是为了识字。一本《弟子规》和一本《千字文》总能让你认识千儿八百个字，识千儿八百个字也算是有文化了。这《实用国文》编得不错，不深不浅，是一本打基础的好书，你看：雁，候鸟也。秋则自北而南，春则自南而北，羽翼甚坚，飞时极整齐，或如一字，或如人字。讲的是大雁的习性。谁都看见大雁从咱们这里飞过，秋天向南，春天向北，再看见过雁，你就会想起这篇课文，知道雁属于候鸟，它还有守纪律的习性。这已属动、植物范围，也是文学。你们再看：曾参之子泣，参妻谓之曰，女勿泣，勿厌而杀彘，曾参闻之遂杀彘。说得多好，说的是大人不要骗小孩，说得到，做得到。许给小孩杀小猪，就杀小猪。

湖畔爱提问，我爹讲曾参的故事，湖畔就问："晨哥，谁是曾参？他孩子为什么哭？"

我爹叫向晨，湖畔叫我爹晨哥。

我爹笑笑说："曾参这个人离咱们可远，有两千多年，是孔子的弟子，孔子有弟子三千。曾参是其中一个，至于他孩子为什么哭，准是嫌他娘不给他买烧饼吃呗。他娘就说：杀个小猪不比买烧饼强。"

一屋子人都笑了。

我父亲就是这样教大家识字，把文化知识灌输给大家。后来抗日政府得知我们笨花村办了学校，就送来新书《新民主主义论》让我们念。我爹拿着新书说，这文章看似深奥，实际浅显，是目前抗日救国的大政方针。抗日也不能盲目、盲动。我们都似懂非懂地听。湖畔又有了新问题，她问我爹，《新民主主义论》里有句"甚嚣尘上"的话是什么意思？湖畔问"甚嚣尘上"，许多人也都喊着问。课堂上乱起来。我爹拍了拍桌子，"镇"住形势说："你们这就叫'甚嚣尘上'。一个问题至于乱成这样。这四个字也不用我解释了。"大家安静下来。这时我爹又说："不过这'甚嚣尘上'在这里说的是，在抗日的紧要关头，有些人光喊抗日不抗日，还惹是生非、说三道四。"

讲完"甚嚣尘上"，我们又该念诗了。我们念过的诗也是由浅入深。从最浅显的"一去二三里，烟村四五家"到不深不浅的"白日依山尽，黄河入海流"，再到深不可测的新诗我们都念。有些诗里那字们排列得实在莫名其妙。比如"怪道湖边花都飞尽了"和"大风刮过保育的大野"，我们实在不懂，但湖畔喜欢。她对我爹说："我就喜欢这样的诗。念它，我就像变成了另一个人，就像飞出了咱笨花村

一样。虽然湖边咱们没见过，但'大野'咱可知道，上到咱这老西屋房顶上四看，都是大野。"我爹说："你理解得不错，理解一点是一点。咱们不能光念容易懂的诗，也得念听不懂的。这就是文化。"

念完诗，我们该唱歌了。我爹举着新式唱本，把歌词和简谱写在黑板上，他先教学生识谱，后唱歌词，他用力拍着桌子，唯恐学生唱乱了拍子。他说，音乐就是几个音符的编排加上拍子，没有拍子就不成音乐。他教几遍歌谱歌词，就叫学生试唱。湖畔总是第一个站起来。湖畔唱歌，我爹站在黑板前脸上露出满意的笑容。我们听湖畔唱歌，像听"戏匣子"。

七

湖畔是老宽叔的妹妹，他们的爹和我爹的爹是兄弟，叫向运。向运有两房媳妇，老宽叔是原配所生，湖畔是二房所生。湖畔娘不是本地人，她娘年轻时跟蒸馍馍生意的父亲从邻县来到笨花村，笨花村就有了馍馍铺。那时的湖畔娘大约就是现在湖畔的岁数。她爹在馍馍铺揉面、使碱、做剂。年轻的湖畔娘就烧火拉风箱。

笨花村有了馍馍铺，像有了稀罕。这铺子的门正冲着当街，每当铺子开门，父女二人开始劳作时，门口就站满了看热闹的村人。他们一面看老爷子揉面、使碱、成型装屉，还不时把目光转向拉风箱的湖畔娘。那时不事农事的向运，也常来驻足观看，他不在意那个揉面、使碱的老人，而在意这个拉风箱的姑娘，虽然姑娘朝门的是个背影。直到馍馍铺的馍馍开了屉，向运就顶着一屋子热气首先走进来，他期盼湖畔娘亲自把馍馍递到他手中。向运大约吃了一年的馍馍，就托媒人说合，把湖畔娘明媒正娶地娶到家中。湖畔娘第二年生下湖畔。

那时的湖畔不叫湖畔，叫俊（她长得俊）。湖畔是我父亲为她起的大名。

我们上学了。有一次湖畔对我爹说："晨哥，给我换个名吧。"

我爹说："这为哪般?"湖畔说："长大了、上学了，不该叫小名了。"我爹想了想，出口成章地说："行，就叫湖畔吧。"湖畔说："这个名字好新奇，你给讲讲吧。"

我爹说："我教你们唱新歌、念新诗，那诗里就有一种叫湖畔派的诗。我发现你对这种诗念得最上心。你念过的那句'怪道湖边花都飞尽了'，就是湖畔诗这一派。作者叫应修人，就是湖畔诗人。还有那句'好像大风刮过保育的大野'，这是冯雪峰的诗，也是湖畔派。有些倒装句的歌词也有这个特点。就说你唱的那首《渔翁乐》吧，你看：渔翁乐陶然，驾小船。身上蓑衣穿。手持钓鱼竿，船头站。他不说渔翁穿着蓑衣、拿着钓鱼竿站在船头，他非倒着说。你喜欢这类诗、这类歌，叫湖畔最合适。"

湖畔说："这名字新鲜是新鲜，也不一般，就是叫起来别嘴，不像咱这儿的人。"

我爹说："习惯了，就好了，凡事都有个习惯过程。"

大家一听湖畔有了新名，就撺掇她唱歌。湖畔也不推辞，说："行，我唱《春归》吧。"湖畔郑重地唱《春归》，声音发着颤，脸上冒着汗，汗浸湿着脸上那一小片蚕沙。

春深如海，春水如黛，春水绿如苔。白云快飞开，让那红球显出来，变成一个可爱的、美丽的世界。风，小心一点吹，不要把花儿吹坏。现在桃花正开，梨花也正开。园里园外，万紫千红一齐开。桃花红，红艳艳，多光彩。梨花白，白皑皑，谁也不能采。

蜂飞来，蝶飞来将花儿采。若常常惹动诗人爱，那么，更开怀。

湖畔唱完《春归》，大家还让她再唱《桃花江》。她又唱了：桃花江，美人窝，桃花千万朵，比不上美人多……

湖畔脸上带着无尽的笑容，眼里却汪着泪花，就像还浸沉在《春归》和《桃花江》里。大家喊着："湖畔就是从桃花江来的。"我看湖畔，就是桃花江来的美人。

八

那些年，不大的笨花村中有许多新鲜事，村民们常为"新鲜事"而兴奋，而惶惑，而悲伤。

后街有位师婆，自称"三皇姑"转世，她家里供着神龛，常年香火不断，很受人尊敬。天旱时，师婆便带领十八位老龄妇女到村头扫坑、求雨。此时，她身穿"偏衫"，戴戏台上的"髯口"，手持"鹰肘"，在众人前面走。随行者扛着扫帚、笤帚，在师婆的带领下，来到村西道边那个干涸的柳树坑里，拉开阵势，用扫坑的形式求雨，在飞扬的尘土中边扫边唱。

师婆在前领道："十八个老婆来扫坑，扫一扫，泳一泳，不多一时下满坑。"

众人合道："扫一扫，泳一泳，不多一时下满坑。"

师婆反复吟唱，众人不停地呼应清扫。村人驻足围观，不时仰望蓝天，切盼天降甘霖。据说，有一年就在师婆吟唱时，本是晴空万里的天空，忽然乌云密布，下起瓢泼大雨。于是师婆名声大震，扫坑的形式也延续下来。但求雨大多是不灵的。师婆也自有说法，说，那是天上龙多犯靠的原因。每年皇历上都写着这年有几龙治水。龙越多就越犯靠，也就形成了旱年。

我和湖畔也看师婆求雨。我们不见下雨，就顶着太阳，满头大汗回家去问我爹。湖畔对我爹说："龙犯靠是怎么回事，天上真有龙？"

我爹说："你们念过《千字文》，有句话叫'云腾致雨'，是说有云彩才下雨。云彩是哪来的，是水蒸气所致，水蒸气遇冷，就是水就是雨。看看家里做饭，锅盖上水和气的变化，不就一目了然。至于天上有没有龙，你自己解释吧。"

湖畔说："我不信天上有龙，我信天上有个万能主宰。"

我爹说："我知道了，你脑子里又有了新鲜，万能主宰，这是基督教的观点。"

湖畔的新鲜，来自笨花村的又一新鲜，有位信奉基督的大娘，常常在街里边走边唱："万有主宰可怜世上人……"有时又高喊："我就是阿拉法，我就是哦梅嘎。"

于是"阿拉法"和"哦梅嘎"使湖畔也受到吸引。她不懂其意，就去问我爹，我爹说这是外国话，这出自《圣经》的启示录。"阿拉法"就是首先，"哦梅嘎"就是末尾。

湖畔问我爹："你说真有上帝吗？"我爹说："这件事，我这样看，信则有，不信则无。"湖畔说："晨哥，你信吗？"

我爹说："我看过《圣经》，只觉得世界上还有这么一种学问，不妨了解了解。"

湖畔说："我也要了解，我得信。一个首先，一个末尾。人横竖是离不开这两样。"

我爹说："湖畔呀，湖畔，你是个好新鲜的人，这件事我不能说多么赞成。你要是主意已定，我也不强制你放弃。再说，做礼拜，总比去扫坑强。"

湖畔说："我主意已定。"

九

　　有位叫班德森的瑞典牧师在兆州的土城墙内，建起一座基督教堂。教堂建在一个高高的土岗上，远看和农家大院没什么两样：一带土墙围绕着一列土坯屋子。只在土屋子的墙上开拱形窗户，当地的窗户是方形的。人们从这座有着拱形窗户的建筑跟前经过，常听见从里面传出诵经声和唱诗声。那"阿拉法"和"哦梅嘎"就是从这拱形窗子里传出的。兆州人还由此处得知，基督徒过日子要用七天分割，七天的最后一天叫礼拜天，这天信徒们要聚会做礼拜。

　　我跟湖畔去做礼拜。她手里拿着的就是那本写着名字的《新旧约全书附诗篇》，她一手拿《圣经》，一手拉着我，朝着黄土城墙走。我们已忘记这沟边上野花的存在，只是一阵快走，一阵奔跑，让细腻的浮土尽管扑上我们的脚、我们的腿、我们的头和脸，直到我们站在教堂门前时，湖畔才将自己拍打干净，也把我拍打干净。

　　从前我和湖畔在这条路上走，她总是采摘一路野花的。她告诉我那种花叫大坂花，那种花叫婆婆丁，还有羊角蔓和茨茨果……有一种叫"黑老鸹喝喜酒"的花，花心里就装着"酒"，是一种淡紫色的小喇叭花。把花采下来，放在嘴里抿，就有酒味。还有一种花叫"猫猫眼"，是一种指甲盖大的小黄花。湖畔说，这种花可不敢采。"猫猫眼拿回家里打了碗。"她说。

自从湖畔有了《圣经》，一路上不再喝"喜酒"也不再提及"猫猫眼"打碗的事，只是一手拿《圣经》，一手拉着我，蹚着浮土奔跑。她唱歌，也不再唱《春归》和《桃花江》，唱《只有一位真神》，歌声随着我们在天空中飘荡。

我永远也忘不了湖畔得到《圣经》那天的情景，那是湖畔在做礼拜时，班德森牧师亲自将这本《圣经》递到她手中的。班德森的太太弹奏着风琴，在风琴的伴奏下，湖畔手捧住《圣经》，不是笑，而是哭。眼泪从她的脸上一串串地往下淌。班德森为她做着祝福，他对湖畔说，现在她就是主的女儿。湖畔哭得更伤心了，许多信徒都为她掉下眼泪。

扉页上向湖畔的名字也是那天写上的。那天她在街上的文具店专门买了一支红蓝铅笔。回到家中把铅笔削开，郑重地在扉页上写下了她的名字。

我跟湖畔去做礼拜。还参加了班德森的唱诗班。礼拜时，我们穿上白色的大袍，站在班德森的讲台前，和着风琴的弹奏唱诗。湖畔是唱诗班的领唱，每逢圣诞节更是湖畔展示自己演唱才能的时刻，她唱："圣诞节，大福节，天使降临大喜悦。高声颂赞基督降生，主把天门为人大开……"

我常觉得她的声音能绕过教堂的檩梁，穿过窗户，飞向云端。她用歌声迎接她心中的基督降生。唱完诗，她淌着眼泪向我跑过来，弯下身子把一张湿润热烈的脸贴上我的脸，对我说："基督降生了，基督降生了……"

不久湖畔要受洗了，异教徒把受洗说成"过水"。

班德森主持的受洗仪式真像是人的一次"过水"。

原来在这座黄土教堂里，有一方高出地面的讲台。讲台以下有个炕大的水池。平时水池有木板覆盖，班德森在上面讲道，他的太太在上面伴奏风琴。教徒接受洗礼时，木板被打开，池内要注满水。受洗人在"下处"更衣，要裸体穿上拖地的白布长衫。由领洗人率领，鱼贯走入池中浸泡自己。

这天我参加湖畔的洗礼，我看见身穿白色长衫的她走了过来，又见她走入池中。少时，水没了她的脚，水没了她的腿，水没了她的腰，水没了她的胸，领洗人指示她下蹲，直到她的头也浸入水中。当她的头再浮出水面时，清水从她的头上、脸上滑落下来，这时她露出的是一脸笑容，那笑是满足的，是平时少见的。显然她正用心体味着一个全新的自己。我猜她一定觉得离上帝更近了吧。

湖畔从水中走出来，浸湿的长衫下突显着她的身体，湖畔已是大姑娘。她全身湿润走过来，我低下头很害羞。一个湿漉漉的湖畔缓步走过人群，水珠洒了一地。

我们和着琴声唱：

　　　　我今受洗，进主羊圈。感谢赞美颂主恩。
　　　　……

十

我湖畔姑受洗后不久，把一个男人领进了家。

一天，老宽叔急急忙忙走过来，脸上带着无限的惊恐对我爹说："她晨哥，可不得了啦！"

我爹说："怎么了，你这是？"

老宽叔说："湖畔领来了一个人，穿着洋服，进门也不说句客气话，还用咱们的洗脸盆洗脚。"

我爹说："你说什么？拿洗脸盆洗脚。"

老宽叔说："湖畔拿给他的。进门湖畔就给他用洗脸盆倒水，这人洗完脸就着脸盆又洗脚，咱也不能上前制止。"

我爹说："我倒要去看看这个拿洗脸盆洗脚的人。"我爹跟老宽叔往他家走。我跟在后面。我们走进屋，果然看见有个男人坐在迎门桌前挽着裤腿在洗脸盆里洗脚。他上身穿西服，胸前还飘着领带，留着分头，脸很白，眉毛很黑。湖畔看我们走进来就说："晨哥，我来介绍一下吧，这是韩先生，韩世昌，是教友，在棉产改进会任职。"

我倒见过这位韩先生，在教会做礼拜时，总有这位穿西服显得与众不同的人。募捐时，也总比别人捐得多。现在我爹和他说话，他就把脚踩在脸盆边上。我爹好像也听说过本地韩家。我爹先问及他父亲。韩先生吞吐着说，他父亲在一个"大乡"里任乡长。我爹只"嗯"了一下，没有就他父亲的事再说下去。

我们都知道"大乡"是怎么回事，那是日本人占领县城后，对一个县的地域划分。一个"大乡"管许多村子。大乡长由日本人选定。

我爹又对正在洗脚的韩先生说："我怎么称呼你，也叫韩先生?"

湖畔就抢先说："晨哥，可不行，你就叫他世昌。"韩先生也说："叫世昌，叫世昌。"

后来湖畔递给韩先生一块擦脚布，韩先生跷起腿擦脚，我爹就和他说起了保定。原来韩先生在保定师范念过书，我爹为买书也常去保定。后来我爹又问到韩先生任职的那个棉产改进会。韩先生说："棉产改进会，与时局无关，虽然是日本人办的，但只对老百姓有好处，它倡导棉农改良棉花品种，还给棉农贷款、贷'洋泵'、贷肥田粉。"我爹问："它对日本人方面呢？"韩先生说："想必也有利益。"我爹说："这就对了。"

我爹和韩先生说话，湖畔就去给韩先生倒洗脚水。

我看见盆里的水很浑，浸沉着黄土道沟里的浮土。这是一个藕荷色的脸盆，雪白的里子，底上画着黛玉葬花。现在黛玉已被淹没在盆底。

我们两家都有这样的洗脸盆，那是我爹从保定买的。湖畔把盆倒干净，老宽叔连忙把盆接过去，拿进里间，他在意这个搪瓷脸盆。

韩先生说话，带着京腔，还夹杂着洋文。我大都听不懂，我看湖畔姑也常显出几分不自然。大家一阵阵"冷场"。

韩先生洗完脚，喝完水，走了。我爹把湖畔叫到我家说，这件事他已猜出了八九。还说，自由恋爱他不反对，大城市早就时兴着。可韩先生一家都跟日本人做事。这就有些门不当户不对。

湖畔对我爹说："自由恋爱还不到这一步。韩先生那个改进会，是提倡让老百姓用新办法种棉花，他做的也不是和亡国有关的事。"

我爹说："他那个改进会，听起来是为了中国老百姓种棉花，实际是为了日本人的利益。日本那么小的一个国家，什么都缺，棉花也是一大项。他说让中国棉农'改进来、改进去'，实际是为他们侵略中国多积攒物资，再说他爹那个差事，更非同小可，那是个地地道道的……"

我知道我爹是想说"汉奸"的。他面对湖畔没有说出口。

湖畔沉默着，沉默半天后说："晨哥，我祷告吧，听主的吧。我已是受洗的人。我的身心都是主的。新约'使徒行传'一章中写着：到了天亮，但见一个海湾，有岸可望，就商议把船拢进去不能。于是砍断绳索，抛锚在海里，同时也松开绳索，拉起头篷，顺风向岸驶去。晨哥，就让我向岸驶去吧。"湖畔两眼泪汪汪地看着我爹，像求情，像求饶。我爹沉默了。

后来湖畔走了，我爹一个人坐在椅子上，只是叹气。

十一

半年后，湖畔还是"砍断绳索，顺风向岸驶去"，她和韩先生"走到了那一步"。他们在班德森的主持下，文明结婚。我也做伴郎穿着教会为我做的礼服，参加了他们的婚礼。我头上使着油，拽着湖畔的婚纱，倒也神气。湖畔和韩先生在班德森太太的风琴伴奏下手拉手，走到讲台前，班德森为他们交换了戒指。

参加婚礼回来，我把文明结婚的新鲜，点点滴滴地告诉了家人。我爹说："这形式倒也适合湖畔。你说真要是用花轿把湖畔抬到别人家里，似乎倒不合情理了。"

十二

在老家，我还是放弃了出卖老西屋的计划，思想斗争着，想着"全国人民都在干什么，你这是在干什么"，想到我的前途，我那个温馨的、大医院一般的岗位。我说服了老宽叔，颠覆了他那个"卖了比塌了强"的真理。

我坚定地对他说："叔，就让它塌了吧。我们要走在大路上。"老宽说："歌里倒是唱过。"说完又不住朝我摊手叹气。

我站在我的老西屋前向它垂手告别。许多声音正从屋中传来。我爹说："念书要死背，死背是为了死记 …… 没有拍子就不成音乐。"湖畔说："晨哥，我就喜欢这类诗。湖边咱没见过，大野咱知道。我就叫湖畔吧 …… "我又看见了那面由锅底黑刷成的黑板，抚摸着户外粗糙的土墙皮。想到几年，也许几十年后，这一切就都会不复存在，最后化作兆州的浮土，也随风飘扬。飘扬在兆州这块"保育的大野"，它化作诗了，湖畔诗 ……

老宽叔看我只是站着不走，就说："走吧，我知道你的心思了，我们要走在大路上。"我这才告别老宽叔离开了家。

我带着向湖畔的《圣经》回到我的城市、我的单位。一路上我把《圣经》包裹严实，唯恐再有损伤。这本《圣经》老了、脆弱了，再说，这东西目前应属于"禁物"吧，人们奉行的是"与天斗，与地斗，与人斗"，这才是其乐无穷。

李医生看到我的归来，没有问我一些家长里短，只对我说："快去配碘酒吧。"他又用拉丁文补充说了一遍。

李医生写拉丁文时，写得龙飞凤舞的，说拉丁文时，却带着我们的地方腔调。比如，他把"巴比妥"说成"巴比通"，把"皮拉米硐"说成"帕拉米洞"。李医生老家是我的邻县，说话时尾音很重。

我站到我的岗位上，把案台清理一遍，就去配碘酒。我先把碘片放到一个容器里，再按比例倒入酒精，慢慢摇晃，碘片很难溶解，要摇晃一阵。

李医生在外面对我说："咱们的人造肉出窖了。"我说："成功不成功？"李医生说："什么成功不成功，根据物质不灭的定律，发过酵的玉米芯子还是玉米芯子。药品里有安慰药，吃食里同样有。什么人造肉，讲营养还不如一块凉粉。"当然，李医生的话，很不合时宜，听者幸亏是我。有患者进了门，是位女同志。进门就喊："李医生，快去买甜面酱吧，不要票，光记本。我排了两趟队，买了多半瓶子。"

女同志大概已坐在了诊桌前，声音又不加掩饰地喊道："不来，横竖是不来，都仨月了。"

我知道她说的"不来"，是指女人的"月事"。我知道这个女同志是谁，是我们的图书管理员，长得不丑、不俊，脸上雀斑细密，像撒了一脸的碎茶叶末儿，所以外号叫"高末儿"，高末儿本是人们对一种碎茶叶的称呼。有人喝茶专喝高末儿。高末儿说话大嗓门，胸膛把衣服"顶"得很紧，有点招人。她结了婚，和丈夫两地分居。

李医生安静着。我猜他正在为高末儿摸脉。只轻描淡写地说着"浮""浮"。他说的是脉象。中医断病很注意脉象的"沉"和"浮"。而作为西医的李医生，当着患者也说脉的沉和浮，不当着患者时就说，脉搏只代表着心脏跳动频率，哪有什么沉浮，岂有此理。

李医生又对高末儿说"不来"是营养跟不上，脉浮也是一种现象。就让她找几把黄豆吃，说，没有黄豆，黑豆也行。甜面酱解决不了营养问题。

高末儿半真半假地说："咱有人造肉啊。"李医生不作声。高末儿又和李医生说了些可说不可说的什么，走了。下班时，李医生还是问了我回老家的事。我对他说："我改变了原来的主意。"李医生说："这么说，白跑一趟，也好，多一事不如少一事。"我没说话。我想，我没有白跑，我有收获。我收获了无尽的回忆，还有我湖畔姑那本《圣经》。

十三

湖畔姑和韩先生文明结婚，一时间成了全县的重要新闻。从此湖畔离开了我们笨花村，成了棉产改进会韩先生的太太。她和韩先生手拉手去教堂做礼拜，身上裹着旗袍，头上使着油。他们手拉手从人前走过，教徒都悄悄说着韩太太。作为韩太太的湖畔脸上总是挂着笑容，和教徒们打招呼，一副满足相。那时我不会说幸福。只觉得他们过得"不赖"。

我还在唱诗。湖畔看到我，把我叫到她身边，让我挨着她坐。她一边是韩先生，一边是我。我很拘束，不似我们在老西屋认字、在屋顶上看星星时自在，也觉出韩先生的多余。可我还是愿意挨着湖畔姑坐。

可惜，湖畔好景不长，日本投降了，县城解放了，班德森的教会停办了，他去了北京。

几天后，县城贴出了人民政府的告示：韩先生的父亲、那个日本人的"大乡长"，被政府按大汉奸镇压了。韩先生也连夜出逃失踪。湖畔只身一人又回到笨花村。她脱掉裹在身上的旗袍，换上从前那件阴丹士林蓝布衫，前后心都浸着

汗，头发也不再使油，沾着道沟里的浮土。回村后的第一件
事，就是找到我爹，她显得很紧张，很失落，很无助。

湖畔对我爹说："晨哥，快救救我吧，我这是怎么了，
像一场梦，一场噩梦。"

她眼泪滴落着，滴在她的蓝布衫上。

我爹说："人的一生谁敢说摊上什么事，我不埋怨你的
自由恋爱、文明结婚，我只埋怨韩先生的家庭不济，怪我
没有制止住你。"

湖畔说："我谁也不埋怨，都怪我自己。现在我可往哪
走呀？"

我爹说："以后的日子还长，要朝着光明走。解放了，
新政权下有许多用人的地方，我会替你考虑的。"

我爹先让湖畔到县师范学校补习，然后她做了一名小
学教师。湖畔又有了快乐。她对我爹说，她要忘记过去的
一切，不时又想起那些湖畔诗。

十四

人们都羡慕我的"年轻干部的资格老"。当我还是那个
按照李医生的处方配药，甚至做"全科医生"的少年，有

时也会根据新中国建设的需要，被派到乡下去做"中心"工作，那时我便是一名"干部"了。比如，我曾被派往农村去动员农民多种棉花。当时的口号是：要发家，种棉花。我的目的地竟是我的老家兆州，我所去的村子叫大寺村。

我在大寺村村公所和村长见面。村长端详着我说："别看年轻，肩上的担子可不轻。全村三百户就听你调遣，你代表的是党和政府。"我代表党和政府向村长交代任务，说这次号召多种棉花是爱国行动，和日本那个改进会可不一样。为动员农民，我牢记这个道理，逢场合就说。

因为当地农民大都受过那个棉产改进会的"伤"。村长在安排我的生活时说："住，就住在村公所。吃饭呢，也别挨家派了，就到小学校去吃。那就两人，做饭时让他们多下半碗米就够你吃了。现在我就找人带你去认认门。"

村公所有盘大炕，我把行李放在炕上，跟一个半大孩子去认校门。当走到一条街的尽头时，听见不远处传来孩子们的喊声。当然这便是学校了。再向前走，看见一个青砖门楼，走进去，有一面白灰抹成的影壁。影壁后面就是学校的操场。现在，学生们在操场里围坐一圈儿，玩一种"丢手绢"的游戏。有位女老师站在当中指挥。她唱着《丢手绢》的歌和孩子们一起快乐地跑动着。原来这是我湖畔姑。湖畔姑也认出了我，她"扔"下学生，跳出"重围"，奔向了我。她拉起我的双手左端详、右端详，说："你怎么一下子蹿了这么高。"她脸上露出无尽的惊喜，眼泪夺眶而出，我的眼泪也掉下来。

我和湖畔姑已几年不见，我一定长高了。现在她穿一件灰色的"列宁服"，腰里系着腰带，显得人很干练，"女干部一般"。我觉得她脸和手都很皴。和以前穿旗袍的她，判若两人。我想，她是忘掉了过去的。

晚上，我和湖畔姑坐在一盏煤油灯下吃晚饭。家乡的饭菜我是熟悉的，小米粥里杂以山药（红薯），白萝卜腌制的咸菜切成筷子粗的长方丁。奢侈时，再滴入香油，湖畔姑的咸菜是滴了香油的。

有个男同志为我们添饭、上菜，他不住"拱"开门帘进进出出。这是湖畔姑的同事，姓朱。这位朱老师个子不高，脸上残存着"青春痘"，他少言语，有几分腼腆，饭菜上齐后，坐下来和我们一起吃饭。

湖畔姑关照着我，还不时用眼光关照朱老师，每当朱老师感到湖畔姑对他的关照时，便显出几分羞涩。这使我感到气氛的不同寻常。

吃完晚饭，朱老师收拾碗筷。湖畔姑问我学了什么新歌。我告诉她说，新歌倒学了不少。她说有一首"克什克尔舞曲"（大概是此音），新疆民歌，不知我学过没有。我告诉她，还不曾学过。湖畔姑说："我教你唱吧。"说着，从座位上站起来，清清嗓子，抻抻衣服，郑重其事地唱起来：

温柔美丽的姑娘

我的都是你的

你不答应我要求

我要每天哭泣

你的话儿甜似蜜

也许心中是苦的

你说你每天要哭泣

也许心中是假的

天空的颜色是蓝的

克什克尔湖水是清的

你若不答应我要求

我向克什克尔跳下去

你的话儿真勇敢

恐怕未必是真的

你向克什克尔跳下去

我便决心答应你

亚沙松　亚沙松

黄色的赛不得亚沙松

亚沙松　亚沙松

蓝色的克什克尔亚沙松

　　湖畔姑像是在表演，她唱得动情，眼里浸着泪花，虽不一定和原歌一样。朱老师倚在门边，默默地注视她。有时他们的目光分明在对视，有意无意地做着交流。

　　这一晚，我觉得非同寻常。我们正被一种气氛笼罩。许多年后，这一夜仍在眼前，那一夜是愉快的、凄婉的、热烈的、神秘的。

　　夜深了，煤油灯里的油就要烧尽了。我告别湖畔姑回村公所。湖畔姑送我出门。朱老师只为我们撩开了门帘站了下来。也许他意识到，湖畔姑要对我说些什么的。但湖畔姑在送我的路上什么也没有说，快走到村公所时，才问我:"你也是来让老百姓种棉花的?""是。"我"吞吐"着说。显然我们都想到了那个"棉产改进会"吧。我们都不再说话。

在几棵乌黑的老树上,有一只什么鸟正在鸣叫,声音传得十分悠远。湖畔姑说:"这不知是什么鸟,在咱们笨花村从来没有听见过这鸟叫。"显然,湖畔姑又开始了一个可有可无的话题。我们避开了那个"棉产改进会"。

湖畔姑把我送到村公所门前,转身向学校走去。

晚上,我躺在村公所的大炕上,几句歌词不停地在脑子里盘旋:"我的都是你的……我向克什克尔跳下去。"我眼前出现着湖畔姑和朱老师做着交流的目光。

十五

我完成了我的宣传"种棉"任务,回到正式工作岗位。半年过后,我接到父亲的信,信中说,你湖畔姑"出事"了。还说,事情关联着一个姓朱的老师。朱老师已被抓走判了刑,而你湖畔姑……可怜呀。我爹用了一个可怜来形容湖畔姑目前的状况。信中还说,如果有时间,就让我回去看看。

我决定回家去看看湖畔姑。

事情是这样：果然那一夜我所感到的愉快、凄婉、热烈和神秘得到了证实。湖畔姑和朱老师犯了"奸情"，那时叫"男女关系"。他们是被人当场抓住的，就在我号召种植的一块棉花地里，当时正是棉铃盛开的时节。据捉奸人讲，他们正在棉花地里尽情做爱。之后，二人被押在小学操场批斗后，朱老师被当场押走，湖畔姑本来也要被押走的，但她疯了。她当场脱掉自己的衣服，在操场里跑着、唱着"我的都是你的"，不顾村人的围观。她被送回了笨花村。

我看到湖畔姑时，她被藏在老宽叔家一个废弃的菜窖里，裸着身子，身旁是一堆她脱下的衣服和一些排泄物。

我爹、老宽叔和所有家人都陪我来看湖畔姑，只见她蜷曲着自己，一头纷乱的柴草般的头发遮着她的脸和肩，当她知道窖口被打开阳光照进来时，从地上一跃而起，开始朝着我们、朝着天空喊："这就是克什克尔，我不跳谁跳。克什克尔，我不跳谁跳 …… 哦，春，锁在嫩绿的窗里了，啊，伊们，管不住春的，飞了，飞了 …… 天国近了，时候到了。"

她的呐喊里是包括了"克什克尔舞曲"的歌词、湖畔派诗和《圣经》的。

过后我问老宽叔，不能把湖畔姑接上来吗？老宽叔说，不行，不穿衣服满街跑，说些不着调的话。我问我爹怎么救救湖畔姑。我爹说，他治不了自家人的病，他正四处求医。

十六

有位专治疯癫的名医，给湖畔姑下了猛药，她好了。

我爹又给她打听到了她丈夫韩先生的下落。她又投奔韩先生去了。韩先生隐姓埋名在内蒙古的一个叫呼图尔的地方。

十七

我在我的"天地"里和李医生对话。李医生提醒我该做脱脂棉了。我们没有真正的脱脂棉，就把普通棉絮下锅煮，煮后晒干，就成了脱脂棉。

有患者进了门。还是那位高末儿。她进门不再和李医生说买甜面酱的事，只高喊着"来了、来了"。又说，来是来了，就是不准。当然她喊叫的又是她的"月事"。这次，李医生没有给她摸脉，只不停地说着她的腹部长腹部短，他说话声音小，就像怕我听见似的。李医生为女性诊病，涉及隐私时，声音就压得很低。

我知趣，捧出我已准备好的棉絮和钢精锅就到厨房去借火，炮制我的脱脂棉。谁知当我再回到我们的医务室时，屋内正发生着一件出人意料的事：高末儿涨红着脸，摸着自己的裤腰面对李医生，怒不可遏地"说事儿"。她看我进来又将自己转向我说："你再年轻，在这儿工作，就是医生，是不是？是医生就得有点医生的规矩，有点行医的医德，是不是？你听听，说我的'不准'是子宫歪，要给我正子宫，怎么正？让我脱了裤子揉我的肚子，揉揉肚子吧，这也没什么，我配合了。七揉八揉，还要往下揉，下边是哪儿你也明白，这就非同一般。你们别看我爱说爱笑，我可不是那种人，你们认错人了。我看你们是不想干了。可以，你们等着的，我有地方反映。"

高末儿一口一个你们，就像我也成了"同案犯"。高末儿愤怒着自己跑了出去。事情很明白，要有所"发展"。

李医生垂着头，也不看我，回到自己的空间坐下，他面色苍白，已知道这次的"正子宫"事件的严重性。几天后，他果然被人事部门"传"了过去。再后来，他离开了我们这个共同的空间，被发配到一个很远的地方去"改造"了。

现在，我一个人站在这个大空间里，患者不得已把我当医生使，我用拉丁文龙飞凤舞地开处方，自己捧着自己龙飞凤舞的处方去取药。高末儿也来。我们谁也不提以前的事，就像什么也没发生过。我倒自然而然地常想到她的子宫。从解剖图上看，女人的子宫像个切开的梨。

十八

李医生一去，好长时间没有音信。谁都不知道他去了何处。

一年后，我路过传达室，传达室师傅把我叫住，举出一封信说："又是你的。"

我接过信，这不是老宽叔的字迹，是李医生。我熟悉他的字，中文的、拉丁文的。发信地点是内蒙古。

我迫不及待地把信打开，边走边读起来。他说，他很想念和我一起相处的日子，他也很想念我们共同建设的那个空间。一切都是由于他的"不慎"所致。目前他在内蒙古一个叫呼图尔的地方。这是一个典型的游牧"村子"，四周人烟稀少，只有沙漠和牛羊。开始他寂寞难耐，后来认识了一个人，这人叫湖畔，她本来是投奔她的丈夫的。可惜在她来之前，她丈夫就被遣返回原籍了。他是个潜逃犯。湖畔一人在此艰难度日，后来我们相识了，再后来就住在一起了。边边缘缘的地方，没人理睬我们……

李医生还说道，湖畔这位女子说话很少，连她的名字也不愿解释，可她绝对不是一般人。她人好，看来文化也很深。当然她也有坎坷。假如你我再有机会见面，我一定会把她介绍给你。

最后，李医生又说，别看咱们那个地方小，能锻炼人，这一点比大医院还优越。

李医生又写道："就写此吧，湖畔叫我吃饭。至今她做饭闻不惯烧牛粪的味道。呛得她直咳嗽，我已到'旗'医院给她拿了Licorice pieces①。"

---

① Licorice pieces：甘草片。

天下竟有如此巧合的事。我手捧李医生的信在院里呆立良久。我想到几句湖畔派的诗：

> …… 他怎寻得到被禁锢的伊呢？他只迷在伊的风里，隐忍着这悲惨而甜蜜的伤心，醺醺地翩翩地飞着。

> 隐忍着这悲惨而甜蜜的伤心，只怕是……

1992 年初稿

2012 年春节改过

2013 年 5 月至 12 月再改

发于《当代》2015 年第 2 期

美术作品

赵州梨花　布面油画　150cm×180cm　2011年

赵州梨花

赵州的梨树群广阔得像一望无际的海洋
赵州的梨树开花
没有童话般的妖媚和乖巧
是扑面而来的壮观
这里有上千年的老树
老树开花更显出它性格的坚韧

老杏树　纸本水粉　56cm×71cm　1979年

老杏树

一棵顽强的老杏树
顽强地开着花
还要顽强地结果

炕 —— 铺被　布面油画　22cm×27cm　2008年

炕 —— 铺被

女人在炕上活动的一景
是人类生活着不可缺少的一景
"铺"可以是这样的
也可以是那样的

红柜　布面油画　80cm×100cm　2007年

红柜

全家的粮食
女人的活计
针头线脑
都装在这个红柜里
女人自然要围着它转
这里有人类真实的生存状态

炕 —— 铺被　纸本水彩　14cm×20cm　2010年

炕 —— 铺被

北方农家的炕
是个温暖的角落
炕的温暖
还来自女人的打理

炕 —— 剪趾甲　布面油画　30cm×40cm　2006年

炕 —— 剪趾甲

还是一个女孩
坐在炕沿剪趾甲
剪得认真
剪得自然

没有风的日子　纸本水粉　50cm×90cm　1977年

没有风的日子

我画写生
常遇到人们评论和褒贬
他们为我画得"像"而兴奋
为我画得"不像"而败兴
有群姑娘围着这张画评论
有人说是草垛
有人说是一团麻
有人说看见了面条和菜包子
有人看到了杏树才恍然大悟
说，山前树后是他们村
这天没有风

山上有羊群　纸本水墨　75cm×105cm　2016年

山上有羊群

也是太行山前的风景
如梦的太行现在变得现实了
山上山下包容着各种生命
羊群只能是山的点缀

秋之韵　布面油画　22cm×27cm　2007年

秋之韵

后面黑压压的不是天
是山
野三坡的山性格野得不可预测
现在它阴沉着脸
注视着眼前的野草地和三匹餐后的马
草地和马却没有在意山的阴沉

塞上六月　布面油画　110cm×140cm　2021年

塞上六月

夕阳照耀下的院落
夕阳照耀下的牛
在坝上才有如此纯净的夕阳
牛和主人沐浴着纯净的夕阳
才会忘掉一天的疲劳和烦恼

太行山　纸本水彩　40cm×54cm　2001年

太行山

太行山的性格最难捕捉
有时你觉得它是山
有时你觉得那不是山
是颜色在搏斗
就如此时此刻

收割之二　纸本水彩　40cm×50cm　2002年

收割之二

这是北方山民的收割
收获在打麦场上
有只叫作"打场上供"的鸟正从他们头上飞过
它提醒人们打场了，上供吧
你的收获是靠了"神"的主宰

玉米地 —— 下河者　布面油画　100cm×80cm　2004年

玉米地 —— 下河者

还是一位下河者
有了玉米地的遮掩
才会显出无比地放松
一切都是自然而然

收麦子　布面油画　130cm×150cm　2018年

收麦子

麦收打场一对夫妻在担当
那时改革之风已吹入这个山区的村子
夫妻二人有了自己的土地
自己收下的麦子颗粒格外饱满
眼前成堆的麦粒预示自己命运的改变
扑面的麦糠飞舞
随着主人的心绪在为他们的生活张扬

路　纸本水粉　60cm×70cm　2009年

路

这条路画自张北草原
一次有位朋友问我
路的那一头是什么
我说是诗
我在张北草原见过、画过许多条路
面对脚下的路我实在不愿走开
为什么
因为它们实在是诗
诗不尽在路的那一头

路　布面油画　40cm×50cm　2009年

路

广袤的原野
散漫无序的路
它敞开胸怀
包容着不同的行人

收割之一　纸本水彩　40cm×50cm　2002年

收割之一

收割季节
大地在一片喧嚣之后
便是暂时的寂寥
等待的是明年再次的喧嚣

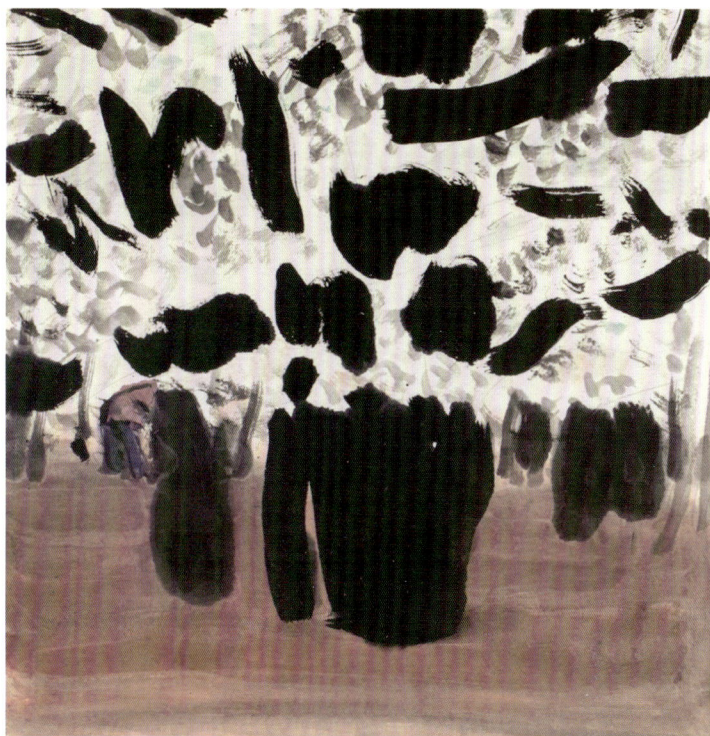

赵州梨花　纸本水墨　42cm×42cm　2017年

赵州梨花

还是赵州梨花
用这种形式表现
或许到接近了梨树开花时的性格
它无妩媚
大气磅礴

柯桥镇　纸本水粉　53cm×57cm　1980年

柯桥镇

江南名镇柯桥
不远便是鲁迅的故乡了
我画它是为设计一出鲁迅的话剧寻找素材
也是把控水彩画的表现力

收玉米　油画　100cm×120cm　2003年

収玉米

秋天是收获的季节
是黄金的季节
黄金是宽厚的大地铸就
是大地的期盼
是人的期盼

邓·云·乡·集

宣南秉烛谭

图文精选本

中华书局

图书在版编目（CIP）数据

宣南秉烛谭：图文精选本/邓云乡著. —北京：中华书局，
2024.8. —（邓云乡集）. —ISBN 978-7-101-16734-4

Ⅰ. I267.1

中国国家版本馆 CIP 数据核字第 2024JN4816 号

书　　名	宣南秉烛谭（图文精选本）	
著　　者	邓云乡	
丛 书 名	邓云乡集	
策划统筹	贾雪飞	
责任编辑	黄飞立	
装帧设计	刘　丽	
责任印制	管　斌	
出版发行	中华书局	
	（北京市丰台区太平桥西里 38 号　100073）	
	http://www.zhbc.com.cn	
	E-mail:zhbc@zhbc.com.cn	
印　　刷	北京中科印刷有限公司	
版　　次	2024 年 8 月第 1 版	
	2024 年 8 月第 1 次印刷	
规　　格	开本/787×1092 毫米　1/32	
	印张 9½　插页 12　字数 130 千字	
印　　数	1–5000 册	
国际书号	ISBN 978-7-101-16734-4	
定　　价	69.00 元	

出版说明

邓云乡（1924.8.28—1999.2.9），当代著名作家、民俗学家、红学家。1936年初随父母迁居北京，1947年毕业于北京大学中文系，1956年因工作调动定居上海。

邓先生出身于书香世家，少年迁居北京后，于长辈亲族处耳濡目染，且游走于俞平伯、谢国桢、顾廷龙、谭其骧等前辈学者间，对旧京遗事、燕京风物、北平民俗等熟谙于胸，在著作中娓娓道来却让人耳目一新，被谭其骧先生称为"不可多得的乡土民俗读物"，是呈现书香文脉、补益时代人文的优秀文化读本。同时，邓云乡先生长期从事《红楼梦》研究，以着重生活风物、服饰饮食等考证著称，更因《红楼风俗谭》一书成为87版电视剧《红楼梦》唯一的民俗指导。

邓先生学养深厚，笔耕不辍，著作等身。2015年中华书局出版的《邓云乡集》17种，囊括了他绝大部分著述，出版以来广受好评。今在其百年诞辰之际，推出图文精选本，择其代表著作中迄今仍引领阅读风尚者，每册约取六至八万文字，配以相关必要图片，以便读者借助文史大家的提点，便捷地领略中华民族博大精深的文化魅力。

中华书局2015版《宣南秉烛谭》原有130篇文章，今选42篇，以见其书大旨。若读者希望完整了解《宣南秉烛谭》一书，请阅读邓云乡先生原作。

中华书局上海聚珍编辑部

2024年7月

目　录

钦差大臣的旅程

　　香港问题签约，开创了历史的新纪元。消息公布之后，十分振奋人心。不禁使我想起小时候上历史课的感情，又想到了林文忠公则徐。这位林大人可说的轶事太多了，与京华的关系又是极为密切，直到几十年前，"宣南林寓"仍住着不少林大人的后人，与福州林家后裔，同是文忠一脉。因此想谈一下"钦差大臣的旅程"，让读者看看，一百四十六年前，林大人是如何由北京到广东的。

　　道光十八年（一八三八）十月初七日，林则徐在湖北武昌湖广总督任上，接到吏部文："林着来京陛见，湖广总督着伍长华暂行兼署。钦此。"这一道圣旨就

开了中国近代史的头。十一日由皇华馆动
身，渡江住汉口贾家兴隆骡店。注意，是
兴隆骡店，不是装有空调的豪华宾馆。所
说"骡店"，是"骡马大店"，区别于市招
"行人小店，茶水方便"的小店。骡马大店
有客房，有停车辆、官轿、骡驮的大院子。
店门是车门，墙上大字市招是"车马大店，
草料俱全"。代客喂牲口，夜间添草料，接
待大车、轿车客商，长帮骡驮子。林则徐
以湖广总督之尊，由武昌过江到咫尺之远、

自己所管的汉口，无特别行馆，只住"骡店"，亦可想见当时大官的一般化，没有现代人会享福。当年全国行旅走旱路，汉口是最大的水陆码头，建制只是个镇，是四大名镇之一。面积最大，陆路车辆驮骡云集，赶驮骡的赶脚人口头谚语，有"起汉口、住汉口"的说法，就是走一天还走不出汉口镇区。

林则徐十月十一日动身，十一月初十才到北京。那时到北京是从良乡、长辛店、卢沟桥进京。到了长辛店，照俗话说，就是到京门子了。林则徐由武昌、汉口出发，足足走了一个月，长途劳累，本想在此休息一天，但听说皇上十二月要行香大高殿，不能递奏折，为争取时间，所以当天赶进城。因为上朝见皇帝都是天不亮的时候，所以住在离禁城最近的地方，这天他住在东华门外烧酒胡同关帝庙。当时外省总督巡抚等大官到北京来见皇上，如果是春夏秋三季，就直接到圆明园，寓吉升堂。道光十七年正月初七日林则徐接湖广总督任，就是去圆明园住在吉升堂，每天上朝的。《日记》记云："巳刻入南西门，至虎坊桥连升店暂停，廖钰夫来，同饭，饭罢赴园，寓吉升堂。"说明当时正月初七道光已由宫中迁到圆明园去住了。《李星沅日记》记他道光二十五年十一月初一到京见皇上，也是"即至园，寓吉升堂，申刻差人知会军机禄安来递折牌"。虽在冬天，皇上仍住在园中。但如在城里宫中见皇上，一般都住这所关帝庙中，以便起五更进宫。《李星沅日记》道光二十一年十月初一记云："酉刻至东华门外关庙小寓，辛卯冬曾同裕余翁宿此，澄修和尚似相识。苏拉张路安赍绿头牌及请安折、履历片到寓，约明日丑正同递。"烧酒胡同在东华大街北面，东口八面槽，西口皇城根。第一条锡拉胡同，第二条即是，后改为"韶九胡同"，雅是雅了，但不率真。林则徐在日记中直书"烧酒胡同"，并不失为钦差大臣、历史伟人、名书家、词人，而那些只有改街名学问的人，又有谁知道呢？这座关帝庙的和尚，交通内禁，是当时炙手可热的人物。但庙很小，几十年前还在，有几棵高大的老槐树，夏天经过那里，密叶浓荫，蝉声唱晚，似乎是见过林大人的，虽然当年是在冬天。不过悠悠的岁月过去了，于今谁又知道呢？空令人有"古槐深巷暮蝉愁"之感了。

林则徐这次是钦命紧急,第二天进东华门递折叩
见道光,"卯刻第一起召见",实际只是现在六点多钟。
林则徐这次晋京,住了十二天,见了八次皇帝,《林则
徐日记》记得很清楚。十一日卯刻第一起传见,奏对
三刻;十二日第四起召见,奏对两刻;十三日第六起,
奏对两刻;十四日第五起召见,口谕:"不惯乘马,可
坐椅子轿。"十五日卯刻入内,第四起召见,奏对三
刻。十六日第七起召见,十七日第五起召见,十八日
第六起召见,也是第八次最后一次,是日"跪安",就
是向皇上辞行。而《清史稿·林则徐传》说召对十九
次,显然是错误的。受到紫禁城骑马、坐椅子轿及奏
对时赏毡垫等待遇,接受了钦差大臣的重任。新的历
史开始了。

当年的钦差大臣有多大派头呢?请看下面介绍:

在十一月十五日第五次见道光时,肩舆入内,奉
到谕旨:"颁给钦差大臣关防,驰驿前往广东查办海口

事件，该省水师兼归节制。钦此。"这是做钦差大臣的第一步。"关防"就是印，清代按制度常设官府官吏，如知县、知府、尚书等用"印"，是正方形的。特殊的、带有派遣性的、军事性的用关防，如提督、总督，是长方形的。

这颗钦差大臣的关防，不是简单的。他十六日又见完道光之后，出来到军机处领出"钦差大臣关防"，刻满汉篆文各六字，系乾隆十六年五月所铸，编乾字六千六百十一号。二十三日由北京起程赴广东那天，启用关防，《日记》云：

> 午刻开用钦差大臣关防，焚香九拜，发传牌，遂起程。

看这当年钦差大臣的体制礼仪多么隆重。因为这颗关防，代表皇帝的权限，所以在接受开用之先，要"焚香九拜"。然后，就可以用钦差的身份，行使这种权限了。可惜这颗关防在林则徐道光十九年三、四月间在虎门焚烧鸦片时，广州城内钦差行辕被窃，关防丢失了，时在四月初六日，这不能不说是一起过失。"发传牌"就是把钦差大臣起程的消息，写在传牌上，盖了钦差大臣的关防，以昼夜六百里的速度，由驿站骑驿马按钦差所要经过的路线，一站一站地通知下去。要知道，当年连现代最落后的手摇电话机也没有呀！

"传牌"全文云：

为传知事：照得本部堂奉旨驰驿再往广东查办海口事件，并无随带官员供事书吏，惟顶马一弁、跟丁六名、厨丁小夫共三名，俱系随身行走，并无前站后站之人。如有借名影射，立即拿究。所坐大轿一乘，自雇轿夫十二名。所带行李，自雇大车二辆、轿车一辆，其夫价轿价均已自行发给，足以敷其食用，不许在各驿站索取丝毫。该州县亦不必另雇轿夫迎接。至不通车路及应行水路之处，亦皆随地自雇夫船。本部堂系由外任出差，与部院大员稍异，且州县驿站之累，皆已备知，尤宜加意体恤。所有尖宿公馆，只用家常饭菜，不必备办整桌酒席，尤不得用燕窝烧烤，以节靡费。此非客气，切勿故违。至随身丁弁人夫，不许暗受分毫站规门包等项。需索者即须扭禀，私送者定行特参；言出法随，各宜懔遵毋违。切切。须至传牌者。右牌仰沿途经过各州县驿站官吏准此。

此牌由良乡县传至广东省城，仍缴。

传牌作用除通知外，还告诫沿途各官。当时跟官的人最易瞒上欺下，敲榨地方官吏，所以先提出警告。当然这"传牌"每个钦差都要用，只看是否认真执行罢了。

发传牌之后，钦差大人就起程了，《日记》特别写明："由正阳门出彰仪门。"如果想象一下钦差大臣的仪从：前面全副执事，"肃静""回避"大牌，顶马、八抬大轿，十二名轿夫分三拨轮流抬，两边扶轿杆的"戈什哈"，都得有记名提督的官衔，大轿后面还有挎腰刀的亲兵。上了大路之后，自然仪仗等都留在北京了，只是顶马、武弁跟着，后面还跟着行李车辆。现代这样爵位的人出门，仅少辆大黑官邸轿车，一溜烟过去了，那时却是前呼后拥，大队车轿人马从繁华的前门大街经过，要走老大半天呢。

从北京到广州，现在坐"波音七四七"，有两个小时就可在白云机场降落了。加上两边去飞机场的汽车旅程，算上两小时。那在北京吃过中午饭出发，飞到广州，还可以从从容容出席下午"白天鹅"的晚宴。而林则徐呢？以钦差大人的权势，中午发传牌起身，八抬大轿威风凛凛走了一天，到了长辛店，"已上灯矣"。钦差重任，不敢耽搁，继续走夜路，好容易又走了三十里，才到了良乡。"行李车辆三鼓始到"，照现在来说，还没有走出北京郊区呢！而可怜的"钦差大人"直到行李到了，三四更天，现在半夜两三点钟，才能摊被褥睡觉。因为那时任何旅店，都不给客人预备被褥呀！而刚睡下没多少时间，五更天又要起身了。

飞机是现代最快的日常交通工具，不能同林则徐时代比了。即使慢一些，火车、轮船也很快。那么林则徐时代呢？农历十一月二十三日由北京出发，直到第二年道光十九年正月二十五日才到广州天字码头，足足走了六十一天。这在当时可以说是非常快的了，一天也不敢耽搁，连大年夜、大年初一都在赶路，现在人不妨想想，是多么辛苦的旅程呢？

当时由北京来广州，先是走旱路，出彰仪门向南偏西行，至涿州。涿州离北京很近，但在当年这里是进出都门的要道，去江苏、浙江江南路要走这里，去河南、湖南、广西、云贵的湖广路也要走这里，去山西、陕西、甘肃也要经过这里。北门外大道上一当街戏台，这是分道路标，去湖广由戏台边向西分路，去江南的直向南行。再偏东行，经任丘、河间府、景州等进入山东界，然后经德州、高唐、东阿，直到兖州府。那时山东境内，南北驿路均不走济南，在现在铁路之西，经过临城，进入江苏境内徐州。这里有一个旅程中的重要问题，就是渡黄河。现在火车南下，在不到济南处过黄河铁桥。而当时却不是。当时黄河是南走淮河故道流入黄海。在咸丰六年，黄河在河南开封决口，南面河道，又流入北面济水故道由山东利津县入海。林则徐时代，黄河还未改道，所以他由徐州北过黄河。《日记》记云："初八日……又八里渡黄河，登南岸即徐州府城，道、府、县皆于河干迎候。"由徐州往西南，到安徽宿县、凤阳府，直到临淮关，折向西南经山路至湖北黄梅。山路不能走大车，因此行李要用驮骡驮。由北京出发大车一辆、轿车一辆，到此告一段落。林则徐在此自雇驮骡十一匹，每骡每站五百文，共九站。十一匹骡总算，用钱五十吊。这样南至合肥，转而西到黄梅。黄梅南是德化，其途中有一小村地名"中路湾"，是当时南北驿路之中，北至北京二千七百里，南至广州亦如之。就是当年由北京到广州，按驿路走，共五千四百里。

在德化渡长江，至九江。以后就是走水路坐船了。黄梅、德化是湖北地界，北来行程，一直到了一个叫小池口的镇上，就是长江渡口了。《日记》记云："二十五里小池口，有候馆，未住，即渡江登南岸，九江镇武龄阿、九江道德顺俱来迎……眷舟在九江关前停三日矣。上灯时到舟中，对客至夜分始罢。"林钦差由北京出发，他的家眷则还在武昌湖广总督衙门，坐船顺水而下，早已在九江等候，一同会齐去广州。由北京直到德化小池口，近三千里，都是旱路，坐八抬大轿，天天从五更坐到上灯，一连几十天，也是苦事。一走水路，便不同了。官船很大，前、后舱、中舱，都像房间一样，吃饭、睡觉、会客、看书都可以。因而当年走水路，要比旱路舒服得多。而且日夜都在船上，沿途也不用住店了。所以《日记》中记上灯时到舟中，像回到家中一样。由九江沿长江至湖口进鄱阳湖，到南康出鄱阳湖进入内河，直到南昌滕王阁码头。这一段路，正是农历除夕和元旦，钦差大臣除夕与幕僚在船上饮酒。《传牌》说并无书吏，但到了九江，武昌总督衙门书吏来会合了，所以《日记》记除夕与四位幕僚饮酒度岁。元旦在船头设香案"望阙叩头庆贺"，又"在祖先前行礼"，上供，都可以想见钦差大臣的辛劳了。

由南昌沿赣江南行，是年初三、四，竟日风雪，岸上积雪尺余，船篷上冻雪成冰，钦差大人催促，仍铲雪拉纤前行。遇到顺风，强令夜行，经过新淦等县，船是上水。这一段路，经过名人故里不少，文天祥故乡，欧阳修故乡，还要经过赣州以上著名的"十八滩"，其中"黄公滩"最险要，苏东坡贬到琼州过此，误听为"惶恐"，遂有"山忆喜欢劳远梦，地名惶恐泣孤臣"之句，以后滩名便号为"惶恐"，文天祥诗句"惶恐滩头说惶恐，零丁洋里叹零丁"，说的也是这里了。赣江越走越到上游，就越窄越浅，换了小船，也不能走了，那就弃舟上岸过山，就是著名的大庾岭了。林则徐是道光十九年正月十八过大庾岭的。行李一共四千六百多斤，连大轿及行李挑夫，共用夫一百六十多名，大庾岭并不高，过岭山路是梅关塘，只十来里，过岭就是广东南雄州，就是平路了。过了岭至南雄州，坐小船；到了韶关才能换大船。这就一路下水到广州了。

水路能够昼夜兼程地航行，最多一天一夜走了三百二十多里。钦差大臣的大官船于正月二十五日到广州天字码头停泊，来接钦差大臣的，两广总督、巡抚等大员一大群，那气派真够可以的。回想电影《林则徐》所拍的那些场面，那就未免太寒酸了。

黄仲则与宣南

　　现在按西历说，是一九八四年了，而按农历说，还是癸亥年腊月。二百年前，即乾隆四十八年，也是癸年，不过是"癸卯"，按甲子周期说，是三甲子再加二十年。这个癸卯年，在文学史上有件大事，即大诗人黄仲则于这一年四月二十五日，客死于山西河东盐运使沈业富署中。他的同乡好友洪亮吉由西安毕秋帆幕中赶来运他的灵柩，写给毕秋帆一封信，写得声泪俱下，极为感人。所谓："自渡风陵，易车而骑，朝发蒲坂，夕宿盐池。阴云蔽亏，时雨凌厉。……日在西隅，始展黄君仲则殡于运城西寺。见其遗棺七尺，枕书满箧。抚其吟案，则阿婆之遗笺尚存；披其缧帷，则城东之小史既去。……伏念明公，生则为营薄宦，死则为恤衰亲，复发德音，欲梓遗集。一士之身，玉成终始。闻之者动容，受之者沦髓。冀其游岱之魂，感恩而西顾；返洛之旐，衔酸而东指。又况龚生竟夭，尚有故人；元伯虽亡，不无死友。……"这封信是清代名文，选入三四十年代开明书局编的"高中国文教科书"，现在六十左右的人，年轻时读过这篇名文的人是很多的，不少人都能背诵出来。

▼ 黄景仁，字仲则，有"清代李白"的美誉

短命诗人黄仲则和北京宣南的因缘是很深的。他原籍武进，考中秀才之后，三次去江宁乡试，没有考中举人。乾隆四十年，他二十七岁来北京。廿八岁时，应乾隆东巡考试，得二等赏赐缎二匹，被派充武英殿书签官，把老母家眷接来北京居住。但是"长安居，大不易"，他这个芝麻大的

书签官，是个年俸极少的冷官，虽然名气大了，交结不少名人如邵二云、孙星衍、洪亮吉等，但并解决不了他穷的问题。他家先住日南坊西，就是现在宣武门大街南面，半截胡同东面，都是日南坊西的范围。这是标准的"宣南"。后来大概是因为经济困难的原因，三十岁时，移寓到南横街法源寺。那时大庙都有很多闲房，有关系住进去，可以不出房钱，类似一种慈善事业。但是还养不了全家，在他三十二岁时，秋冬之际，又把家眷送回到南方去了。他的最著名的诗句"全家都在风声里，九月衣裳未剪裁"，就是这个时期写的。

他在江宁三应乡试，没有考上一个举人，到北京后，两次应顺天乡试，也没有考上举人，这就叫作仕途坎坷。在当时，一个穷读书人，只考上秀才，是没有多大用处的，必须考中举人，进一步考中进士，才能做官，才算有了出路，不然，任凭你多大学问，也没有用。所以《儒林外史》马二先生说，就是孔夫子活到现在，也要作八股文，参加科举考试。黄仲则诗做得再好，也解决不了他做官的问题，不做官，只做芝麻小京官，便没有钱，不能养家，他接家眷来京，是卖了原籍的产业来的。他《移家来京师》诗中说："田园更主后，儿女累人初。四海谋生拙，千秋作计疏。暂时联骨肉，邸舍结亲庐。"又说，"全家如一叶，飘坠朔风前"，"长安居不易，莫遣北堂知"，"排遣中年易，支持八口难"，"贫是吾家物，其如客里何"。穷诗人在北京的生活多艰难呢？黄仲则因高才不遇，复累于家室，生活困难，寥落无偶，因之放浪酣嬉，以吐其抑塞不平之气。包世臣《齐民四术》云：

　　仲则先生性豪宕，不拘小节，既博通载籍，慨然有用世之志，而见时流龌龊猥琐，辄使酒恣声色，讥笑讪侮，一发于诗。

道光时梅县杨懋建《梦华琐记》则云：

　　昔乾隆间，黄仲则居京师，落落寡合，每有虞仲翔青蝇之感，权贵人莫能招致之。日惟从伶人乞食，时或竟于红氍毹上现种种身说法。粉墨淋漓，登场歌哭，谑浪笑傲，旁若无人……才人失意，遂至逾闲荡检。

记载中均说明他在北京因遭遇和生活压迫，遂向消极方面发展，在生活上放浪起来。这虽然是感情丰富的落魄诗人的常态，但身体可能受到很大的影响，即洪亮吉在《萧寺哭临图跋》中所说的"体素羸，又不善珍摄"，这样就促使他短寿了。

诗穷而后工，对于诗人黄仲则说来，倒真是如此。他在北京宣南的八九年中，的确写了许多不朽的诗篇，这些诗中都有黄仲则，有北京，有当时的时代。所谓"冠盖满京华，斯人独憔悴"。从他的诗中，我们时时可以看到一位憔悴的中年诗人，浪迹于京华各处，或稠人广群的十丈软红里，或秋风黄叶的萧条古寺中，或笙管喧阗的闹市酒楼上，音容笑貌，都可以从他那诗篇中显现出来，二百年后的今天，仍然可以如见其人。如《元夜天桥酒楼醉歌》，一上来就是："天公谓我近日作诗少，满放今宵月轮好。天公怜我近日饮不狂，为造酒楼官道旁。"其豪迈之气，极似二李。这诗不但写出他个人的豪情形象，也写出了乾隆时天桥一带的气势和热闹情况，正月十五夜的繁华。

千门万户灯炬然，三条五剧车声喧。

忽看有月在空际，众人不爱我独怜。

回鞭却指城南路，一线天街入云去。

揽衣掷杖登天桥，酒家一灯红见招。

登楼一顾望，莽莽何迢迢！

双坛郁郁树如荠，破空三道垂虹腰。

……

回头却望望灯市，十万金虬半天紫。

初疑脱却大火轮，翻身跃入冰壶里。

……

看这段诗写得多么绚丽，那时没有电灯，只是油灯和蜡烛灯笼，而一多了，马上便也给人光辉耀灿的感觉。那时天桥真有桥，所以要"揽衣"来登。而

"酒家一灯红"，又给人以极为美丽的朦胧感，和千门
万户的灯成一对照，不但写出元宵之夜京师到处灯火
辉煌的气势，而且闹中又有静，千万灯之中又有一灯
红，那样吸引着诗人。登楼一望又豁然开朗，出现种
种奇观，天坛、先农坛的树，祈年殿高入云端的重檐，
灯市的灯火海洋，诗的结束，愈转愈奇，繁华、孤独、
悲愤、希望、想象……交织胸中，最后直以神仙自居，
"明朝市上语奇事，神仙昨夜此游戏"了。天桥酒楼是
他们经常饮酒的地方，洪亮吉也有《八月二十日偕黄
二暨舍弟饮天桥酒楼》诗，内云：

长安百万人，中有贱男子。

日挟卖赋钱，来游酒家市。

昨日送君回，今日约君来。

送君约君于此桥，长安酒人何寂寥。

……

摄衣上坐只三人，夹语寥寥落檐际。

君言内热需冷淘，我惯手冷应持螯。

闲无一事且沉醉，不然辜负青天高。

......

从诗中可以想见其友朋间的豪情。

他三十一岁和洪亮吉一同加入都门诗社，著名诗人学者还有翁方纲、蒋士铨、朱筼河、程鱼门等，大家互相唱和，更促使他的诗格日趋劲俏，托意高远。他的名作《圈虎行》也是北京写的。他在正月里看玩艺，可能是在厂甸或虎坊桥一带吧，看驯兽艺人玩驯虎。看热闹的人山人海。玩虎时："虎口呀开大如斗，人转从容探以手。更脱头颅抵虎口，以头饲虎虎不受。……"最后他卑弃说："依人虎任人颐使，伴虎人皆虎唾余。……旧山同伴倘相逢，笑尔行藏不如鼠。"写出他的寄托。诗人后来在法源寺养病。三十五岁，抱病离京去西安，死在半路上，这位坎坷半世的诗人，去世迄今整二百年了。

（按，这篇文章是为纪念诗人逝世二百年写的，编在这里，前面所写年月，不再修改。云乡自注。）

刘墉与和珅

现在各个大小城市，街道居民娱乐，主要是晚间看电视。《宰相刘罗锅》电视剧在播出前，已做长时期广告，但是那位播广告词的朋友天天几次播音，张口一个"和坤"，闭口一个"和坤"，听着实在刺耳。

虽然"珅"不大用，易与"坤"字混淆，但既编电视剧，总该查对一下才好，因之也想这电视剧可能不大高明，所以开始几次没有看，后来看了一集。和珅让乾隆用宫女戏弄刘墉事，觉得有点意思，便连续看了几集，觉得拍得不差，花了一番心思和功夫，演员表演十分精彩，而且和珅也全部读"和珅"，不再读"和坤"了。不知做广告为什么那么粗心，而且连播好多天，全然不发现，难道不审查吗？

这个电视剧，好就好在它明确地不以历史剧标榜，而说是民间传说，这就不会纠缠在真实与否的无谓争论中，而且符合老百姓的口味，民间传说嘛，自然是来自民间，为百姓喜闻乐见的。民间传说嘛，自然老百姓中间，流传已久，十分有情趣了。民间传说嘛，自然添油加醋，妙趣横生，都是老百姓欢喜的，亦庄亦谐……总之，这正是电视剧的好材料，既有真实的历史大背景，又有百姓喜闻乐见的民间传说，较之所谓严肃的历史剧——实际根本无法重现的历史——反而真实得多，也好拍得多，也有趣得多，自然看的人也知道是假的，如刘墉让厨子把和珅和两位王爷锁在家中破书房里，拿擀面杖打和珅手……最后让厨子装疯来收场。观众自然知道是假的，但十分好玩，中看，这就是戏剧化的戏剧效果。

刘罗锅的故事在北方民间流传很久，小时候在山镇常常听人们说起过，梆子戏里好像也有"刘罗锅"的戏，由丑角扮，把背垫得很高，红袍圆翅纱帽，像是坏人，却是好官，小时看野台戏，留下很深印象，只是戏名记不起来了，可能就叫"刘罗锅"吧？北京说评书的艺人也常说刘墉刘罗锅的故事，自然是根据民间故事十分夸大了的。电视剧编剧抛开正史，收集这些民间故事编在一起，也真不容易，至于说到这些故事的来源，想来也可能不只刘墉一个人，也可能包括他父亲的。因为刘墉出身不是平常人家，也像《红楼梦》中所说的一样，是赫赫炎炎的大家。

山东诸城，靠近东海，倒真是个出人的地方。刘家在康、雍、乾时代，到刘墉时，已三代大官了。他祖父刘棨，字弢子，康熙廿四年进士，官至四川按察使，是当时著名的清廉官吏，不过还不算太大，俗称"臬台"，相当于现在管司法的副省长。他父亲刘统勋就不得了啦，雍正二年进士，官至尚书、总督、军机大臣、大学士，头衔数也数不清，是乾隆时代的名臣。晚年和其子刘墉同时在朝为官。刘统勋活了七十三岁，死后谥号"文正"，是极高荣誉。清代二百六七十年间，没有几个"文正公"。

刘统勋为什么得到这样高的荣誉呢？自然和他一生经历分不开。他上疏压抑乾隆亲信大臣讷亲的权力，指出桐城张廷玉族人入仕过多，深得乾隆赞许。他一生四任会试主考官，两任翰林院学士，三次修黄河溃堤，一次主持疏浚运河，且署河道总督，《四库全书》馆总裁，国史馆总裁……修黄河这是清代最肥的差事，主持一次不贪污也够一辈子用……但他却真是清廉，死后皇上亲自到他家来上祭，见其家十分寒素，感动得真是不胜悲痛，当着群臣赞许他："像刘统勋这样的，才不愧是真宰相！"

刘统勋的死也真可以说是"鞠躬尽瘁，死而后已"的典型。他近七十岁时，署理陕甘总督，为西北军事备战。满洲将军永常先胜后败，由伊犁退至哈密，他上疏乾隆，请放弃哈密以西之地，大触乾隆之怒，将刘及其子刘墉发往军前效力自赎，不久获赦放还。又任刑部、吏部尚书、军机大臣、大学士、上书房总师傅，都是重要职务，自然非常忙碌，每天天不亮就要坐轿上朝，对于七十四岁的老人说来，大概辛苦得有

点吃不消了，乾隆三十八年隆冬，五更上朝，乘舆入东华门，稍倾斜一下，打开轿帘，刘已闭眼了。乾隆闻讯，立即派尚书福隆安至东华门边看望，请御医诊治，已来不及医治，死了。

刘墉乾隆十六年进士，刘统勋死时，已五十三岁，任陕西按察使，回籍丁忧，三年后起复，授内阁学士，江苏学政。因劾举徐述夔文字狱案擢湖南巡抚、内迁左都御史、工部、吏部尚书、协办大学士、大学士、太子少保，直到嘉庆九年才去世，享寿八十五岁，和他父亲类似，宴客后端坐而逝。死谥"文清"。刘墉生长乾隆鼎盛、繁华奢靡之世，又出身在宰执大官家庭，但秉承他父亲遗风，为人节俭养廉，守法正直，勇于任事，敢于公开弹劾乾隆宠臣和珅，反抗和珅。且性滑稽，有时故意戏弄和珅，一次过年，适逢化雪，道路十分泥泞，刘得知和珅应召入宫，故意穿旧衣等在路中，命随从高举名帖，等和珅轿子过来，拦轿大叫："刘中堂亲自到府上拜年，知和大人进宫，现在此下轿行礼啦！"和珅身穿华丽貂褂，在轿内不知如何是好，正惊愕间，刘墉已跪在轿前，只好连忙下轿还礼，干净粉底朝靴、花衣貂褂都拖在烂泥地上，一塌糊涂了。

刘墉最著名的是同和珅、钱沣一起去山东办巡抚国泰贪污案。山东巡抚国泰是和珅私人，钱沣是御史，疏劾国泰贪污，乾隆派和、刘、钱三人同往山东查办。问案时国泰依仗和珅庇护，有恃无恐，站起大骂钱沣：你是什么东西，敢上疏劾我？刘墉大怒，立时喊国泰："御史奉皇帝诏书治你，你敢骂皇帝使臣。"当即命衙役掌嘴，和珅不敢出声，一下子把国泰气焰压下去了。

刘墉父亲刘统勋也有类似的事情，一次以钦差身份督修黄河决口，空闲时在河堤散步，见好多外县送秫秸的老乡露宿堤上哭泣，便问为什么。老乡们说，他们县官让送修河口的秫秸，三天路程，到此收料委员每车要交多少钱才收，不出钱不收，他们没有钱，已等了好多天……刘听了将信将疑，便说我替你们交交试试看，便赶一车到料厂，验收委员见来交料的衣履整洁，以为是哪个乡的富户地主来交料，一车要十来吊钱交差费，刘就与之争论，反被轰了出来，把牛车也给扣了……刘立即赶回行馆发令箭捉委员到河帅衙门，并找河督议事。把那个委员抓来，问了几句，就令推出去杀头，当时各种钦差都有便宜行事的特权，正法个把人是可以的。当时河督忙跪下代为求情，坚持了半天才改为重责数十大板，戴上大枷，在河岸示众。别的收料委员连忙不敢再要钱，随到随收了。类似故事还有，不一一介绍了。

民间故事刘罗锅，大概把他父子的故事都编进去了。

和珅是刘罗锅的对立面，说完刘罗锅，还必须说一说和珅，这样才有一个明显的陪衬，不至于一头沉。论出身，和珅不能与刘墉相比，不但不是官宦门第、大臣子弟，而且也非正途两榜出身，只是一个穷旗人，文生员。只不过承袭了一个三等都尉，后升三等侍卫，身上带着腰牌，每天到宫里轮班站岗而已。但人生有时确有一种机遇：一天和珅在銮舆卫（清宫管皇帝出行的机构）当班，正遇乾隆要出行，銮驾、乘舆都已摆好，而"黄盖"（銮舆前的垂檐大黄伞）却找不到，乾隆严问：这是谁搞的……各官不知如何回答。和珅应声说：负责銮舆的官不能推卸责任……乾隆见这小青年仪表出众，说话干脆响亮。便问：你是什么出身？回答说："官学生。"便让他跟着，问长问短，回答十分称旨。当时官学生，虽然没有多大学问，但"四书""五经"从小背诵得是十分熟的，乾隆觉得他程度也不差，便派他总管仪仗，升为御前侍卫、副都统……一路青云直上，十几年中，已升到尚书、大学士、军机大臣了。

乾隆中期，是清代经济最繁荣的时代，自然也是十分奢侈的时代，和珅十分贪婪，各省督抚也多贿赂和珅，仗他援引，作为靠山，和珅自然也处处维护乾隆，一直得到乾隆信任，那些依仗他的总督、巡抚，

如国泰、王亶望、陈辉祖、福崧、伍拉纳、浦霖等人，后来都一一败露，贪污赃款被抄没，动即数十百万之多，均被正法。和珅为了自身利益，也无法保护他们。这些都是乾隆年间的大贪污案，北京故宫档案馆均有完整档案。六十年前，故宫印过《文字狱档》，现在，为了反腐倡廉，为什么不好好整理一套清代二百多年中，贪污大案的档案出版呢？

和珅后来是在乾隆作太上皇去世后，嘉庆四年正月被传旨逮捕治罪的。十四年前我写《红楼识小录》抄家篇时，曾引过和珅抄家清单，是引自民国初年中华书局所编《清朝野史大观》——此书缺点亦如《清稗类钞》，均未注明原引自何书——总计约"八百兆两",即现在说的"八亿两"。当时国家岁入不过七千万两左右,他的家产超过十年国库收入了。所以当时民间流传"和珅跌倒,嘉庆吃饱"的谚语。不过这"两",都是白银,不是黄金。《北京日报》有人写文说是黄金,按照当时比价,一下子提高十至十五倍,也有些过甚其辞了。

和珅是因御史胡季堂上疏嘉庆,被传旨判罪的,罗列大罪二十条,传示中外。第一条就是嘉庆册立为皇太子时,先向还未宣布为太子的爱新觉罗·颙琰献如意。"泄机密以为拥戴功,大罪一。"和珅拍马屁,拍到马脚上,这也是意想不到的。抄家清单第一宗就是钦赐花园一所,亭台二十座,新添十六座。接着是正屋十三进,七百三十间,东屋七进,三百六十间,西屋七进,三百五十间,徽式新屋七进,六百二十间……传说后海恭王府就是和珅住宅一部分,后来赐给老恭王的。我曾多次到现存的这所府中,中间七进也不到,更不用说十三进了。人说恭王府花园是《红楼梦》的大观园,据历史档案,这明明是和珅花园,而且不少亭台都是他新建的，怎么会变成曹家的产业呢？这真是一笔有趣的糊涂账。

和珅既非亲贵王公、贝子、贝勒，又非正途两榜考试出身，以一个满洲正红旗穷学生，偶然得宠，位至极品，在清代也是很少的。和珅人自然很聪明，做了大官之后，记忆力特好，也注意学习，请多位学人在家中，每日讲说诗文，也曾领乾隆旨，几次掌文衡任主考，平日也作诗文，请人修改。修《四库全书》的纪晓岚也替他改过诗。被捕入刑部狱，曾赋诗道："夜色明如许，嗟予困不伸。百年原是梦，卅载枉劳神。室暗难挨暮，墙高不见春。星辰环冷月，累绁泣孤臣。……"赐自尽后，衣带间尚有一诗道：

> 五十年前幻梦真，今朝撒手撇红尘。
> 他时睢口安澜日，记取香烟是后身。

死后刑部把他的遗诗奏给嘉庆，御批云："小有才，未闻君子之大道也。"说来也够凄凉了。

宝月楼

北京西长安街南面，旧时有个胡同，地名"回子营"。再有机枢重地中南海的前门新华门，在清代那不是门，是一所雕梁画栋的楼宇，而且也不临街，前面有皇城的红墙围着，只能隔墙望见楼上的绮窗画栏。自然，住在楼中的人也只能在楼上凭栏远眺，才能望到外面的景色。能看见什么呢？就望见回子营一带远远的西域式的房屋。据说这是乾隆妃子香妃的遗迹。这座楼旧时名"宝月楼"，是特地为香妃建造的，让她住在这里，可以随时眺望回子营的景色，好像在西域一样，以排遣思乡的愁绪。孟森先生《香妃考实》记云："今之新华门，即昔之宝月楼也。犹忆民国元年

▶ 宝月楼
（约摄于1946年）

三海甫议改总统府时，余尝入观其经营改筑之状。时大清门已改中华门……旋议以西苑为总统府，府门与正朝门相并，必临长安街以辟宝月楼为府门，位置适合。余犹及徘徊宝月楼头，与众话香妃故事。故二十年游旧京杂诗，有一首云："亭倚迎薰风日柔，翚飞遥对海西头。新华未辟吾犹及，二十年前宝月楼。'正忆彼时事也。"

▼ 郎世宁所绘香妃

孟森先生还是见过未改为门之前宝月楼样子的。

香妃的故事，各书记载颇多，但极为纷纭，因而民间传说也多种多样。那么她的梳妆楼，为什么叫宝月楼呢？这还要由她本人说起。香妃姓和卓氏，维吾尔族人，原名买木热·艾孜木。香妃在维吾尔族语中读音为"伊帕尔汗"。维吾尔族奉伊斯兰教，也就是回教。按照伊斯兰教规，七月为斋月，要持斋一月，日出之前、日落之后才能进食。斋月结束时，要举行仪式，阖家待新月升起，广设肴馔，以资庆祝，谓之

"望月节"。乾隆为依从香妃的传统风俗,所以盖了这座楼,给香妃来举行"把斋"之礼,并为尊重伊斯兰的教义,把斋望月,名此楼为"宝月楼"。

乾隆有《宝月楼记》云:"宝月楼者,介于瀛台南岸适中,北对迎薰亭。亭与台皆胜国遗址,岁时修葺增减,无大营造,顾液池两岸,逼近皇城,长以二百丈计,阔以四丈计,地既狭,前朝未置宫室。每临台南望,嫌其直长鲜屏蔽,则命奉宸,既景既相,约之椓椓。鸠工戊寅之春,落成是岁之秋……楼之义无穷,而独名之曰宝月者,池与月适当其前,抑亦有肖乎广寒之庭也。……"另在乾隆多首宝月楼诗中,均有明确"自注"。

乾隆二十八年新年《宝月楼诗》末联:"鳞次居回部,安西系远情。"两句中间自注云:

> 墙外西长安街,内属回人衡宇相望,人称回子营。新建礼拜寺,正与楼对。

三十三年新年亦有《宝月楼诗》,在"北杓已东

宝月楼　037

转，西宇向南凭"句后，也有自注道：

> 楼临长安街，街南俾西域移来回部居之。室宇即肖其制。

戊寅是乾隆二十年，西历一七五五年，宝月楼建成到现在已经二百三十多年了。在乾隆记及诗中，并未提到伊斯兰教规的望月节，而只是说"池与月适当其前"，这只是皇帝口气含糊其辞地说说，不便说得太实在。而诗句及诗注则较明确地说明是尊重回教宗教习惯，连礼拜寺也修了。宝月楼正可看到。

辛亥之后，袁世凯做大总统，以中南海居仁堂为其办公处。将此楼前面皇城拆去一段，左右修了连接宝月楼山墙的磨砖刻花大影壁，楼后也修了大影壁，挡住路人的视线，以楼下为出入中南海的正门，这样宝月楼就改名为新华门了。

在前人记载中，有的人说香妃生而体有异香，乾隆让将军兆惠从西域接她入宫，沿途护视甚严，香妃如何身上藏白刃，又如何在太后前哭泣，最后自缢云云。也有人记载：香妃是霍集占妻，被俘来京，夫妻均系刑部狱，乾隆让太监深夜取入宫中，纳为妃；宝月楼墙上如何贴着郎世宁画的西法回疆风景图、如何有一面一丈多高的大铜镜子等等。所述同前面引的传说，似乎完全矛盾。哪个真，哪个假呢？实际都是根据传闻编造的故事。前面说香妃身上藏有白刃，而且不只一把，等机会报仇云云，这是不可能的。第二种说法似乎亲眼目睹，实际也是瞎猜的。乾隆时大玻璃镜，在宫中已毫不稀奇，怎么会用丈余高的大铜镜呢？编得也太不像了。

近人记载香妃的文字，首推夏枝巢（仁虎）和孟森二家。枝巢于《旧京琐记》云：

> 香妃，乾隆中兆惠平回部归，进之宫中。近人笔记记载纷歧，要其事为实有也。南海宝月楼，俗称回妃望家楼，其街南旧有对峙一小楼，楼下地名回子营，为回部归诚仕族所居，今尚有一二家存者。故老相传，香妃入宫，其家族亦随入都，

香妃思家而限于礼制，上特于南海建宝月楼，而于其对面回子营亦建一小楼。香妃登楼眺望，其家亦登楼以瞻颜色云。

按，枝巢老人的记载，是比较接近事实的，其一是在回子营也盖了一个小楼，这在皇城外面，路人都看得见，自然所传非假。再有其家族亦随之入都，这也是确实的。近些年有人据大内满文档案，详加考实，颇资谈助，不过要细细说来。

孟森老先生写过一篇《香妃考实》，考据最详。曾记其在东陵见香妃陵寝云："于民国二三年间至东陵，瞻仰各陵寝，至一处，守者谓香妃冢，据标题则容妃园寝也。"

据《清史稿》记载：乾隆诸妃"又有容妃，和卓氏，回部台吉和札麦女"。这样即可得出结论，香妃正式的封号，应称"容妃"，香妃是俗称。为什么传说体有异香呢，这是因为当时人们不理解西方人汗腺分泌气味的缘故，所以称之为"香妃"，代代相传，东陵的守陵太监也这样告诉孟森先生。而陵寝的正式名称则仍是容妃。

孟森先生的文章，考证香妃进宫的年代是乾隆二十年前，二十三年盖宝月楼。均在和卓叛乱之前。

当年清军平定这次叛乱是很复杂的，只能加以简单介绍，以说明香妃的身世。当年新疆有一"玛木特玉素布"，为其部族首领，三传之后，子孙众多，有霍集占者，和香妃之父阿里和卓是平辈，香妃之兄图尔都是其侄辈。乾隆二十三年，霍集占叛清，香妃之兄图尔都反对叛清，便带人逃到布鲁特地区，尊之为"和卓"，有宗教领导人的意思。清兵将军兆惠带领大军去平霍集占叛乱，为霍集占一方面之大小和卓带兵包围，此时香妃兄图尔都所在之布鲁特地区兵袭击其另一据点，一下子分散了叛军围清军的力量，兆惠胜利解围，不但转危为安，而且转败为胜。叛军投降。后来香妃兄被清朝封为辅国公。香妃进宫，其弟亦入觐。

孟森先生考证香妃乾隆二十年进宫，但也有人考证认为是误把时间提前了。因为实际此役在乾隆二十三年，平息叛乱在二十四年夏天，即公历一七五九年。因而香妃进宫必然在此之后，不可能在此之前。

近年有人查阅故宫博物院档案，发现了一份《容妃遗物折》，其折开头说：

乾隆五十三年四月二十日，大学士和珅传旨，容妃遗下衣服、手饰等物，俱着分送内庭等位，并赏公主、大格格及丹禅、本宫首领、太监、女子等，钦此。

"格格""丹禅"均满洲话，"格格"一般知道，"丹禅"是娘家人。考证者从后面"丹禅"名单中，找出香妃五叔额色尹公爵，名公额思音，香妃嫂图尔都之妻等人，明确香妃即容妃。至于其进宫年代，从故宫所藏宫中乾隆十七年到三十九年《赏赐底簿》中查明，乾隆二十五年六月十九日赐荔枝名单中，有"和贵人"一名，这就是容妃，也就是香妃。据《清皇室四谱·后妃谱》载："容妃，和卓氏，初入宫，赐号为贵人。"前面说过，实际维吾尔语中，"和卓"一词，是宗教领导人，宗教首领后裔的意思。清宫以音为主，不能辨此宗教称呼的意义，便以为是姓氏了。另据《内庭赏赐例》记载，乾隆二十六年，"九月十五日，和贵人生辰，恩赐银一百五十两"。乾隆四十九年，"正月十四日，赏容妃五十岁千秋。文竹嵌玉如意一盒，计九柄。古玩一九：汉玉夔龙半璧、白汉玉玲珑璧磬一架、白玉仙人一件、青玉仙人仙槎一件、水晶双耳花插一件、碧玉双耳盖罐一件、红白玛瑙荷叶水盛一件、白磁小罐一件、青花渣斗一件……均有紫檀座"（单上并注明九月十五日千秋）。根据以上记载，可见香妃进宫，在乾隆二十四年之后，二十五年六月十九日前，具体日期是定边将军兆惠凯旋到京之时，即乾隆二十五年三四月间，将香妃及其家属一同带到北京，将香妃送进宫中，以乾隆四十九年五十岁往上推算，进宫时已二十六岁了，去世时则为五十四岁。由贵人封为容妃，是乾隆三十年六月的事，香妃已三十一了。

香妃进宫，据内务府满文档：赏给其叔、其兄东大市六条胡同官房二十二间，着其创立家业，当差行走；整备衣着、鞍骑及一应器具；自广储司拨银五百两赏给；又因香妃兄图尔都年俸仅百两，不够开支，便从官房租库每月支银二十两予之等等。其兄、嫂、叔等，就是《旧京琐记》中说的香妃家人。但这些记载，和乾隆《宝月楼记》所记盖宝月楼的年代"戊寅"乾隆二十三年又有矛盾。孟森先生《香妃考实》说"然妃所居之宝月楼，则筑自二十三年之春……故知其来必在未叛以前。所谓以贵人入宫，盖承宠而后营舍以藏之"等等，更为矛盾。看来盖宝月楼的目的，是等着接待贵人，而非先有了贵人，再盖宝月楼了。

光绪治病

光绪的病，是从戊戌政变，即光绪二十四年八月初十开始的。不是真病，是政治病，那拉氏让他生病，他就得生病。据《清史稿》简单排一日程：

八月初六丁亥皇太后复垂帘于便殿训政。

八月初七戊子诏捕康有为、梁启超。

八月初九庚寅，张荫桓、徐用靖、杨深秀、杨锐、林旭、刘光第、谭嗣同下狱。

初十辛卯："上称疾，征医天下。"（按，写《清史稿》的老先生毕竟有才学，这个"称"字用得妙，"称"就是说，

"说是病了"，并非真病。这就是信史，要从字缝里看。)

八月十三甲午，杨深秀等六人就被杀了，这就是有名的"戊戌政变"，前后只有八天时间。这样，光绪这个皇帝就开始生病，一病十年多，直到死，似乎始终没有好过。

给皇上看病不是件容易的事，弄不好，轻则丢官，重则有性命危险。如同治十三年给同治看病的李德立、庄守和，都是三、四品京堂候补，后来同治遽然死去，二人便立即撤销京堂，并摘去顶翎。何况后来给倒霉皇帝光绪看病的人，在那拉氏淫威之下，当然更是有临深履薄之惧了。林琴南在《力医隐六十寿序》中曾云："崇陵（即光绪，死后庙号崇陵）大渐，颐和苑貂珰（指太监）待遇侍医，尤傲兀叱咤无人理。"说的侍医就是杜钟骏、陈秉钧等人。杜字子良，江都人，原是浙江巡抚文案师爷，经巡抚冯汝骙介绍来京给光绪看病。著有《德宗请脉记》一书。

证之于杜著《德宗请脉记》，有几件事说的与此相同。七月十六日杜钟骏第一次给光绪诊断议方，在仁寿殿奏明脉案、处方之后，下来在值房写药方，太监马上叱责，并指着陈莲舫向他说："你们不要串通起来。"语气完全像对待犯人。

医官起药方草稿时，笔帖式多人已经在旁边执笔等待，用黄纸誊写，用真楷写二份，装入黄匣，送进去给太后和皇上看。因此每次誊写后，必须详细校对。在光绪病重时，有一次一个医官的方子缮好送进去。光绪看所写脉案中"腿酸"二字之"腿"字，错写成"退"字，十分惊诧地叫道："我这'腿'上一点'肉'都没有了，这不成其为腿了。"因此调阅原稿来看，见原稿中有"肉"旁，是笔帖式抄错了，遂置而不问。

在光绪病重时，那拉氏特别传上谕："皇上病重，不许以丸药私进。如有进者，设有变动，惟进药之人是问。"这里所"私进"，就是指医官给光绪把脉时，遵光绪之嘱，拿一些确实有效的丸药给他吃，而不让那拉氏知道。但妙在"变动"二字，不说"好"，不说"坏"，而说"变动"，那就是私自进药，吃死固然要定罪，吃好也不行。那拉氏的目的是要光绪胡乱吃药，慢慢死去。所以一定要开了药方，由她看过，吃那种虫子蛀了的草药煮的汤剂，她可能还从中挑挑毛病，医官再改改，光绪的病自然不会好，而这种医官做起来自然是十分为难的。

给光绪看病，除去宫中那拉氏的震慑，太监的叱责凌辱而外，还有外界的很大压力。杜钟骏的同事陈秉钧，字莲舫，有一次给光绪看病后写的脉案被发表了，引起全国的议论。浙江萧山有一个姓张的举人，通医学，议论更为剧烈，而且具呈给浙江巡抚增子固，增如实奏到北京，不但差一点敲掉陈的饭碗，而且有断送陈的身家性命的危险。亏得那拉氏根本不想给光绪看好病，所以也未深究此事。结果由杜钟骏函覆浙江巡抚，说明论医、论文二者不同，"熟读王叔和，不如临症多"。此事便不了了之了。

清代的光绪皇帝之死，迄今七十二年了。光绪三十四年（一九〇八）农历十月癸酉，清德宗载湉死于瀛台涵元殿，年三十八岁。光绪自戊戌政变后即被囚，除庚子去西安，在颐和园时被禁于玉兰堂之外，只要那拉氏一进城回宫，他始终被囚于瀛台，直到死。他的"病"和"死"，自来传说纷纭，记载不一，但大致说来，开始几年并没病，但后来的确是被那拉氏整治得有病了。

光绪三十三年冬，载湉大约就真有病了。当时有征调来京，以主事衔给光绪看病的陈秉钧，字莲舫；曹元恒，字沧洲。光绪三十四年秋，病情更重，那拉氏又传旨征医，给载湉看病。当时各省纷纷保荐医官，时端午桥（方）正做两江总督，还有公开招考医官之举。浙江巡抚冯星岩是时调任赣抚，便保举他的文案师爷杜钟骏来京给光绪看病。杜字子良，是江都县人，医道极好。冯星岩在保举他的奏折中写道："浙江候补知县杜钟骏，脉理精细，人极谨慎，堪备请脉。"随后即奉到"来京，由内务大臣带领请脉"的上谕，于是杜氏即拿了浙江藩司赠送的三千两程仪，由海路抵津，见北洋大臣杨莲甫，同乘花车（即扎彩绸的火车）晋京。于七月十六日第一次由内务府官带到颐和园仁寿殿叩见慈禧和光绪，给光绪请脉看病。他已预先从各军机大臣处了解到慈禧最讨厌人说光绪"肝气郁结"，而光绪又最讨厌人说他"肾亏"，因而他开的脉案十分滑头："左尺脉弱，右关脉弦。左尺脉弱，先天肾水不足，右关脉弦，后天脾上失调。"药用"二玉丸"和"归菊六君汤"。其后他即留京给光绪看病，同时医官尚有张彭年、施焕、陈秉钧、周景焘、吕用宾等共六人，分三班，他与吕用宾一班，轮流请脉，前后计三个月。

杜钟骏著有《德宗请脉记》，记光绪病状及死况颇详。光绪在那拉氏的控制之下，连吃药也是颠三倒四，十分狼狈的。有一次他偶然自己拣药，居然看到给他用的枸杞子上有蛀虫，只好叫内务府大臣奎俊到同仁堂去配。只此一例，亦可知光绪吃的是些什么药了。

十月初十日，那拉氏"万寿"，十六日光绪病重，传杜氏速去。他被内务府大臣增崇引至瀛台，光绪气促口臭，看脉时，光绪带着哭声向他说："头班之药，服了无效。"十九日又同周景焘、施焕、吕用宾四人一齐到瀛台，见光绪仰卧在床上，迷迷糊糊，他上前以手按脉，光绪"瞿然惊寤，口、目、鼻忽然俱动"。他深知这是"肝风"所致，已到极危险的时刻，他十分害怕，怕光绪在他按脉时一厥而绝，急忙退了出来。其他三人次第看完，都认为过不了夜，无须开方了。第二天，这个四岁登基，做了三十四年倒霉皇上的载湉，便一命呜呼，当天下午，那拉氏生命也告结束。清朝也基本上"寿终正寝"了。

另据四川柴小梵《梵天庐丛录》记载："苏州西街医士曹沧洲，以苏抚荐，入京诊病。窥德宗面色发青，两目红肿，知其平日惊忧之深，审其脉，弦数特甚，知必不起，乃恭跪定方而出。……德宗逝时，病室中陈列之陋，有非常人所堪者。睡一大床，人坐之，吱吱作响，安置北京泥土火炉，亦破裂矣。一几二椅，又黑污特甚……盖京中下等百姓家所居之景象也。"

所记情景，描绘过甚，大不可靠，且无年月。光绪死在瀛台，辛亥后林琴南《游西海子记》，尚记涵元殿"凄寂无人，黄幔四垂"，咋是下等百姓家呢？

皇上过年

看电视放映北京故宫博物院朱家溍先生谈北京过年、宫中过年的节目十分有趣。前年秋天回京，年轻朋友去拜访朱老，我在住处休息未去，后来临回沪时，在中山公园来今雨轩雅集，请了北京各位老夫子，也有朱老。一别又已一年半多了，这次在电视上看朱老的家，古老的四合院北屋挂着红灯笼，为了拍电视，还特地在室中一角摆了古书，挂了古老的中堂、对联……真如同与老夫子晤面一样，可惜先生看不见我。不过，即使在屏幕上见到，也不能对话。近日电视台也拍了我两个节目，又电约去京拍"实话实说"，春运高峰，岁暮天寒，不想再奔波，告辞不去了。而看到朱老在故宫太和殿、长巷中谈宫中皇帝过年的事，却感到很有趣，也想说两句，像说相声捧哏一样，算作在江南给老先生捧哏吧！

一是明代宫里皇上过年也吃年夜饭，也吃包饺子，江南、北国的风俗在宫中都有。刘若愚《明宫史》记："三十日岁暮……名曰辞旧岁也。大饮大嚼……正月初一日五更起，焚香放纸炮……饮椒柏酒，吃水点心，即扁食也。或暗包银钱一二于内，得之者以卜一年之吉……"辞旧岁之大饮大嚼，就是吃年夜饭。"扁食"，就是水饺，现在北京及京郊老人们还这样叫。其他拜年叫"贺新年"，初七吃春饼，十五吃元宵、灯市张灯，十九燕九逛白云观，二十五填仓，这才算过完年，无一不与后来一样。

清代宫中过年，也多继承明代风俗习惯。宫中也贴春联，不过与民间不同，不贴红纸春联。据《养吉斋丛录》记载，是用白绢锦边，墨笔书写。另据乾隆汪启淑《水曹清暇录》记云："国朝向例，除夕前数日，工部堂官委司员满汉二人，进大内照料悬挂对联，其对皆系白绫白绢，多半楷书，挂用铜丝，拴紧于上。"
因宫中都是红柱子，红门，贴上白绢锦边的对联，特
别鲜丽。这是民间不知道的。

清代有满洲特殊典礼，即祭堂子，现在北京还有
东堂子胡同、西堂子胡同地名。顺治一进关，就在长
安门外建立堂子，元旦要祭堂子，只带满洲官，不带
汉官。其元始由来，满洲官自己也说不清楚。但清朝
皇帝一直遵循旧制，而且清代宫中祭神之后，必赐大
臣吃肉，即将猪肉白煮，自己割着吃，是满洲特殊风
俗。细说很复杂，在此只从略了。

电视中朱老说皇上赐大臣福字。这也是一种礼仪
制度。这从康熙时就已实行，直到清末仍在延续。由
北京王公大臣到各省总督巡抚，都要赏赐。用一尺见
方的大红笺写一大福字，盖上玉玺，赏给大臣。由腊
月初一就写起，由驿马送给边远各省督、抚，如《林
则徐日记》，腊月末某日记着"贡差……回楚，奉到恩
赏御书福字、寿字两幅，狍鹿肉一总封，恭设香案敬
领"等词句。这种笺字，据记载，是"质以绢，傅以

丹砂，绘以龙云纹"。记得八十年代初，还有一位青年经介绍来找我，拿着一个"福"给我看，问我值钱不值钱？说是祖宗留下来的，问他祖宗是谁，他说他也说不清楚。现在还不难买到。

朱老还说初一朝贺事。这在《翁同龢日记》中记得最多，如光绪十一年所记"乙酉元日……待漏西朝房，辰初三刻上诣慈宁门率王公百官行礼……辰正三刻，上御太和殿受贺，宣表如仪……"这是光绪率王公百官先给西太后行礼，然后再在太和殿受贺。当时大官十分辛苦，子时（即半夜一点）即在家起身，丑正（约三时）就到了宫中，寅初（约早五时）就被皇上召见，先赐八宝荷包二份，福字一张，然后才换花衣（即蟒袍、朝珠），到时间太和殿皇帝升座受贺，大家三跪九叩。……照现在作息时间算，皇上、大臣等人一夜睡不了几个钟头。《王文韶日记》有许多同样记载。孙宝瑄《忘山庐日记》记他光绪三十三年（一九〇七）正月初一太和殿行礼情况，写得极为热闹。有兴趣的，可以翻阅，在此就不多引了。

谭延闿与北京

谭延闿的出身，很有些像著名诗人散原老人陈三立，是"贵公子，名翰林"，谭延闿之父谭钟麟做到陕甘总督，又调任两广总督，是显赫一时的封疆大吏。

谭延闿，字组庵，是湖南茶陵人，但年轻时有不少年住在北京。他父亲谭钟麟字文卿，是咸丰丙辰科翰林，由翰林院庶吉士、编修，一直做京官，升到户部侍郎，这期间他跟着他父亲住在北京。谭年轻时在安化老儒黄凤岐教导下，不只经史制艺词章好，而且武术也好，有才子之誉，光绪三十年在北京会试时，中第一名"会元"，但是殿试时没有能进入"一甲"（即三鼎甲：状元、榜眼、榜花），只是名列"二甲"，赐进士出身，即一般所说的"翰林"了。但毕竟是会试榜第一名会元，所以也是十分出名的。清末先在翰林院任编修，后回湖南办学。

辛亥革命后，谭延闿被推为湖南参议院议长，成为一个政客，野心很大，官也做得很大，这方面世人多知，无足深谈。然他的字、诗，以及熟谙清末京华掌故方面都是其他官僚比不了的。例如，二十年代末他在南京石板桥家中，曾给简叔乾写过一个京华旧闻册页，记了不少晚清轶闻，如记咸丰事云：

> 宣宗（即道光）钟爱恭忠亲王，而文宗（即咸丰）居长，疑所立。一日命诸子出猎。杜文正受田为文宗傅，语之曰：今日为阿哥一生关系，宜从吾言，出猎终日，勿杀一兽，徒手归，上问则曰：方春鸟兽孳乳，故不杀。文宗如其言，及归，诸子所获尽以献，文宗独无。宣宗怪问，具对如杜言。宣宗默然久之，而立嗣之计以定。

又记云：

孝全成皇后者，文宗母亲也。一日召诸皇子食，戒文宗勿食，问之，则曰：吾将以利汝也。文宗方十余岁，意不然之，戒诸弟勿食。后怪问之，文宗曰：吾已告之矣。后怒，覆馔于地。犬食之，立毙。事闻于太后，大怒，召宣宗将究其事，后遂自缢，谥曰全者，以此云。

以上所记，足补清史秘闻。他父亲是户部侍郎，兼管三库，即银库、缎库、颜料库，其笔记云：

先公官户部侍郎，兼管三库，一日启库入视，梁上有毡帽、茶碗各一，老吏云：道光时库积银高与梁接，当时库丁取银遗置于此，及后库储日匮，虽欲取下，不能矣。闻者皆相顾咨嗟。

此则可见清代后来经济之匮乏。还有的极为发噱。如记戊戌年他去东交民巷看望徐荫轩（即徐桐，体仁阁大学士，是有名的守旧派），徐对他说道："世上安得有许多鬼子，全是汉奸造的，今日某国、明日又某一国，不

著書何似觀心賢

為道敢言能日損

漱石先生 雅正

譚延闓

▶ 譚延闓以"顏体"名家

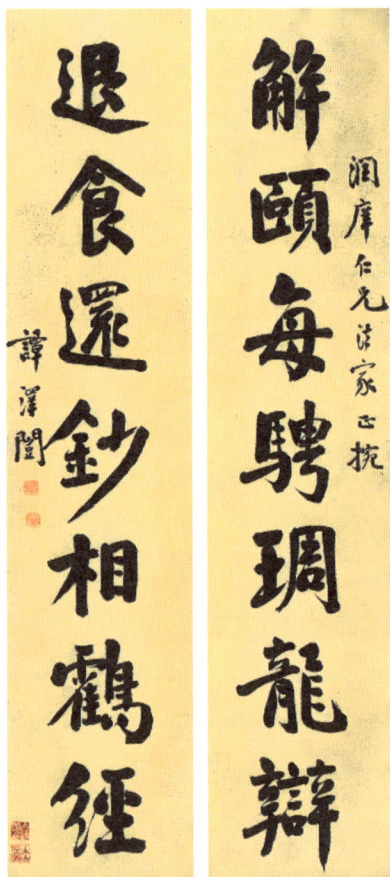

解頤每騁雕龍辯

退食還鈔相鶴經

潤庠仁兄法家正扶

譚澤闓

▼ 谭泽闿亦是名书家

过这几个鬼子，翻来覆去，如变戏法。"他当时忍住笑不敢回答，直到告辞出来，坐到车中，才大声狂笑。所记十分有趣，当时迂阔闭塞的官僚之无知，可知一斑。

清末大书家的字，不少受翁同龢影响，其中享大名的有华世奎及谭延闿、泽闿兄弟，这个脉络是很清楚的，翁同龢是咸丰丙辰科状元，是谭父的"同年"，在清代这个关系是十分密切的。谭延闿兄弟年轻时对这位"状元年丈"自是十分景仰，处处摹仿，在书法上受到他的深刻影响是必然的了。他曾记翁骑马到他家去，他父亲不在家，翁直入其父书室，据案作书，他从帘隙窥视，见翁悬臂运笔，潇洒自如，写完后上马自去，他跑到书房去看，案上淋漓满纸，墨犹未干，使他在幼年时留下极深刻的印象，老来写出时犹历历如绘。他作诗得力于散原老人，有诗云："我年十二度关陇，南归始识洞庭湖。父师延客侍座侧，散原先生来起居。谓我诵习皆俗学，亟亟舍去毋踟蹰。"这是他第一次见陈散原，后来一直到老，仍然过从很密。

一九一二年，国民党成立，谭加入了国民党，一九二四年被选为中央执行委员。北伐时，谭被推为军事委员会委员，国民革命军第二军军长。南京政府成立，先任国民政府主席，后任行政院长，直到一九三〇年去世。他是阔少爷出身，特别讲究吃，顿顿要吃鸭子、鱼翅。在北伐时，行军路上，也是如此。有自制食谱。他死后，他的厨子在长沙开了一家餐馆，名菜有"组庵肉"、鸽羹等。实际作为菜名，"东坡肉""组庵肉"都不好听，似乎是吃苏东坡、谭组庵的肉了。不过好吃这点，也还是北京官场的习惯，少爷的作风。

圆明园与李鸿章

　　圆明园被焚于清咸丰十年农历八月二十二日，即公历一八六〇年十月十八日。据西人资料记载，此日，圆明园和附近所有宫殿，都一齐架火燃烧起来，两天两夜，这些遭劫的避暑行宫，火光熊熊地烧着……并且随着大风，烟雾吹过联军驻扎的营盘，蜿蜿蜒蜒，到了北京。据刘毓楠《清咸丰十年洋兵入京之日记》记载，《越缦堂日记》记载：二十二日，夷兵有赴圆明园之信，翰林花园被烧，土匪肆起，铺户民房焚掠一空；二十三日夷人烧圆明园，夜火光达旦烛天。圆明园被烧前后，就是被抢掠，自然英、法侵略军抢去了许多金银财宝，但周围几十里

▼ 圆明园遗址
（约摄于1927年）

大，包括长春园、万春园，只是那些侵略洋兵是抢不光的，更多的是附近八旗老百姓，以及后来几十年中从火烬中被抢、被盗卖的一切。李慈铭《越缦堂日记》八月二十七日记云："闻圆明园为夷人劫掠后，奸民乘之，攘敚余物，至挽车以运云。上方珍秘，散无孑遗。前日夷人退，守兵稍敢出御，擒获数人，诛之。城中又搜得三人，一怀翡翠碗一枚，上饰以宝石；一挟玉如意一枋，上有字一行，为子臣永珣恭进，乃成哲亲王献纯庙者；其一至挟成皇帝御容一轴，尤可骇叹。"当时混乱情况可以想见。史书载宋时艮岳，金兵入汴，数月荡然无存，情况一样。

圆明园被侵略者英法联军火烧之后，海内外人士，无不十分愤慨，反映在文学作品中，最著名的就是王湘绮的《圆明园词》，这首长庆体的歌行，真能拟之于近代的《长恨歌》，而且比《长恨歌》更详实。因为不但有诗人典丽的诗歌，而且自己在每句后都加了明确扼要的注解，这样就具备了史诗的典则。湘绮老人自己也十分得意。亲笔钞写过三份，赠送知交厚戚。赠送其亲戚长沙曹晋蕃一册，子孙不能守，以一百银元售与武人唐晋棠。后珂罗版印出版。谭延闿跋中云：

> 湘绮翁语余，圆明园毁后，周垣半圮，乡人窃入，盗砖石，伐薪木，无过问者，然品官无敢往游，云禁地也。尔时士大夫迂谨可笑类如

此……后数日见于晦若，言"李合肥
乙未罢政居京师，与人言及园居时事，
凄然伤心，遂往游焉。明日为言者所
劾，以擅游禁地下吏议镌级。……

李鸿章是道光二十七年进士，改庶吉
士，授编修。咸丰时，曾国藩在淮扬练
水师，让李主其事，是谓"淮军"。李鸿
章和俞曲园是同年中举，都是曾国藩门
生，曾常说："李少荃拼命做官，俞荫甫拼
命著书。"对之是十分得意的。李鸿章主
持淮军，久在南方，在京的时候不多。所

▼ 李鸿章

说"言及园居时事"，那
还是在翰林院做编修时
的事。李鸿章同治初年，
升任江苏巡抚。其时已
在圆明园大火之后了。
所以他和咸丰时代做过
军机大臣、各部尚书、

王公贝勒不同，他对圆明园中、禁苑深处，是不会十分熟悉的。恐怕也只不过到过正大光明殿以及在园外朝房住过而已。所以所谓园居，也还是夸张。李鸿章大发达在同治以后，直到光绪初，后来任北洋总督，练北洋水师，成为操大权的疆臣领袖。如果圆明园还在，他有资格谈到"园居"，可惜已在大火之后了。乙未是甲午海战、北洋水师战舰覆灭之后，李鸿章被朝野上下大骂为汉奸的时候，李鸿章政治上失意，所以去逛火后圆明园残迹，一温繁华旧梦。这在当时，以他的地位，本来也不会得咎。但为什么被劾呢？起因是没有满足看园太监的索贿。太监恨他，翌日正好那拉氏来，太监告他，没起作用。第三天光绪又来，太监又告，光绪未置可否，却告诉了翁同龢，翁最反对李鸿章，而当时又在戊戌前二年，光绪还比较起作用。因而听翁同龢的话，便加处分。这样李鸿章便因逛圆明园遭吏议矣。

圆明园被烧是英法联军之役（上海有大官信口雌黄对

上千名小官作报告，说是八国联军烧的，不知前后相差四十年。

小官们自然相信领导的话是正确的）。李鸿章被罢政，是因甲午之役。前后相差三十四年。李鸿章练北洋海军，由光绪十年开始，到甲午海战，共十四年，镇远、定远等舰，当时是最大的战舰，都被日本人击沉，当时花了上亿两白银经营的北洋舰队几乎全军覆没了。邓世昌即牺牲于是役。当时有主战、主和两派，结果主战派胜利，那拉氏、光绪帝秋七月下诏宣战，到九月海军就覆没了。拖延到第二年初，就全败了。后来就订了又一个屈辱和约：《马关条约》。如果不打这一仗，清朝可能还不会急转直下，沦为半殖民地的国家。中国历史上各个朝代，在和战关头上，常常是痛诋主和派，而轻率地主张战争，而又不能像越王勾践一样，十年生聚、十年教训，作充分的准备。清末几次战争更是这样，战争结果，倒霉的是老百姓，说风凉话的又多是主战派。李鸿章倒霉时偷着逛逛被烧的圆明园，宜其被劾了。不过李还是得那拉氏信任的，御史安维峻就因论他而坐妄言褫职，戍军台的。

谭嗣同诗

北京南半截胡同湖广会馆，过去有一位朋友住在里面，有一次我到他家作客，他介绍说：他所住的房子就是当年谭嗣同的莽苍苍斋，我听了肃然起敬，在破敝的庭院中徘徊想象，是否确切，也不去多考虑了。只是想着这位九十七年前戊戌八月初九日被捕，八月十三日就就义的志士仁人的壮烈形象……

我有一本薄薄的《莽苍苍斋诗》，扉页上题"莽苍苍斋诗二卷"，字写苏东坡体，十分苍劲，但未署名，不知是谁所题。全书连目录在一起，只十八页，却分上、下二卷，卷一四十八篇，卷二五十篇，另有补遗三十二篇，共一百三十篇。没有印作者姓名。在旧书店乱书堆中翻到时，一看是"莽苍苍诗"，我知道是谭嗣同的，但书十分单薄，而且无头无尾，没有印作者姓名，也没有老式线装书的"牌子"，我心想可能是谭氏就义后，上海租界的书局印了纪念的。后来想想不可能。又翻到卷一第一页，下面印着一行小字："东海褰冥氏三十以前旧学第二种"，后来查阅海宁陈乃乾所辑《浏阳谭先生年谱》，才知这书是先生自己印的。据《年谱》三十三岁时记载：

> 旧学四种，付刊于金陵。《寥天一阁文》二卷、《莽苍苍斋诗》二卷、《远贵堂集外初编》一卷、《续编》一卷、《石菊影庐笔识》二卷。

为什么没有写姓名而署"东海褰冥氏"呢？作者在所著《浏阳谭氏谱叙例》中说，谭、鄠、郯、覃皆通段字，引《说文》徐锴氏《系传》云："杜预曰：东海褰冥是也。"后有小字自注："不知何据。"《年谱》一开头就说："自署东海褰冥氏。"既不知所据，却又以之自署。虽志士仁人，亦难免好古成癖，后人对此，似亦不应赞一辞矣。

诗集前没有序，而文集中却收有《莽苍苍斋诗自叙》一文，又收在诗集后补遗中。这篇叙不长，引在下面，以资想象。文云：

> 天发杀机，龙蛇起陆，犹不自惩。而为此无用之呻吟，抑何靡与。三十前之精力，敝于所谓考据辞章，垂垂尽矣。勉于世，无一当焉。愤而发箧，毕弃之。刘君淞芙独哀其不自聊，劝令少留，且捃拾残章为补遗。姑从之云耳。光绪二十年十二月也。

写此序时三十岁。三十二岁时，到南京做官，为候补知府。第二年，在南京刊刻了《旧学》四种，包括这本薄薄的诗集。印得并不很好，每页十六行，行二十八字，黑框、小字，加乌丝栏。

谭嗣同父亲谭继洵，字敬甫，进士，官至湖北巡抚。谭出生在北京宣南烂缦胡同，童年在北京读书。少年时其父到甘肃做官，他跟在任上，青年时亦多在西北，且从小练武术，身手十分便捷。诗中反映西北生活的很多。有的且有史料价值，如《和景秋坪侍郎甘肃总督署拂云楼诗二篇》之一云：

金城署郡几星霜，汉代穷兵拓战场。

岂料一时雄武略，遂令千载重边防。

西人转饷疲东国，南仲何年罢朔方。

未必儒生解忧乐，登临偏易起旁皇。

此诗在"东国"句后有长注道："甘肃军饷，岁四百八十万，皆仰给东南诸省。时总督为家云觐年伯，方请假归里，是以有取于谭大夫小东之义。"从这一注中，知道当时西北军饷的数目和取给东南的情况。西北贫瘠，仰仗东南补助，何时始能改变，今日读之，亦颇感慨。不过就诗论诗，却是一般。《陕西道中二篇》之一云：

曾闻剥枣旧风流，八月寒螫四野秋。

翻恨此行行太早，枣花香里过卤州。

这首或有点西北风土诗韵味。

龚定庵出都

　　十月初，有机会又回北京住了十来天，饱览都城秋色。于留连风景之余，自然也殊得师友亲朋之乐。与青年友人张冠生、叶稚珊、徐城北等位叙旧，他们说就要分到新房子了，在广渠门……这真是好消息。"居者有其屋"嘛，从杜甫时代就梦想的"安得广厦千万间，大庇天下寒士俱欢颜"，现在正在一点点地实现着。这时忽然说起广渠门来，现在这"门"早已没有了，但名字还保留着。我忽然想起，前几年有一本书名《老房子》，都是照片，十分畅销。为什么不出一本《老城门》呢？再有只是照片，似乎也不够，如读者只会看照片，而不知其他，那合上书之后，又有什么？长期老看这两张照片，而不知其他，日久天长，照片褪色，思维也就退化到一无所知，岂不大可悲乎？

"老城门"是个好题目，就说广渠门吧，虽在北京有城墙的时候，在外城东面，远没有西面的广安门热闹、名气大、故事多，但也不少可说的。鸦片战争的头一年，龚定庵就是由这个城门出来，离开北京，回到杭州的。这年是己亥，道光十九年，著名的《己亥杂诗》中，有一首诗在"沙窝门外五尚书"句后自注道：

> 逆旅家闻读书声，戏赠。沙窝门即广渠门，门外五里许有地名五尚书坟，五尚书不知皆何许人也。

龚定庵这次是突然离京的，据说因迫于大学士穆彰阿的权势，不敢走热闹的广安门，过卢沟桥，而走东面冷僻的广渠门，而且诗注中说：不携眷属仆从，雇两车，一载书，一自坐出都。可见目的是避人耳目，而且自比落花，吟唱"落红不是无情物，化作春泥更护花"的诗句出都的。当时路程很慢，由城里出城门不远，里外走了几十里路，还没有现在汽车几十分钟的车程，已经"日晚该投宿"，就要住店了，所以叫"逆旅"，实际离城门并不太远，大约不过十来里路吧。何以见得？又有一诗为证："逝矣斑骓胃落花，前村茅店即吾家。小桥报有人痴立，泪泼春帘一饼茶。"诗后注云："出都日，距国门已七里，吴虹生同年立桥上候予过，设茶洒泪而别。"诗中"前村茅店"即前诗所说"逆旅"，七里以外，十里差不多了。当时这偏僻城门外景象如何呢？诗中写道："荒村有客抱虫鱼。"又写到"茅店"，还有一诗写道："谁肯栽培木一章，黄泥亭子白茅堂。新蒲新柳三年大，便与儿孙作屋梁。"诗后注云："道旁风景如此。"可见其荒僻，只有蒲柳，连棵大树也没有了。广渠门俗名沙窝门，虽然古老，但极荒凉。直到解放初仍然如此。三十年代陈宗蕃《燕都丛考》记云："自广渠门大街而南以达于左安门，均为荒凉寂寞之区，蔬圃麦畦，颓垣废冢，一望皆是。"我年轻时在北京住了近二十年，从来就没有到广渠门去过，更不要说出广渠门了。现在东二环经过广渠门外大桥，劲松小区一带高楼林立，谁能想象旧日的荒凉呢？自然古老的城门早已拆除，无法想象了。我当年没去过，也无法描述，不过可想象之，因为我有另外的经历。龚定庵《己亥杂诗》另一首："女墙百雉乱红酣，遗爱真同召伯甘。记得花阴文燕屦，十年春梦寺门南。"诗后注云："忆丰宜门外花之寺，董文恭手植之海棠。"丰宜门，是金代的南门名称。清代文人称右安门为南西门，也叫丰宜门，以示其古雅。右安门外是通丰台草桥看花胜地的大路，明清以来，年年春夏之间，出右安门看花的人不知有多少。花之寺就是西顶，碧霞元君祠年年还要过庙会，文人看花诗文笔记，收集起来，可编一本书，都与这个古老的城门有关。

三十七年前，我父亲还在世，我北京家住电力部宿舍，由灯市口朝阳胡同搬到右安门里里仁街。散步到古老的城门边，不足半里之遥。这一带在解放前也很荒凉，不过比广渠门、左安门一带好些。里仁街也是古地名，清朱一新《京师坊巷志稿》就有记载："里仁街，在右安门东北，距盆儿胡同一里许。井九。宛平王志：仁作神，云有宝塔寺，今圮。"可见古代里仁街又叫里神街。刚解放时，这里还是一片菜园、乱坟堆等。五二年，基建开始，一些部及局在这里盖了不少宿舍，樱桃园往南右安门大街，两边盖的是红砖楼房，街东里仁街一带，盖的都是一大片、一大片的平房，一直连到戏剧学院、第一监狱，直到陶然亭。开初搬来的人不多，一九五五年之后，才逐渐多起来。我们家是一九五八年春夏之间搬来的，房子还可以，但这里过去叫南下洼子，地势低，又未修下水道，所以搬来这一年夏天下大雨，水就进了屋子，把床底下堆的旧书、书信等都浸烂了，从书籍文献说，损失是不轻的。

当时我已在上海工作，北京家中只有父亲、弟妹及外甥女等人。我是一九五九年春节回去的，后来暑假又回去，连着六十年代初几年，暑假都回北京去过。当时内外城都有城墙，十路公共汽车由新车站通南菜园，在樱桃园转弯，五路车从德胜门直到右安门门脸，还有十二路到动物园，走城外礼士路。虽然有两路车到城门边，可仍很冷落，乘客很少人坐到城门前下车。我每天一大早遛弯，总爱走到城门边，古老城砖的门洞，城墙砖缝中长出的草，进出的是骡拉大车，还有挑花担子卖花的花农，我花两毛钱买过小盆开淡紫花的水浮莲，花一毛钱买过不带花盆的金盏菊，春天芍药、秋天菊花，一定还有的卖，可是我这几年中春、秋两季都没有时间回北京，只是年年八月，在京居住。靠近城门门脸，路两边有一些破旧老房子，有铺面临街房，也有小院，但没有什么买卖。稍北，两边新盖楼房，一直向北延伸到牛街南口，便道很阔，种的全是白杨树，夏天早晚散步，十分阴凉。有时走过城门边一段破旧房子，出了城门，什么也没有，更为荒凉。站在护城河桥上，平时水很浅、很脏，大雨后水涨，流得很急，哗哗而去。有时看看落日，也全是野趣。看道光时人潘星斋《花间笛谱·锁南枝》序云："花之寺僧小景极荒率之致，枫叶冷红，柳丝剩碧，万芦萧槭，暮色苍茫，疑有欸乃声在秋雪中也。"正是这一带护城河秋日景象，"秋雪"是芦花，当年护城河两岸都是柳树、芦苇，六十年代时，这些都没有了，古城门的野趣还是十分潇洒的……

妹妹来信说，里仁街的房子要拆迁，给的新房少，不够住，又发愁房少，又发愁老年搬家，又发愁交保证金，已拆的一些，卫生没有人管，厕所没有人掏，垃圾没有人车……不知如何是好，来信问我，我也没有办法，无权无势又无钱，一筹莫展。六月间回北京，我还回里仁街看了看，已经大门口全是自由市场和垃圾，几乎无法进出了。十月初，我又回北京，没有再敢回里仁街，免得发愁、伤心。一切都在变着，古老的城门，早已是记忆中的梦痕了，可惜没有留下一张照片。不过当时纵然拍下照片，在三十年前的浩劫中，火烧四旧、抄家，也都一扫而光了，老城门又能剩下什么呢？

讽刺诗

　　清代末年，本世纪初，大多数识书人，都有点旧学基础，写首绝句、律诗，总能叶平仄，入诗韵。诗虽不好，但总是诗，写起来也熟练，遇到有讽刺的对象时，也便写诗来讽刺。旗人刚毅，字子良，笔帖式起家，曾审理过小白菜一案，获平反，受到嘉奖。一直升官，做到军机大臣，但不学无术，头脑冬烘，是个大草包。庚子时，信任义和团天兵天将，在那拉氏面前，极力吹捧。自称"臣是老佛爷的黄天霸"，助长那拉氏乱杀袁昶、许景澄等人。光绪二十五年，那拉氏曾派他到南方视查。有人写二诗讽刺道：

刚愎由来是草包，江南一趟大功劳。

花头新出随时改，竹杠拿来到处敲。

厘局加增非易办，督销报效岂能逃。

硬将保甲先裁并，民事从此一概糟。

整备钦差去阅兵，东西南北又中营。

阵排刘氏高君宝，将练杨家穆桂英。

摆样头旗添几面，助威手铳打连声。

若教遇着洋人队，站在旁边肃静迎。

　　当时这些旗人大官，不是科甲出身，又未出过外洋，既无中国知识学问，更不懂世界形势。只是看看戏，什么曹操、黄忠、穆桂英、黄天霸等莫名其妙一大堆，要管理国家大事，那还不是一团糟，同世界形势发展差着十万八千里。后一首"刘氏"句，也是戏，即刘金定女将，高君宝像杨宗保一样，也是阵前招亲的，刚毅脑子里全是这些人，自然迷信义和团刀枪不入了。过了半个世纪，五十年代末，满街还唱男的都是老黄忠，女的赛过穆桂英，五十多年的世界风云变化，流血牺牲，人们脑子似乎仍然没有什么变化。现在人们不爱看京戏，未始不是好事。

宣统末年北京菜市口半截胡同有名的菜馆广和居，有人在墙上也题了两首讽刺诗，很快就传诵都下，成为极有名的宣南掌故。事隔多年，不少人已不知道这件事了，现在则不妨旧事重提，诗云：

居然满汉一家人，干女干儿色色新。
也当朱陈通嫁娶，从来云贵是乡亲。
莺声呖呖呼爹日，豚子依依恋母辰。
一棰风情谁识得？劝君何必问前因。

一堂二代作干爷，喜气重重出一家。
照例定应呼格格，请安应不唤爸爸。
岐王宅里开新样，江令归来有旧衙。
儿自弄璋翁弄瓦，寄生草对寄生花。

这两首诗如何解释呢？先要交待清楚这是说谁，是清末四个重要人物，即军机大臣领班庆亲王奕劻，奕劻的儿子御前大臣、农工商部尚书载振，接替袁世凯为直隶总督的贵州人陈夔龙，安徽巡抚云南人朱家宝。两首诗写了这四个人的什么关系呢？即陈夔龙的续弦女人、前军机大臣许庚身的妹妹，拜奕劻的女人（称福晋）作干娘，而朱家宝又让他儿子朱纶通过袁世凯的引进，认奕劻之子载振为干爹，这样互相拉拢无耻的关系，狼狈为奸，以在政治上达到各种蝇营狗苟的目的。

▶ 庆亲王奕劻

奕劻在清末，以善于逢迎那拉氏，拉拢荣禄、袁世凯，从一个远支"辅国将军"，二三十年，爬到"亲王"的宝座，庚子时，留在北京，大权在握，签下了丧权辱国的有名的《辛丑条约》，一边得到帝国主义的支持，一边更得到西太后的宠爱，连他儿子载振也官居头品，爵进"贝子"，父子二人成为清末炙手可热的人物，结党营私，卖爵纳贿，不知有多少无耻之徒削尖脑袋钻营于他们门下。有些御史虽然几次参他们父子，但都因权太大，参不动。光绪二十九年，御史张元奇弹劾载振召歌伎侑酒。上谕只是："有则改之，无则加勉。"轻描淡写过去了。光绪三十年，御史蒋式瑆奏，说奕劻送一百二十万两白银存入东交民巷英商汇丰银行，请提此款送大清银行入股，结果是"查无实据"。光绪三十三年，御史赵启霖奏：黑龙江巡抚段芝贵用一万二千元买妓女送载振，又送奕劻十万两银子。结果是派载沣和孙家鼐去查，不得实，载振、奕劻无罪，御史反而罢了官。这次认干亲的事，御史江春霖以"老奸窃位、多引匪人"的奏折弹劾他，连陈夔龙女人住在苏州娄门内都写得清清楚楚，而仍然没搬动他，江春霖反被降旨斥为"谬妄已极"，御史也做不成了。江虽然丢了官，但"直声"满京师，广和居这两首题壁诗，就是支持江春霖的，对奕劻等极尽嘻笑怒骂之能事了。而广和居也未因此被封门，也是万幸了。

赵启霖字芷生，湖南湘潭人。被罢官出都有两首留别诗，一时也颇为传诵。诗云：

> 击筑高歌曳暮蝉，苍茫相对酒樽前。
>
> 青蒲謇謇初何有，白简区区但偶然。
>
> 物论标题滋欺疚，天心元漠与回旋。
>
> 秋霜烈日浑闲事，真觉峥峥愧昔贤。

> 诸公缱绻念投簪，别路微看天际阴。
>
> 玉玦差欣归养便，银台惟觉负恩深。
>
> 频闻诏旨彰公道，始识朝廷有苦心。
>
> 独向崇兰芳桂处，八埏怅望入孤襟。

诗也很慷慨。

当时清末是封建专制时代，居然有人敢写讽刺诗，讽刺朝中大臣、亲王，而且诗也能流传开来，流传下来，并未变成防扩散材料被销毁，当事人也未被杀头，说明在一定程度上，其专制还不到家，还是控制不住的。

关于瑞澂

去年一本杂志上有人写文章介绍瑞澂的续弦夫人，据说现在住在上海，已经九十多岁了，还很清健，这是很不容易的。瑞澂是七十年前的新闻人物，那时他是湖广总督。武昌起义，辛亥革命，清朝结束，他的总督自然做不成了。相对说，还是辛亥成功救了他，否则，武昌起义之后，他便逃之夭夭，那清朝还能不办他临阵脱逃的重罪吗？

按，瑞澂字莘儒，贡生笔帖出身。他是鸦片战争时琦善的孙子。他家是正黄旗，姓博尔济吉特氏。清朝旗人的姓氏几乎等于废了，官场称呼，只称他名字的第一个字，如瑞澂，如写全部姓名，应写"博尔济吉特·瑞澂"，这便像外国人的名字了。他做总督，按照汉人叫法，应叫"博尔济吉特制军"才是，但是不这样叫，只是叫作"瑞大人"或"瑞制军"。这位瑞制军同他的祖父琦制军一样，升官特别快，庚子那拉氏由西安回北京，即所谓回銮途中，放他为粤海关道，没有几年，便是江苏巡抚，再一转升，就是湖广总督了。他的续弦夫人，是在江苏巡抚任上娶的。他同他祖父琦善一样，都是官运十分亨通的人，但是，如从清朝的立场说，给这种人升官，也注定了清朝的必然倒霉，一个继林则徐之后，去到广州，弄得一塌糊涂，成为中国近代史上最早的一名罪人，一个则在武昌起义的炮声中，仓遑逃走，成了断送爱新觉罗天下的头名人物，这在给他们升官时是想不到的。而清朝是相信这种人的，琦善最后还升到协办大学士。瑞澂自然不行了，辛亥之后，没有人再给他升官了。躲在租界中，四年之后，就翘辫子了。

清朝灭亡的原因，是多方面的。远因是咸丰腐败早死，那拉氏垂帘听政等等。但那拉氏继承了咸丰的重用汉臣经验，所以有所谓之"同光中兴"，统治权延续了四十七年。到宣统登基，载沣主政，破坏了这一经验，很快完蛋了。陈石遗《张之洞传》说："醇王载沣摄政监国，专用亲贵，至十部大臣，惟司法、学部属汉人，以母弟载洵、载涛典水陆军，载洵招权作威福，日营宫室，天下侧目，载泽长度支，无所知。惟与之洞争币制，袒庇瑞澂，以亡其国。"这话说得是有道理。如说瑞澂怕死逃命，那载沣、载涛等人，以及其他王公大臣、亲贵等还不是一路货色。用现在话说，破坏了"统一战线"，专用亲贵，似乎是"父子兵"，最可靠，实际是最不可靠的。

旗人在清朝是有特权的，汉人做官，大部分是三考、两榜出身。而旗人则方便得多，琦善、瑞澂都是荫生出身，他家世袭一等侯。这样便似乎天生就是官了。庚子时，瑞澂正在北京刑部做郎中，侵略军八国联军打进北京后，他被日本兵俘虏，去做苦力，先让他放马，打扫马粪，正好一个日本大尉要找个会写字的人写东西，便找到了他。旗人在某种情况下，胆小滑头，很会看眼色行事。瑞澂给这个日本大尉抄写公文，大得信任，就介绍给日本公使抄写文件。有一次，日本公使会见庆亲王奕劻，庆王说外交人才难得，日本公使说，在我那里抄公事的瑞澂就是一个人才，你们可惜没有用他。庆王听了，就着意提拔瑞澂，那拉氏回銮，在路上就放瑞澂为海关道，都是庆王的力量。

实际瑞澂并无学识和能力，只不过做官会钻营，给庆王"孝敬"的黄白之物多耳。据传瑞澂年轻时路过上海，因骗人家珠宝，被租界捕房出传票传过。做了巡抚，当着下属面，故意高声读公文，把"肄业"读成"肆业"，白字草包之名传遍当时官场。

革命军在武昌起义之初，瑞澂得一名册，多其属下新军之名，瑞澂捕获三十二人，诛杀三人，就向北京报功，第二天军人就起义，推陆军第二十一混成协统领官黎元洪称都督，置军政府，这就是辛亥革命。这时瑞澂已乘兵舰逃到上海租界地。过了很久，清政府始以"失守武昌，潜逃出省，偷生丧耻，诏逮京，下法部治罪"。但瑞澂已定居上海租界中，即将覆亡的清政府奈何他不得了。

太炎先生五题

汤夫人

据闻多年息影吴门的章太炎先生夫人汤国梨女士已作古人，寿近期颐，比太炎先生多活了四十四岁，也很不容易。

汤夫人和太炎先生结婚是一九一三年，即民国二年六月的事。这年，太炎先生在东三省筹边使任，衙门在长春。四月间，托事南行，如其自叙诗中所谓"剑骑临边塞，风尘起大荒，回头望北极，轩翮欲南翔"是也。五月，到武昌，见黎元洪。五月底，回北京，袁世凯欲笼络他，授以"勋二位"勋章，在北京住了七天即来上海。六月十五日，和吴兴汤国梨女士举行婚礼，礼堂在哈同花园，证婚人是蔡元培氏。《民立报》新闻云："来宾极盛，孙中山、黄克强、陈英士诸君皆先后至……三时正，行结婚仪式，蔡孑民先生为证婚，查士端君为典仪，而介绍人则张伯纯、沈和甫两君也。其婚书词华典赡，闻系章先生自撰。"

是年太炎先生四十六岁，长于汤夫人二十岁左右。汤夫人是上海务本女校（当时叫"女塾"）第三师范班毕业生，结婚时在神州女子学校负责教务。结婚后卜居于北四川路长丰里二弄弄底。原是神州女校的旧址。婚后五日，即偕汤夫人到杭州度蜜月，迨到八月十日，太炎先生即只身赴京主持共和党事，随之即成为袁世凯阶下囚。与汤夫人燕尔新婚，相处不足二月，即告分离，直到一九一六年始南归，"别离怨"已赋三年矣。

太炎先生自撰"婚词"及婚礼时所赋的诗，都可以说是传世之作。其"婚词"云：

所愿文章黼黻，尽尔经纶；玉佩琼琚，振其

辞采。卷耳易得，官人不二乎周行；
松柏后凋，贞干无移于寒岁。

气魄广大，寓意双关。

太炎先生被袁世凯囚禁在
北京时，汤夫人在沪多方营救，
但始终没有北上。同年十一月
太炎先生在京曾邀汤夫人北来云：
"且当以讲学自娱，君亦可来京相
伴。"未几，被囚于龙泉寺后，则又写信

▼ 章太炎

嘱汤夫人勿受袁贿，勿北来。信云："家居
穷迫，宁向亲朋借贷，下至乞食为生，亦
当安之，断不受彼（指袁世凯）呼蹴之食。"
一九一五年汤夫人曾上书徐世昌转大总统，
"乞赐外子早日回籍"。太炎先生亦一再写
家书"力阻"，太炎先生也是够倔强的了。

汤夫人去世前，曾有文载《苏州文史
资料》，所记多太炎先生轶闻。记黄季刚

先生事甚多。季刚，太炎先生大弟子也。因系新出书，在此不多引用。

龙泉寺

辛亥革命之后，北京政党有进步党、共和党等。共和党黎元洪是理事长，章太炎先生是副理事长，民国三年春天，他抱着"不入虎穴，焉得虎子"的决心，到北京来主持共和党党务。住化石桥共和党本部。他在上海写文章反对袁世凯，共和党内有郑、胡二人得袁世凯巨款，提议要太炎来京主持党务，实际是为便于控制他。后来共和党虽然发现郑、胡二人阴谋，登报开除其党籍，但太炎已被监视。监视的人都是袁世凯命令陆军执法处长陆建章派的宪兵，共四名，说是保护，实则监视，虽然一次被太炎发现，操杖赶跑，但这些后来换了便衣，依旧来监视。太炎穷愁抑郁，使酒谩骂，毫无办法。本来经黎元洪与袁世凯商量，想年拨经费十五万，组织一文化机关。而太炎先生开列预算非七十五万不行，最后谈判决裂。后来讲了一

个时期学，还想离京，但都未走成。便去总统府见袁
世凯，梁士诒接待，被骂走了，把接待室的器物都砸
碎不少，结果闹到下午五时多，陆建章进来骗他总统
公事忙，让您久等，很抱歉，现在可见总统，出来，
上了马车，被骗到南下洼子陶然亭西北的龙泉寺，由
一月中旬直到六月中旬，前后有半年之久。轶事颇多，
现在旧事重提，仍是很有意义，亦可见其风骨，颇足
为异代表率也。

被幽于龙泉寺的第二天，袁世凯派他的二皇子袁
克文，亲自带了锦缎被褥，送到龙泉寺。太炎先生在
房中听到外面有人声，而且在窗户缝中窥视，便撩起
帘子一看，原来是袁抱存（克文字）送被褥。太炎先生
想出妙法，跑到屋里，点燃一支香烟，把被褥一个、
一个地烧了许多洞，扔在院中对袁克文说：拿走。这
位"太子"碰了一鼻子灰，只好去了。

当时袁世凯的京师警察总监是吴炳湘。吴炳湘派
了"暗探"冒充"门房、厨师、扫地听差"到龙泉寺
监视太炎先生，先生遣随身仆人外出送信，被"门房"

所阻，外面追踪而来探视的客人亦被阻于门外，不容会晤。先生便对这些所谓"门房""听差"等厉声呵叱，并令其具结写"保状"，保证以后不再如此无理。但是这些喽罗都是"奉命"办事，挨骂之后，总是说"奉长官令"，弄得太炎先生没办法，给吴炳湘写了封长信，说他们是"卿等所为，无异于马贼绑票，而可借口命令乎？自作不法，干犯常人，而可言防卫者性气太甚乎？"因为太炎先生要把吴所派的密探赶跑，吴便派了四五十个警察来示威。太炎看其举止可恨又可笑，在信的结尾嘲之云："昨者以斥退役人，卿遣巡警四五十人一时麇集，此不足以耀威，乃适形其暴乱耳……反不得不胡卢一笑也。"

太炎先生被"囚禁"时，身无长物，不名一文，一切生活费用，均受吴炳湘挟制，日夜思虑，生活大失常态，常常到夜间两点钟才睡，或者通夜无眠，有时睡到下午二时才起身，平素曾学过佛家坐禅，即静坐，在此亦不能实行了。但学问却有进步。《家书》曾云："迩来万念俱灰，而学问转有进步，盖非得力于看书，乃得力于思想耳。"

袁世凯派人把章太炎囚在龙泉寺，手谕陆建章八点，即：一、饮食起居用款多少不计；二、说经讲学文字，不禁传抄，关于时局文字，不得外传，设法销毁；三、毁物骂人，听其自便，毁后再购，骂则听之；四、出入人等，严禁挑拨之徒；五、何人与其最善而不妨碍政府者，任其来往；六、早晚必派人巡视，恐出意外；七、求见者必持许可证；八、保护全权完全交陆建章负责。当时把袁世凯比作曹操，章太炎比作祢衡，据刘成禺《癸丙之间太炎先生记事》中说：太炎喜欢花生米下酒，特别喜欢湖北花豆夹油炒的，吃花生米必去其蒂，说杀了袁皇帝头了，哈哈大笑。袁世凯手谕条件，及章说"杀了袁皇帝的头了"等等轶事，都似乎也说明了袁世凯虽然想做皇帝，也做了八十三天洪宪梦，但对章太炎这些大知识分子，还懂得重视，并未下毒手。不然成百上千的章太炎还不是也要被杀头吗？

早在幽禁之初，章太炎就曾给袁世凯写信，表示

"九死无悔"，坚决不和袁世凯妥协。到五月底写《家书》，表示要"以死争之"，便决意绝食。把一件在日本时亲自找日本裁缝缝的衣服当作纪念品寄给汤夫人以留纪念，说："吾虽陨毙，魂魄当在斯衣也。"六月初，坚持绝食，半个月中，只吃了四顿饭。袁世凯给陆建章的手示要防止太炎先生"出意外"，在此绝食危险之际，才把太炎先生由龙泉寺移到东四本司胡同徐某的"铁如意轩医院"中，后来又租了钱粮胡同的房子。

龙泉寺十年前还在，旁边还有孤儿院，据说囚禁太炎先生于跨院中，有五间北房，十分整洁考究。本来这种大庙方丈的禅室或招待贵宾的房子是很考究的。可惜多少年前，未特地参观一下这些房子，现在自然早已没有了。

绝食

太炎先生一生的事迹太多了，即以用绝食来对抗强暴说吧，先生一生中就有过三次。其中两次在北京，两次中一次还在宣南。

第一次是光绪三十年（一九〇四），在上海西牢（提篮桥监狱），先生因《苏报》案与邹容同时入狱，狱事决后，先生被判监禁三年，邹容被判监禁二年。先生义愤填膺，更不堪狱卒之虐待，和邹容说："我三年，尔二年，尔当生，我当死。"邹容流着泪说："兄死，余不得不死。"后来二人又商量如何死法，因在狱中，刀剪、绳索、金器、毒药等都被禁绝，就决定饿死。太炎先生还举了古代绝食殉国的名人，什么伯夷、司空图、谢枋得等人为例。先生后来著文记云："余断食七日不死，方五六日，稍作咳，必呕血数刀圭。"后因有人告诉他，断食七日不会死，且狱中虐待犯人，瘐毙者多。先生知"食亦死"，因复进食。先生虽然没有死，邹容却以二十岁的年纪，被瘐毙在狱中了。

第二次绝食是在北京龙泉寺。那是民国三年，即一九一四年六月间的事。当时先生被袁世凯囚禁在龙泉寺，已五个多月，愤而用绝食抗争。五月二十三日写给汤国梨女士的家书云："幽居数月，隐忧少寐，饮食仆役之费，素皆自给，不欲受人馈养，今遂不名一钱，延至六月，则槁饿而死矣。"六月二十六日家书云："槁饿半月，仅食四餐。"当时袁世凯怕先生真饿死，令警察总监吴炳湘设法处置。吴便让他熟识的一个医生假具呈文，以医生的名义把太炎先生接至东四南本司胡同铁如意轩医院给以治疗。

另外据刘成禺《洪宪纪事诗注》记载：太炎在龙泉寺绝食数日，袁世凯问谁能劝他进食。王揖堂说他可以。王在上海时，原与太炎先生一同办过党，是先生的门下士。自告奋勇，到了龙泉寺，太炎问他，你来给袁世凯作说客？王说我不敢。坐下来先说家常，然后问：听说先生绝食，有什么意义呢？太炎说：我不等袁世凯来杀，宁愿自己饿死。王说：先生真要自己饿死，袁世凯太高兴了。先生试想，他要真杀你，还不是很容易的事。现在他并不是不想杀你，是不敢杀你。袁是曹操，先生是祢正平，他所以不敢杀你，是怕担历史恶名。你自己饿死，他不担杀你的恶名，又少了反对他的心腹之患，你怎么不为自己打算，反而为他打算呢？一番话说醒太炎，果而进食了。

　　第三次绝食是在钱粮胡同寓中，时间在同年年末，即一九一五年年初。原因是太炎先生自迁入钱粮胡同寓所之后，名义上是自己的寓所，等待接家眷来京，实际上则仍在袁世凯监禁之中。家中厨师、门房、仆人等都是警察总监派来的便衣暗探，处处监视先生。先生的学生黄季刚氏来京，先生让他住在一起，谈论学问，不料一天黄因说伙食不好，先生责骂伪装厨师之暗探，这些人便用手段，瞒着先生，把黄于深夜中，由住室叫起，赶出章寓。头一两天，先生还不注意，以为黄有事外出，过了三四天，章因其他门人来访，门岗不许进门，才知道情况。因之更加愤恚，毅然绝食，一直坚持了十几天，已经奄奄垂危了。其后才又遇到转机。不过这留待谈太炎弟子时再说，这里不妨先附带说一下先生长女自杀的事。

长女自杀

太炎先生《自定年谱》民国四年乙卯记云："三月，长女㸒、少女㻬及长婿龚宝铨入都省视，遂居焉。"先生这二位女公子的名字都很怪，正是文字专家起的名字，而社会上一般人是不认识的。长女"㸒"，音迤，按《说文》段玉裁注：是两个爻字，表示交友之广。少女"㻬"，这个字说穿了更是普通字，即古文的"展"字，按字义，即"四工"为展。

先生移寓于北京钱粮胡同后，续弦夫人汤国梨女士未伴随北上，二位女公子和长婿到京省视，都不料在这短短几个月中，演了一场小小的悲剧。钱粮胡同的房子，是一所很大的宅子，先生八月初《家书》云："庵屋高明，亦为读书、宴会之所。"这所房子有两三个院子，正院是钻山游廊，七间北屋，东西屋亦各五间，太炎先生一人住进去，是十分空荡荡的，家书中说："连日购得全史、"九通"、《通鉴》、经疏诸书，官料书籍，亦已粗备，尚觉屋中空虚也。"因为房大、人少、东西少，更加寂寞了。一九一五年春间，两位女公子及女婿龚宝铨（字未生）到京之后，才开始稍稍热闹起来。当时《时报》曾有新闻云："太炎在京，近状殊为安适。近数月来，其女公子来京侍奉朝夕，太炎极为欢愉。"但是不久，即发生了十分意外的悲惨事。

九月八日，其长女㛥无故自尽，延医抢救，已经无治。太炎先生遇到这样突然的变故，自然极为难过，心情更坏了。其九月十日《家书》云："猝遭此变，心绪恶劣，又异前时。"

不久，少女珽及女婿龚宝铨南归，第二年丙辰四月间，先生写给少女珽的信中还说：

果熟读《资治通鉴》，在今日即可称第一等学人，何必泛览也……汝姊之死，固由穷困，假令稍有学业，则身作教习，夫可自谋生计，何至抑郁而死也。此事须常识之。

从信中可以看出先生对长女娛之死，一是念念不忘，二是知道原因，不是前面所说的"无故"的。是什么原因呢？当时北京人哄传钱粮胡同的房子是北京的四大凶宅之一，其实这是无稽之谈。大约二十年代初，天津报纸上登过一部长篇小说，名《新新外史》，由清末章宗祥、曹汝霖留日回国，点洋翰林写起，写到洪宪倒台。书中写到了太炎长女之死，说是因外出应酬，打牌赌输，拿太炎的钱去翻本，未告诉先生，原想赢了再补上，结果又输了，据说太炎先生的钱都放在床下一小匣中，银元一枚枚数之，钞票也一张张去数。却不细看一、五、十元之分，每日晚间数一遍。其长女暗以一元钞票掉换五元、十元者，太炎一次发现，大发雷霆，长女不敢对先生实说，夜里便在院中树上吊死了。虽说小说家言，不足为信，但和先生信中"固由穷困"的话对照看，多少是有点影子的。

太炎弟子

　　钱宾四先生在《师友杂忆》中曾记道：

某年，章太炎来北平曾作讲演一次，余亦往听。太炎上讲台，旧门人在各大学任教者五六人随侍，骈立台侧。一人在旁作翻译，一人在后写黑板，太炎语音微，又皆土音，不能操国语，或询台侧侍立者。有顷，始译始写。而听者肃然，不出杂声。此一场面亦所少见，翻译者似为钱玄同，写黑板者为刘半农。

这里所说"某年"是一九三二年春天。据《知堂回想录》回忆："三月七日晚，夷初招饮，辞未去，因知系宴太炎先生，座中有黄侃，未曾见面，今亦不欲见之也。"又记五月十五日，托幼渔以汽车迓太炎先生来，玄同、逷先、兼士、平伯亦来……十时半，仍以汽车由玄同送太炎先生回去。中间还记四月二十日太炎讲《论语骈枝》的事。这些记录都记了太炎弟子黄侃、钱玄同、马叙伦的事。太炎先生弟子很多，但这几位是大弟子，太炎被囚时，他们常来看他。黄侃，字季刚，当时还陪他住在一起。

宋人朱弁《曲洧旧闻》上记载有王安石的一则故事：某日，佣人说王相公特别喜欢吃鹿肉脯，因为给他端上一盘子鹿肉脯都被他吃光了。他夫人便很奇怪，觉得王安石从来没有说过喜欢吃什么，或不喜欢吃什么。便问佣人，上菜的时候，鹿肉脯摆在什么地方，回答说：摆在相公面前。夫人便说，今天上菜把其他菜摆在相公面前试试。试验结果，摆在面前的那盘菜吃光了，而鹿肉脯却一点也没有动。这时佣人才明白，王安石吃菜，是只吃面前的，根本不管是什么菜，吃完便算数。

这个故事告诉人，有的人注意饮馔，有的人则随便。宋代大名人苏东坡就讲究烹饪，王安石就不讲究此道，可以想见其吃饭时，根本不注意菜肴的优劣。这种人自然亦想不出什么菜名，如果下馆子点菜，这种人是好对付的。我记得黄季刚先生在南京时，亦说了一个故事。他说，章太炎先生亦是这种人，讲国学、讲《说文》、讲排满革命等等，头头是道，而要问他吃什么菜，他却说不出来了。当年在北京，袁世凯的爪牙京师警察总监吴炳湘派了不少便衣人员做他的厨师、门房、佣人等等，来监视他。太炎先生虽然气愤，亦无可如何，便规定了"约仆规则"六条来对付这些家伙，如每日早晚请安；每逢朔望，要一跪三叩首；要称四大人，来客统称老爷等等，以泄愤懑。但是这些人向"四大人"早晚请示吃什么饭菜时，太炎先生却想不出什么，只知道鸡蛋、火腿两样。每来请示，便这样吩咐，因此每天每顿便吃煎鸡蛋、蒸火腿了。

太炎先生亦无所谓，不注意此点。这些人便借此大赚其钱。当时袁世凯经吴炳湘手，每月批五百元作太炎先生生活费，再经吴之爪牙徐医师转来，从中已被中饱去二百元，只剩三百元。这些便衣在伙食中再乱赚钱，七折八扣，更是所剩无几。当时鸡蛋一元可买百余枚，火腿都是变质的，实际有限的一点伙食费，亦都被中饱了，因此伙食极坏。黄季刚和先生住在一起时，对此伙食大有意见。因为他和太炎先生不同，是一个很讲究饮馔的人，如何能够顿顿吃煎鸡蛋、蒸变质的火腿呢？一面向先生提出，一面吩咐这些冒牌厨师、佣人烧这样菜、烧那样菜。这就影响到这些人的根本问题，平时赚惯的外快，不能随意再为所欲为地赚了，哪能罢休。

旧社会干这种差司的人，大都十分阴险势利，他们便暗地里在吴炳湘面前添油加酱地说太炎先生和黄的坏话。然后得到吴的指使，半夜里突然来了一班警察，把黄季刚从床上叫起来赶出章宅。又剥夺了太炎先生的会客权，逼得先生绝食自杀。此事实导因于这些宵小之辈势利熏心，小泥鳅亦能翻大浪也。

太炎先生第三次绝食是在钱粮胡同寓所中，这次绝食，只饮茶，不吃饭。先生在京的门人钱玄同、朱迪先等位听到消息，便想法营救，先联名上书给行政院申诉，又去见警察总监吴炳湘氏力争解除不能见客的密令，一面劝章进食。但太炎先生态度极为坚决，门人、朋友虽已能前来看望，而先生仍坚持绝食。门人们商量，把藕粉等加入茶中，仍然不行，被太炎先生发现，说茶不干净，不能饮用，要重新再沏新茶。这样钱玄同等位毫无办法，拖延十余日，先生垂危了。

在这关键时刻，有一天下午，马叙伦氏前去看望，见先生蜷息在床上，高大的正房中，空荡荡的。先生嫉恶北方的煤炉，不许生火，这时正值严冬，所以更加寒冷、凄凉。马叙伦氏见此情况，十分难过，便想如何来说服先生不再绝食。他略事寒暄，慰问了几句之后，即起立告辞，先生凄惨地挽留说："我已经是垂死的人了，此后恐怕不能再见，请你再坐一会，再说一会话吧。"马氏回答说："我中午到现在还没有吃饭，饿得厉害，要急于回家吃饭。"太炎先生说："这有什么关系，这里也有厨房，可以叫他们给你准备饭，就在这里吃好了。"马氏便又回答说："我怎么忍心当着绝食的人吃饭呢？如果您也多少吃一点东西，我便在您这里吃饭。"太炎先

▼ 马叙伦在上海
（摄于1936年）

生听了，呻吟犹豫，似乎同意。马氏看先生同意，十分欣喜，便说道："您能多少吃一些，好极了。但是绝食已久，不能骤然吃饭，只能先稍稍喝一点米汤。"

这样，马叙伦氏便让仆人准备晚饭，陪着太炎先生吃，先生果然喝了一点米汤，这样第三次绝食便告结束。先生生命得以转危为安了。

马氏当晚离开章寓后，即将先生喝米汤、中止绝食的消息遍告先生在京门人钱玄同等，大家听了，十分欣慰。感到别人都劝说不过来，而马叙伦氏一去就解决问题，又非常佩服他，认为太炎先生得以不死，都是马氏的功劳。后来，钱玄同前去看望，才知先生第三爱女不久要来了，先生长女、次女由先生长兄章椿柏氏抚养。三女这时才十余岁，北来看父。先生思念爱女，舐犊情深，急于见面，因而绝食的意念动摇了，马氏适逢其会，救了先生一命。

太炎先生一九三二年去北平时，在京弟子很多，曾在西四同和居饭庄宴请先生。已故谢刚主老师也曾参加这次宴会，生前常常和我说起这次宴会的盛况。另外太炎先生晚年在苏州国学传习会讲学，有不少年轻弟子。友人朱季海先生就是太炎先生后期弟子，著有《楚辞解诂》，现已年近八旬矣，但当年只是不到二十岁的小青年。太炎先生弥留之际，各弟子都在床前跪香，即手捧点燃的香跪在床前。其时季海先生正是小青年，觉得可笑，不肯跪。汤师母在晚年写回忆文章时，对此还有微辞呢。

近阅《周作人日记》，一九三二年四月十八日记云：

七时往西板桥应幼渔之约，见太炎先生。遏先、玄同、兼士、平伯、半农、天行、适之、梦麟共十一人，十时回家。

二十日记云：

六时半至德国饭店，北大校长宴太炎先生也。

二十二日记云：

　　下午四时至北大研究所，听太炎先生讲，六时半回家。

五月十五日记云：

　　天行来，共磨墨，托幼渔以汽车迓太炎先生来晚饭。玄同、谒先、兼士、平伯亦来，共八人，用日本料理五品，绍兴菜三品，外加常馔。十时半仍以车与玄同送太炎先生回去，在院中照一相，各乞书条幅一纸。

　　知堂日记所记甚详，惜十八年前写此小文时，未见知堂师日记，今于编书时，得补充入之。虽感慨时间之迅速，而亦喜此珍贵文化史资料，补入予文。嘉惠读者，功德匪浅也。一九九八年四月廿日上午，距知堂师写日记时，已足六十六年矣。

袁氏父子诗

　　袁世凯远祖汉末三国时袁本初，又说是明末袁崇焕后人。原在李鸿章幕下，朝鲜一役，大大出名，任山东巡抚，正是本世纪开始，庚子时事；其后练新军，升军机大臣、北洋总督，一直到做洪宪皇帝。据张伯驹《续洪宪纪事诗补注》云："世谓项城为武夫，不通翰墨，不尽然。项城能诗，大有阿瞒横槊之概。"曾见"旧闻记者"陶菊隐老先生在其《北洋军阀统治时期史话》一书中引袁世凯诗云：

　　　　　楼小能容膝，檐高老树齐。

　　　　　开轩平北斗，翻觉太行低。

这诗是袁世凯在宣统元年被罢官之后，退居河南项城县洹上村时作的。曾有其高级幕僚沈祖宪和诗云："楼迥凌千尺，平看雁翼齐。岱宗曾弭节，自觉万山低。"王锡彤和诗云："不作登楼感，全将物我齐。槛前列牛斗，谁复问高低。"原诗野心极大，和诗奉承的功夫更高，居然以"岱宗""牛斗"推许之了。自然当时袁在洹上垂钓时的声望、权势和影响，也的确如诗中所说。据说袁画像喜作渔翁装束。开初好像只是自比渭水垂钓的姜子牙，作此诗时，恐怕还没想到做洪宪皇帝。

光绪和西太后死后，宣统做皇帝，光绪弟弟、宣统父亲载沣做摄政王，想杀光绪仇人袁世凯，但是又不敢杀、不能杀，因为新军在他手中，只把他罢了官。他回到河南原籍，彰德府项城县洹上村，修了一座花园，名"养寿园"，又挖了一个水池，像"圭"形，名"圭塘"，其地在洹水之北，漳水之南，与曹操铜雀台旧址邻近。他就在这里表面上退居林下，过隐士的生活，实际上则是联络亲信，窥测方向，待时而动。其野心是很大的。这一时期，他写了不少首诗，亲信幕僚又写了不少和诗，汇为一册，由他二儿子自比曹子建的袁寒云手抄成册，书名为《圭塘倡和诗》，刻印出版，不过他虽为大总统，而这本诗却印数、流传均不多。苏州王西野兄收藏有一册，有一次我去苏州，在他书架上见到此书，白纸大字，写印甚精，我借回上海来看，放在我斗室中一年多，有一次亡师谢刚主夫子来，翻阅我架上的一些零本线装书，一边翻，一边说道：你这点玩意不错……正说着，我忽然到隔壁房间有事，一会儿回来，老夫子忽然红脸说："这本书你要割爱，这里有先祖的诗……"我连忙说，这是西野的书，等我告诉西野后，送给您。后来我将书还给西野兄，西野兄托人带到北京专程送到老人团结湖新居中。可惜几个月后，老人就生病住院去世了。

诗中的口气都十分狂妄，每首诗都暴露了他勃勃的野心，都是"身在江湖，心思魏阙"的。不妨再举一首七律《春雪》：

连天雨雪玉兰开，琼树瑶林掩翠苔。

数点飞鸿迷处所，一行猎马疾归来。

袁安踪迹流风渺，裴度心期忍事灰。

二月春寒花信晚，且随野鹤去寻梅。

　　他把宣统、摄政王之流比作"迷处所"的哀鸿，把自己退居洹上比作猎人骑马疾归，高卧洹上，像袁安一样，冷眼旁观，等皇帝来找他。如果未找他，他自期为兴唐的裴度，不过暂时忍耐着，"二月春寒花信晚"，他的奸雄眼光是认识到时机未到，出山尚早的。因而不妨暂时弄欢作乐，且随野鹤去寻梅吧。这首诗次韵的人非常多，在他之后出任北洋总督的贵阳陈夔龙和诗中道："谢傅中年有哀乐，泉明荒径盍归来。"把他比作东山再起的谢安，肯定他是要回来的。自然也还未预见到他做"洪宪皇帝"罢了。

　　《圭塘唱和诗》和诗除所引沈祖宪、王锡彤、陈夔龙外，尚有吴闿生、费树蔚、谢恺等人。费字伟斋，江苏吴江人，吴大澂女婿。袁长子克定也娶大澂女，故与费连襟，文言称"僚婿"。谢即谢刚主先生祖父，河南商丘人。袁做直隶总督时，官蔚州知州，洪宪时为内史监内史。

寒云艺事

项城袁氏,清室重臣,又因辛亥革命机遇,做了民国第一任总统。又以窃国称帝,洪宪八十三天,遗笑柄于万年,至今仍为论史者所鞭笞,为茶话者所笑骂,细思之,如此过眼云烟,又有何值得?张伯驹先生父亲张镇芳氏,曾任河南都督,为袁表弟。袁死镇芳吊以诗曰:

> 不文不武不君臣,不汉不胡又不新。
>
> 不到九泉心不死,不能不算过来人。

概括得很不差。袁姬妾众多,儿子亦多,前二名,袁克定、袁克文，世多知之。一个以曹丕自居，一个则真如陈思王曹植。寒云居士，多才多艺，其名句"绝怜高处多风雨，莫到琼楼最上层"，即今读之，仍使人怜其身世，凄婉欲绝也。在袁氏诸子中，袁寒云的确是个中白眉，别人无法与他相比。

▼ 袁世凯次子袁克文

袁寒云名克文，字抱存，他的母亲是高丽人。他是扬州名士方地山的弟子，师生二人一生相交极为淳厚。阴谋洪宪帝制时，袁克定一心以太子自居，而袁寒云却有临深履薄之感，作诗讽谕。前引两句，即其诗之最后两句。其诗原稿两首，题为《乙卯秋偕雪姬游颐和园泛舟昆池循御沟出，夕止玉泉精舍》，诗云：

乍着微绵强自胜，古台荒槛一凭陵。

波飞太液心无住，云起魔崖梦欲腾。

偶向远林闻怨笛，独临灵室转明灯。

绝怜高处多风雨，莫到琼楼最上层。

小院西风送晚晴，嚣欢艾怨未分明。

南回寒雁掩孤月，东去骄风黯九城。

驹隙留身争一瞬，蛩声催梦欲三更。

山泉绕屋知清浅，微念沧波感不平。

　　诗近西昆格调，拟之于玉溪生之"昨夜星辰昨夜风"，庶几近之。但是他的诗被太子克定的谋士告密，说他诗中有怨望意，不满意帝制，结果被袁项城家谕斥责，不许他和当时的诗人们易实甫、樊樊山等人唱和，命令他住在北海读书。袁寒云天分既高，又性近翰墨，不能外出，便真用起功来。与姬人小桃红住在一起摩挲金石，精研版本，吟诗写字。先在琉璃厂大买宋版书，使宋版书一度价格飞涨。袁寒云在此时期，书法亦大有进步。楷书完全有了金石气了。这种字体，一般人不了解其所自，误以为是柳公权，实际不完全是。是从柳字变化而来，粗笔像颜柳，但字形较长，用中锋写出勾撇有明显的锋芒，而且习惯写隶古定（即古体字），这种字是谁创始的呢？创自翁方纲。这种字在清末学术界很流行，不同于馆阁体欧底赵面的状元字，被认为是有金石气的字体。另外袁寒云还能写钟鼎小篆，曾在钟美丈斋头见他一大幅泥金笺钟鼎，字有碗口大，极为精神。

袁寒云喜收藏宋版书，周肇祥《琉璃厂杂记》记云：

抱存以一万金购宋极七十卷黄唐《礼记》、婺州本《周礼》、黄善夫刻苏诗《于湖集》、黄鹤注杜诗五种于旗下人景朴孙。

袁寒云还编过电影。《胡适的日记》一九二二年十月卅日记云：

晚与黄国聪去看开明剧院开演上海兴亚公司新出的《红粉骷髅》影片，此影是袁克文编的。情节绝无道理，幼稚的很。最可笑的是最后捉拿恶党徒，本在上海，忽变在苏州宝带桥，忽然上高山，忽然下水，忽然用戏上的武把子，忽然抬出真刀真枪大舞一场，我把他们自己的广告附一段于下：

《红粉骷髅》影戏为上海新亚公司所制，确为中国影片中之最好，最有价值之述作……

虽然胡先生说幼稚得很，但也可看出这位皇子的多才多艺，且已会用最……最……的语式来自吹自擂了。

袁寒云除受过袁克定的苦头之外，还受过他另一个兄弟的谗言，差一点发生大乱子。袁项城的三子叫袁克良，比克定、克文小不了几岁，但是这位"三皇子"却大不同于前两个，不但生性愚蠢，读书十分无用，而且有些神经病，平时乐喜呆笑，但有时用心十分险诈。袁项城姬妾众多，最怕家中发生丑事。克良向袁进谗言，说袁寒云与其某姬有暧昧事。袁大怒，经寒云老师方地山解救，得免于祸，后冤情亦白。袁寒云身后有《丙寅丁卯日记》影印发行，但当时印数极少，现在已十分难找，有似宋元善本了。

皇子数"爸爸"

据张伯驹先生《续洪宪纪事诗补注》：袁项城除夫人而外，有八妾，高丽人二，一为寒云母，一为四子克端母。妻妾多，子女亦多，诸子除克定、克文、克良而外，尚有克权、克端、克齐、克桓、克轸等多人，总数是多少，就不知道了。孙辈最著名者为美籍物理学家袁家骝氏。

▶ 民国三年"袁大头"

对于袁项城，虽然在历史上毁多于誉。但对老百姓说来，却有一点极为重要，那就是银元，从本世纪十年代直到三十年代宋子文白银政策时为止，是国家法定银币，到四十年代末、五十年代开市，因纸币贬值，银元在黑市中，又是极重要的硬通货。老百姓对它之喜爱，那真是珍之宝之了。而银元中最多的就是民国三、四年直到民国八、九年铸的袁世凯头像的银元，老百姓爱称之为"袁大头"。有一个时期，在黑市上，"大头"的价格远远高过于其他银元，如清代的"龙洋""孙中山头像"等银元，老百姓称之为"小头"，差价最大时，一块"大头"可换两块"小头"。可见其影响多么实际，也可以想见民国初年，国家的财力还是很雄厚的。人们普遍用"大头"，对袁的头像，就十分熟悉了。

我很巧，有机会认识他一个小儿子，虽然没有什么交情，但在一起打过几次消磨时间的小牌，因而也算是点头之交了。近五十年前，我住在北京西城一个园林般的大院中，大院中小院很多，在我家小院门前，正对着另一家小院的院门，大家出门进门，常常见面，是很近的邻居，而且相处很好，有通家之谊，我母亲三天两头被邀请过去同他家老太太打小牌。主人姓俞，

▶ 西便门（约摄于1927年）

◣ "洹上渔翁"袁世凯（左）与其三哥袁世廉

老辈是北洋政府时期的外交官，但没有攒下多少钱，自己连宅子也没有，据说是卖了，租人家房子住。老太爷已去世了，少爷只不过近三十岁，十分文雅，已在某机关做个小事。下班常带一位朋友回来，大高个子，很魁伟，妙在是头十分大，真可以说是肥头大耳。这人一来，我小妹妹就跑进来告诉我，说是袁世凯儿子来了，也是袁大头。我起先不十分相信，以为是开玩笑，后来经俞家少爷介绍，才知道他真是袁项城的儿子。我比他们小十多岁，偶然他们三缺一，不成局，硬拉我去凑数，因为我还是中学生，没有钱，虽然只是一元逛花园，但也输不起，便同意我赢了算，输了不算。因而我便只有赢，没有输了。但他们还是拉我，因为常常少了我他们玩不成。

在桌上，我常常无心玩牌，而注意研究他的头，其轮廓和肌肉真像银元上袁世凯的浮像。而且十分能吃，有时一桌吃饭，一大碗红烧肘子，几口就吃光了。我少年时，不大吃肥肉，看他狼吞虎咽地大嚼，感到十分有趣。据说袁世凯饭量也很大，大概在这点上也有些遗传。有人记载袁寒云体削瘦、貌清癯、弱不胜衣等等，大概是比较特殊的。而我所见另外一位袁家子孙，也很像袁世凯。四十多年前，《光明日报》刚创刊时，我正在天津，帮朋友办《光明日报》分销处，登报招推销员，一位青年来应征，自称是袁项城孙子，哪一房记不清了，说他有办法推销报纸，听完他自我介绍，便填了表，算录用了。第二天他就出去推销，不到一周，他就推销出上千家订户，他每推销一份报，可得订费的十分之一点五（报社发分销处是七折），收入很不错。这位青年当时和我岁数相仿，也是肥头大耳，其轮廓也很像"大头银元"上的浮像，虽说自食其力，总不免使人感到凄凉。杜甫诗"问之不肯道姓名，但道困苦愿为奴"，这是唐代的落魄王孙，而袁氏子孙作报纸推销员，却自报家门，这也可见古今毕竟不同了。据张伯驹《洪宪纪事诗补注》之二十五说：项城身后，子女每人分到现款二三万，股票二三万。有的很早就穷困了。但有任启新洋灰公司总经理者，最富有，却品德最坏，对艰窘兄弟坐视不周恤。这位青年，大概是穷困者的后人了。

至于前面说的那位项城之子，据说是燕京大学毕业生。这位皇子上学时也是很阔气的。不住宿舍，在海淀立公馆，每天上学，两辆自用车，经学校特许，踩着脚铃，叮叮当当，拉到教室门口，一辆自己坐，一辆听差坐。他在教室上课，听差在门口等着，下课出来，先递手巾把脸擦，再点三炮台烟，再递小茶壶喝茶。他摆的就是这个"谱儿"。他数银元不说"一块两块"，而说"一个爸爸，两个爸爸……十个爸爸"，似乎他的"爸爸"是数不清的。这是燕京大学三十年代初的故事，于今知者是很少了。

学人刘师培

袁世凯要做洪宪皇帝，先立筹安会，刘师培以儒教为经师迎衍圣公孔令贻入京。严复以通西学为人望，二人都是筹安会六成员中的重要人物，却又是大学者，而其中，"不幸短命死矣"的刘申叔（名师培，又名光汉）可说是极重要的一位，去世时年仅三十六岁，与他同时代，还比他大两三岁的孤桐老人，一直活到七十年代前期，比他多活了五十五年，严复逝世于民国十年，也活了六十八岁。寿夭之差，实在使

▼ 刘师培

人吃惊，但他虽只活了三十六岁，却留下了六十种著作，真有些令人不可思议了。

刘氏生于光绪十年，即公元一八八四年，是戴东原学派的传人刘孟瞻的曾孙，其家学源渊，流传有自。刘在清代末年，以举人保荐知府，任学部谘议官，但那时他主要的是以"刘光汉"的名字和章绛（章太炎先生）、黄节、陈去病等在上海倡办"国学保存会"，出版《国粹学报》。刘的大作《攘论》《中国民族志》，均系鼓吹革命、传诵一时的名文。其后亡命日本，娶了风流一时的名交际花何震为妻，不久便回国入端方之幕，作了出卖志士的鹰犬，辛亥之后，差点送了命，多亏太炎先生"若杀叶德辉与刘光汉，则中国读书种子绝矣"的一封电报，才救了他的命，并推荐他到北京大学文科讲学，却不料他在讲学之外，又为袁世凯所收罗，官封"上大夫"，最后成为筹安会的六员大将之一，帮着袁世凯做了八十三天皇帝梦，这些经历，各种书籍中多有介绍，也不必细说了。

汪东《寄庵随笔》记章太炎讲"庄子"时，说到刘氏云：

> 　　太炎先生以亭林自况，居东瀛时……并时称
> 淹贯博通，相为师友者，则仪征刘申叔。申叔袭
> 父祖遗业，著述之富，过于太炎，然精核或远逊。
> 章、刘同僦一舍，刘妻与表弟汪某昵，申叔不察，
> 太炎先生阴规戒之，遂有违言。……申叔擅经术，
> 兼综今、古文家之学，疏释疑滞，涣若冰解，小学
> 则非其所长。尤拙于书，笔画敧斜，类小儿初习学
> 者，其妻訾之，申叔不服，曰：我书佳处，唯太
> 炎知耳。妻问果佳否，先生诡答曰佳。复问学何种
> 书，曰：俗人不晓，此乃《比干剖心碑》也。

汪氏当时也在日本，所记是可补充前面之不足。

综观刘氏一生，正像他自己临去世时对黄侃所说
的一样，"一生当论学而不问政"。事实上他确实是一
位了不起的学人，而却又是一个贪图名利玩政治火把
的政治投机家。在后一点上，比起他同时的一些"巧

宦"来，那真是其笨如牛。而其等身的著作，却是他同时的其他人一般都比不上的。他博览群书，经史百家，旁及释、道经典，几乎没有一门不精通。家居时手不释书，专心致志，常常到了如醉如痴的出神境界。在北京有一个时期住在西单白庙胡同大同公寓中，这是北京的老式公寓，每月房钱、饭钱一起包算，共计若干元，单身汉住着十分方便。刘住在公寓中，除去看书之外，别无一事，有一次当时教育部司长易克枲去看他，见他正一面看书，一面蘸白糖吃馒头，而白糖碟子放在一边动也未动，他却把馒头伸在掀开着的墨盒中蘸着墨吃得十分香甜。这事后来虽然传为笑谈，但也没有人不佩服他的治学之专了。

他的著作在他生前刊行的并不多，如《国学发微》《左盦文集》《读左札记》《论文杂记》《中古文学史》等数种。他去世后近十年，他的生前好友，曾在二十年代出任过天津市长的山西人南桂馨氏，广泛征集他的遗著，捐资十万元为其次第刊印，并委托郑友渔整理校勘。其目录极为丰富，内容也极广泛，范围所及有《尚书》《毛诗》《礼记》《春秋》《左传》《周书》《尔雅》《小学》《国语》《管子》《穆天子传》《晏子春秋》《老子》《庄子》《墨子》《荀子》《韩非子》《贾子》《白虎通义》《杨子》、道教、两汉、敦煌石室、《楚辞》等……

此外，还有在北大文科时所编的经学、中国历史、中国地理、中国伦理学、中国文学、中国文学史、中国民俗志、中国民约精义等教科书及讲义，虽然有不少原稿均属未完之作，但大多数还都是完整的，在其短短的生命史中，完成这许多著述，实在是不寻常了，而且这还不是全部著述，如其重要著作《左传疏证》稿本，早在四川时，就已散失了。

湖北蕲春人黄侃氏，在他临去世时拜他为师，以其同事而甘心执弟子礼列入门墙，亦可见其在当时学人中的影响，他的诗也颇豪放，有一首《书杨雄传后》五古，其结尾四句道："吾读杨子书，思访杨子居。斯人今则亡，吊古空踌躇。"今天谈论他，也有些"空踌躇"之感了。

刘师培的夫人名何震，对刘影响很大。他的仪征同乡严伟写过一本《心太平斋笔记》，对他很不客气，特将此书内容写文，介绍于后，作为本文的附录。

附录：
《心太平斋笔记》

《心太平斋笔记》一卷，仪征严伟著。收在《无闷堂丛书》中。严伟字觉之，清末在东北做官，光绪三十三年改盛京将军为东三省总督，并裁吉林、黑龙江将军，改置奉、吉、黑三巡抚，徐世昌授钦差大臣，任东三省总督，锡良做奉天巡抚，严伟入巡抚衙门做幕僚。其宦游足迹，亦曾到陕西同州府，府治即陕西大荔，管朝邑、郃阳、韩城等县。辛亥后，回北京，住太平街。不久，到南京，入江苏都督程德全（字雪楼）幕。癸丑即民国二年（一九一三）任无锡县知事，无锡是苏南剧邑，严伟十分能干，颇能应付。后又任其他重要县份的知事。《心太平斋笔记》，是他薄薄的一册杂记，书前有无锡钱基厚的序，写于辛酉冬十一月，按即一九二一年，已是五四运动之后了。书中没有记刊行年月，但据序言所记年月推算，自是一九二一年之后所印行。书为连泗纸线装，用四号字铅印。每页十三行，每行二十八字，天地均甚宽。字大、天地宽，阅之甚为爽朗。

为什么叫"心太平斋"呢？钱基厚的序中解释说："人莫难于心太平，而亦莫乐于心太平。《大学》言诚意之功，必曰毋自慊。非心太平而能毋自慊乎？孔子七十而从心所欲不逾矩，非心太平而能从心所欲不逾矩乎？王阳明曰：'去山中贼易，去心中贼难。'甚矣，心太平之不易也。"后面说："公今年四十，孔子四十而不惑。说者谓孔子于此始有心功可言，惑之为言，有所动于中也。故从心，心有所动，斯不能太平矣。公行年四十，而有志心太平之学，由是而五十、六十以至七十，必能如孔氏之从心不逾，斯真心太平矣。人人克致其心太平之功，斯国家太平矣。"给书写序言，自然免不了吹捧，但其解释，说明"心太平"的用意，还是比较明确的。

严伟在袁世凯帝制失败之后，著有《民国春秋》一书，也是近代史料中一部重要的作品。这本《心太平斋笔记》所记也多是清末民初的一些官场掌故、地方史料，书很薄，所记不多，但颇有可取者，因而有它一定的史料价值。

他是县知事，民初的吏治基本上还同清代一样，县知事是管司法，要审问案件的。因而他十分注意典型的案例，笔记中记了好多则，都值得一读。如一则云：

> 常州袁薲龛（励衡）言官抚宁日，东乡报一盗案，失赃甚多。未几获盗五人，薄刑一二人，皆伏罪，赃物一二种，物主亦已认领，刑有日矣。袁终以赃物未能全获为憾。遴差下乡，更搜原赃，十余日始获真盗者五人，赃证完全不少缺。覆讯初盗，则皆畏刑妄供，急省释之。刑官之不易做如此。

这则案例和乾隆时汪辉祖在《佐治药言》中所记

一案例极为相似，都是大盗案，获一小盗，而且有一二样赃物。在刑讯之下，招供全案，便据之定谳。遇见一般糊涂官，便成冤狱。假盗或小盗服刑，大盗反因案已结，不唯漏网，更可逍遥法外了。但遇到稍微负责而又精明的官吏，则不能不产生怀疑，认真追查，获到真犯。汪辉祖是乾隆时著名刑名师爷，曾因一大劫案，所获犯人，很容易就招供，而照失单起赃只一棉被，引起怀疑，坚持不定案。刑名师爷虽非县官，但主持司法，维护官声，官也听他的，所以卒获真盗，救一无辜，平一冤案，破一真案。这种情况的案件，在封建时代极多，而大多糊涂结案，草菅人命，残杀无辜。能不冤枉好人或小罪者，百不得一耳。因而他记在笔记中，颇可见封建时代之黑暗，及处理案件之必须十分慎重。

他还记一糊涂案例，令人可气又可笑，且记到一时一地之民俗，不唯可资谈助，亦且可供参考。文云：

杭州买鱼，以两计不以斤计。有人买鱼二百

四十两，当给值三圆，忽欲图赖。渔人讼之，初至地审（按即地方审判厅），批斥细事，应诣初审（按即初等审判厅）。比至初审，以数在二百两以上，饬诣地审。盖误以二百余两之鱼为二百余金也。再至地审，复饬诣初审如故。渔人展转奔走不得清。讼费又不止三圆矣。愤极罢讼而去。此亦见法庭之颠顸也。

这真是一场糊涂官司，市井歹徒欺压良民，买鱼不给钱；渔人有冤无处伸，又不懂法规条例，白花讼诉费；而审判厅的人，不看案情，乱批乱斥，推来推去，渔民可怜，歹徒可恨，审判厅人糊涂颠顸，更为可气。为讨三元鱼价，而来回告状，讼诉费反不止三元。一里一外，渔人大吃亏，而歹徒却逍遥法外。一件小事，深刻反映出旧社会之黑暗矣。二百四十两鱼，合十五斤，价三元，则每斤二角。很可见当年物价之廉，惜未写明是什么鱼。再以两秤鱼，十五斤仍以两计，亦甚奇，现在杭州渔民亦均以斤计算。以两计重秤鱼，亦成故事矣。惜不知此种风俗始于何年耳。

一九一三年三月二十一日晚十时，在上海火车站，宋教仁被刺。凶手是谁，辗转查得是应桂馨，后来捕房眼线在湖北路迎春坊妓女胡翡云处捕获应，并在应家中查获与袁世凯国务总理赵秉钧、内务部秘书洪述祖密电多份，并手枪及信件等，宋案大白。《心太平斋笔记》中亦记到此事。宋案发生时，严伟正在无锡做县知事。而应与无锡大有关系。应原名应夔丞，原是青红帮土匪头。辛亥后，得到江苏都督程德全的批准，成立"共进会"，开堂放票收徒弟等秘密行动公开化，无锡一县会员有万五千人。总会会长为应，驻上海，程德全任命应为江苏巡查长，这是杜月笙等人之前的上海大流氓头子。在宋被刺、应被捕之前不久，无锡"共进会"头子即分会会长倪天顺因抢案得赃被捕，严伟便趁机查封无锡"共进会"会址，缴收会员票布，解散会员。应桂馨还提出书面抗议。但不久宋案生，应亦被捕。笔记中较详细地记录了这些情况，足资研究近代史者参考。

仪征刘师培氏和严伟是同乡，笔记中记刘不多，但是很不客气，先说他"学问渊博，文与行悖"，又说

"筹安祸起，刘一傀儡耳，独居深念，当得封侯之赏，可谓妄人"。更有一条，写到刘的私事，出刘的丑，十分不堪，文云：

> 刘于己未秋日殁没于北京，刘妇性癫痫，刘甫敛，即集门弟子唱《大劈棺》，又欲引俊仆同卧起，忽谓门人，汝知申叔何以死，乃我药杀之也。论者皆疑刘死妇手。

这一条不知真假，也可能是严伟造谣。唯所记刘逝于己未秋，是民国八年，即一九一九年秋。而伦明《辛亥以来藏书纪事诗》注云：

> 仪征刘申叔先生师培，记诵该博，手所校注纂录至多，余于己未始得识面，身顾而瘦，沉默寡言笑，手不释书，汲汲恐不及。逾年病殁，年止三十八。

伦明所说"逾年"，是庚申，即民国九年（一九二

○），实际据其他材料核正，刘申叔确是逝世于一九一九年十一月二十日，十足年龄只三十六岁。严伟说得对，伦明记错了。刘申叔去世后，讲说其轶事者极多，但有毁有誉，如前所引，严伟多微辞，而伦明则甚尊重。严文所说"刘妇"，不是别人，乃是大名鼎鼎的何震女士。其人知者甚多，不多说了。

严伟笔记中，所说政坛、宦海掌故较多，另外也记到一些文物掌故，其中也有不少有价值的。如记轩辕陵墓前八骏石刻，先被日人掠走，已出潼关，被陕人以重金赎归，置于西安图书馆。白描《康熙瓷谱》，每一器除白描图极精外，尚有说明，对设色用釉诸法，解说十分详细，对研究康熙瓷制法，极有参考价值，结果被美商以二万金购去。又记河南彰德天宁寺，旧有吴道子画古佛像十三轴，宽六尺，长三丈许。袁世凯做总统时，被袁氏子弟拿走五轴，另八轴被张鸣岐拿到河南省署，现在当然不知去向了。从这些零星记载中，可以看出故国文物，近百年中，真不知被盗卖到外国有多少？被私人掠夺，据为己有有多少？言之令人十分愤慨。

　　严伟笔记中，也有一些迷信的记载，有的十分可笑，很可看出当年某些知识分子的思想状态。但所记事件，仍有史料价值，如所记宣统庚戌（宣统二年，一九一〇年）东三省鼠疫；辛亥（一九一一）四月，吉林省城大火，通衢康庄，悉为灰烬；庚申（民国九年，一九二〇年）甘肃、陕西大地震，毁城镇无数，死伤数十万人等等。都是当年的重大灾害。笔记中稍存鳞爪，亦足起野史作用，作正史之佐证。

蔡松坡之死

在辛亥革命以后的将领中，曾经立下汗马功劳，又不幸短命而死矣，要数蔡松坡将军了。云南起义，反袁成功之后，不久即病死日本，年仅三十五岁，即使活到今天，也只有九十八岁，与他同庚的人，现尚有健在者，而他则已去世六十三年。

蔡锷年轻时是梁任公的学生，梁二十四岁时在湖南

▼ "护国将军" 蔡锷

时务学堂当教员，蔡十六岁是他的学生。戊戌后，梁亡命日本，蔡也随之东渡，入日本士官学校，与蒋百里氏同为该校的高材生。后回云南任新军协统。辛亥之后，被举为第一任云南都督。袁世凯在北京一是看中蔡是个了不起的军事人才，二是不放心他在云南任都督对西南的影响，便想法把他调到北京，笼络、羁縻、利用，位以昭威将军、参政、经界局督办等重要官衔和职务，为了调和北洋内部的矛盾，有一度甚至想用他为陆军总长。

蔡锷与梁任公，因师生之谊，关系极为密切。

袁世凯要做皇帝，当时先要制造舆论，网罗不少名人写文章。第一篇是杨度的《君宪救国论》，袁大加赏识嘉奖，说是旷代逸才，并亲笔写了匾，赐给他。接着刘师培又发表了《国情论》，严复在清末袁任北洋大臣时，他反对袁世凯，等到宣统时，袁被罢官，他又替袁惋惜。辛亥后，五族共和，他又发牢骚说：有共和之名而无其实。自然他也说到了当时的实际本质，却因此被杨度诱使赞成袁世凯搞洪宪。政治顾问美国人古德诺也写了一篇《共和与君主论》为之鼓吹。但是虽有这些文章为洪宪登基制造舆论，却敌不过梁任公一篇《异哉！所谓国体问题》，一下子向洪宪帝制扔了一枚强力手榴弹。梁启超、杨度都是当时进步党领袖人物。梁当时住在天津租界里，考虑到其他进步党人的安全，据说写下题目，几天未动笔，袁忽派人送来二十万元，十万为其父作寿，十万为他出国费用，想收买他。不想收买未成，他反而把此文很快写成了。

蔡在北京，公馆在宣武门外棉花胡同，经常到他家来的客人，是他在东京留学时结交下的好朋友杨度，在袁世凯面前一再替蔡松坡吹嘘的就是他。待到筹安会正式一开张，蔡便去津与梁任公密谋策划反袁了。袁知蔡不为己用，又有所活动，便授意其爪牙执法处处长雷震春派人演了一出"搜家戏"，假装不知是蔡将军公馆，闯入棉花胡同蔡宅翻箱倒柜，大举搜查。一想抓住把柄，一想对蔡施加压力，蔡在京如处虎口，不得不积极谋脱身之策离开北京了。这便是有名的风流故事，在妓女小凤仙的帮助（当时北京阔人一般都结识百顺胡同、韩家潭一带头等小班的妓女，小凤仙是云吉班的红姑娘），在梁启超所派老佣人曹福的接引下，乘三等车到了天津，住进日租界同仁医院。蔡在一九一五年十二月十九日回到云南，二十五日云南宣布独立，蔡率领三千余人北上进军四川，这就是有名的"云南起义"。

袁的八十三天皇帝梦幻灭了，不久这位被传为"蛤蟆投胎"的"洪宪帝"也归天了。云南起义的蔡松坡将军和第一个写反袁檄文《异哉！所谓国体问题》的梁任公，都为这一战役立了首功。但令人痛惜的是蔡将军已经得了不治之症。后来北京在梁任公主持下，为了纪念蔡锷，在西单石虎胡同成立了松坡学会，又成立松坡图书馆，出版了《松坡军中遗墨》，电文都是手稿，给梁任公的很多，现引用一则，作为历史资料，供参考。他的病是喉咙痛，越痛越厉害，不能咽东西，七月十一日在泸州给上海梁新会（启超）先生电云：

火急，上海梁新会先生鉴：护密。锷喉病自

德医阿密思施治后，肿痛更甚，饮食俱难下咽，发音更微，闷楚殊甚。精神亦觉萎顿。阿已回渝，据称蜀中无械无药，且天候不良。劝早赴沪疗治，否则，恐陷哑废等话。前得督川命，即电呈中央荐罗佩金自代。……自度症候已由慢性而成顽固性，若再荏苒不治，纵无性命之虞，亦必成哑废，万望吾师为我切电中枢，速予解职，俾得东渡养疴。川事有罗、戴担任，可保其必然能翕然无间，渐就安理。周王小丑，经临之以兵，现在穷蹙，日内当可就范。并闻。锷叩、真（当时以诗韵代日，真是上平声十一字，故代十一日）。

其后八月底到上海，已不能说话，后即东渡日本就医，于一九一六年十一月八日在日本去世。死后北洋政府追赠军衔为"上将"，运枢回国葬于长沙岳麓山，与爱晚亭、湘江波影互相映辉了。

陈师曾诗与印

俗语有"龙生龙，凤生凤，老鼠儿子会打洞"的说法，或可被视为反动的血统论。但从遗传学及家庭影响的角度视之，亦或有一定的道理。我国遴选人才，汉代重乡举里选，六朝重门第，所谓王谢高门，不可攀焉。唐以后重考试，给寒家子弟以进身之阶。但在重考试的同时，也还有门第的影响，有所谓世家，即几代人都得高第，登仕版，甚至都是著名学者、诗人。直到晚近，这样的家庭还不少。如江西义宁陈家，祖陈宝箴，官至巡抚；子陈三立，字散原，名翰林，名诗人，领袖晚近骚坛，直到一九三七年抗日战争初起时才去世；孙陈衡恪（字师曾）、陈寅恪又都是著名学

者，名教授，名艺术家。一门三代，世泽绵绵，亦即六朝时所谓高门也。其中师曾先生，门第高华，学问渊博，而更多才多艺。可惜去世过早。其去世在一九二三年癸亥，死时只有四十八岁。据说他是到南方照顾继母的病，传染了伤寒，又错吃金鸡纳霜引起腹疾去世的。当时他住家在西城裤子胡同，除在教育部任职外，还兼京华艺专教习，北京大学画法研究会指导教

▼ 陈宝箴与孙辈合影（左二为陈寅恪，右二为陈衡恪）

师，另外，绘画、篆刻，都在琉璃厂挂笔单，享誉海内外。去世后，在宣武门外江西会馆开追悼会，其友人挽以联云："道旁踽踽一诗癫，京国十年，赠画忽怜难再得；天上凄凉此秋夕，钟山一老，寄书不忍问何如。"可谓情词恳切。其时散原老人住在南京。三十年代中期北上燕京居住。

师曾去世后数年，番禺叶恭绰从其家得遗诗二册，交给其好友镇江人吴眉孙，后由吴之弟妇江南莘女士小楷缮写，影印出版，款署"传画女弟子钱塘江采写"，用白棉纸印刷，极为典雅。封面署端是"陈师曾先生遗诗，庚午贺启兰题"。有吴庠（眉孙）写的跋，其中有几句说：

> 师曾既殁，旧京朋好为景印其所画山水、兰草、花卉若干帧，复搜求刻印若干方，聚刻为谱，虽力有所限，要大概足以传其人矣……师曾恒言，生平所能，画为上，而兰竹为尤，刻印次之，诗词又次之。盖称心而出之者也。然晚近诗坛，当

分据一席。

这话说得不过分，实际师曾先生的诗虽然不多，却也足以传世。既受散原老人的熏陶，又受其岳父范肯堂的影响，其诗味也是十分淳厚的。

当时北京大学有书法研究会，由沈尹默先生任教，也有画法研究会，就由陈师曾先生任教。有《北京大学画法研究会同人崇效寺看牡丹》诗云：

> 还将春服赏春情，迤逦回车又出城。*
> 列座朋簪期凤诺，频年踪迹笑浮生。
> 临风欲谢看仍好，倚树微酣画不成。
> 留取虚堂遮佛眼，人间红紫已分明。

（*前日同定之到此。）

其题《画萝卜白菜》诗云：

> 肥菜霜干此地甜，胭脂翡翠色相兼。

盘餐自养贫家福，钟鼎焉知高士廉。

小阁围炉温鲁酒，寒窗嚼雪下微盐。

季鹰枉忆莼鲈美，此味三冬又可腌。

又如移居裤子胡同诗中云："自笑裤中能处虱，心悬枝上独承蜩。"上句用《晋书》阮籍典，十分风趣自然。

其他题画诗意境深远者颇多，不一一赘举了。

师曾先生除画与诗之外，金石篆刻，更是当行。所刻自己的印，及友人的印，如"五石堂"印、"老复丁"印、"会稽周氏"印、"俟堂"白文印、"双寂堂"印，仿砖文"周作人印"，均见各出版物中。其刻法笔画雄杰，突破徽、浙二派，篆法直追秦、汉而上，但又富有变化，古朴妩媚兼而有之，不像有的治印名字，千篇一律。白石老人刻印则有方方一样之感。

风俗画小议

读陈寅恪先生《寒柳堂集》，不禁想起陈师曾先生来。知堂老人早年说过一个故事：师曾先生为了画风俗画，在马路上常常忘情地注意看老北京人的生活情况，甚至几乎闹出笑话。有一次教育部中午下班，几个朋友步行到绒线胡同西口小广东馆子"宜且"吃中饭，马路上正好遇到一起老式结婚的，前面吹鼓手穿着绿布画团花的彩衣，戴着红缨帽，吹吹打打地过来，后面跟着新娘子花轿。北京娶亲，常怕新娘子"晕轿"，轿帘并不全部放下，再有去娶时，空轿也不下轿帘，坐个压轿嬷嬷。师曾先生追着花轿往里看，眼镜几乎碰在轿杆上，引得大家哈哈大笑，说他"人老心不老……"事后才知道他是在画风俗画。

按师曾先生学识词章，书画篆刻，无一不可以传世，而最特殊者，乃其风俗画，因其他方面，在古人中，在同辈中，都尚有与之伯仲者，唯独这风俗画，可以说是师曾先生的独创。其北京风俗画共三十四种，现在海内外知者甚少，因列其细目如后：

一、《旗下仕女》；二、《糖葫芦》；三、《针线箱》；四、《穷拾人》；五、《坤书大鼓》；六、《压轿嬷嬷》；七、《跑旱船》；八、《菊花担》；九、《煤掌包》；十、《磨刀人》；十一、《密供担》；十二、《冰车》；十三、《话匣子》；十四、《掏粪夫》；十五、《山背子》；十六、《二弦师》；十七、《丧门鼓》；十八、《赶驴夫》；十九、《火媒掸帚》；二十、《老西儿》；二十一、《泼水夫》；二十二、《算命子》；二十三、《篲篥手》；二十四、《橐驼》；二十五、《慈航车》；二十六、《喇嘛僧》；二十七、《糕车》；

二十八、《人力车》；二十九、《顶力》；三十、《烤番薯》；三十一、《墙有耳》；三十二、《大茶壶》；三十三、《执事夫》；三十四、《打鼓挑子》。

这三十四种风俗画，每幅上都由姚茫父（名华）题了一首词，另有程穆庵（名康）、陈孝起（名止）、何芷舫（名宾笙）等人题句。陈又号大镫，尚有金拱北（城）等人题句。这些画后来在师曾先生去世后，影印出版，装订成二册，题曰"北京风俗图"。姚茫父的题词曰"菉猗室京俗词题陈朽画"。据陈兼于丈《兼于阁诗话》所录："捡破烂"即《穷拾人》图青羊居士题云："拾破布，拾残布，老夫无日不如此。世间之物无弃材，铁勾收入笼中来。"图画一老人手持铁勾，背一笼。《压轿嬷嬷》程穆庵题云："七十老妪百无事，犹着嫁时红绣襦。出门一步要人扶，南至喜家迎阿姝。岂不以尔无灾无难乐有余。尊尔羡尔扶上新人舆，旁观掩口笑葫芦。点缀一幅朱陈嫁娶图。"图作二少妇扶一老妪上花轿。陈孝起题"老汉磨刀"图云："厨下灯前动叹咨，剪刀在手总迟迟。磨来竟比并州快，如此才能值一吹。"图作老汉背长凳，口吹喇叭。"唱话匣子"青羊居士题云："话匣子，话匣子，唱完一打八铜子，兄呼妹，弟呼姊，夕阳院落听宫徵，神乎技矣有如此。"大镫题云："绕梁三日有余音，一曲真能值万金。自得留声旧机器，十年糊口到而今。"《掏粪夫》程穆庵题云："携瓢荷桶往来勤，逐臭穿街了不闻。莫道人皆掩鼻过，世间清浊久难分。""斗雀"图青羊居

▶《冰车图》

士题云："昔日斗鸡，今日斗雀。在我掌中，亦殊不恶。"程穆庵云："小人闲居，无以自娱。一饮一啄，且与鸟俱。"《冰车》图金北楼题云："世态自炎凉，吾心自清絜，未免效驰驱，不屑因人热。""两人运桶泼水"图青羊居士题云："十日有雨尔闲娱，十日不雨尔街衢。买臣有妻尔独无，奚为呼汝泼水夫？"这两本画册和六本《师曾遗墨》画册，都是琉璃厂淳菁阁印的，当时价钱也并不很贵，如《师曾遗墨》，定价壹元六角一本。不过这是银元的价钱，如折合成现在的币值，那也就很可观了。当然，这些书，在今天说来，虽非宋刊元刻，却也都是只可怀念，而难得再见的珍本了。

师曾先生写真传神之妙，在当年可说是独到的，有一年北京开义赈金石书画展览会，为灾区捐款，师曾先生画《展览会游客图》，图中二十多人，惟妙惟肖，神态活泼，熟人一见都能叫出名字，大家都拍手叫绝。其风俗画颇似"流民图"。后来蒋兆和氏画巨幅《流民图》，不能不说是受到师曾先生的影响。

陈师曾先生的北京风俗画，几十年中，无人予以

菊花一枝土定擂款斜绝胜　吃过正阳楼蟹贺买来土地庙

画菊作假　青华

磊材真似伴一铿相对倍思家　无聊十载客京华点缀重阳有菊花犹惜　吉山

▶ 陈师曾北京风俗画之《菊花担》

▼ 陈师曾北京风俗画之《坤书大鼓》

十日有雨爾間焉十日不雨爾街衢賈臣有妻爾孺無衆焉呼汝泼水夫

青羊居士

▶ 陈师曾北京风俗画之《泼水夫》

一套新衣費剪量 淡紅衫子肉

家糕金鈴小犬隨儂走 飯罷街

煙逛市場 青羊

儂家有姊妹輕薄騰眾喙

藍橋或可通無使虺也吠

▼ 陈师曾北京风俗画之《旗下仕女》

莫談國事貼紅條信口鬧河禍易招事細

須防門外漢隔牆有耳探根苗

此條茶坊酒肆每貼莫談國事紅條戒室之

謂言而累己也昔圍坐有傾察收金人三緘之藏多

不慎乎 中元甲申閏四月兩庵壹甘一千二客海上

牆有耳

牆从缶翁釋作牆見 缶廬印

▶ 鄧雲鄉藏陳師曾北京風俗畫《牆有耳》

▼ 义宁陈衡恪（恪）之印章

再版，是很可惜的。不过即使再版，如不加详细的说明，看的人也很难看懂了，因此，我想不但应该再版，而且应该增加说明，以便使后人能看到前人的风俗，也不是无意义的吧。

周遐寿老人在《鲁迅的故家》中曾记《北京风俗图》第十九图云：

> 其第十九图送香火，图作老妪蓬首垢面，敝衣小脚，右执布帚，左持香炷，逐洋车乞钱。程穆庵题曰："予观师曾所画北京风俗，尤极重此幅，盖着笔处均能曲尽贫民情状，昔东坡赠杨耆诗，尝自序云：女无美恶富者妍，士无贤不肖贫者鄙。然则师曾此作用心已良苦矣。"

这就是三十四幅中的第十九幅《火媒掸帚》，这已是六七十年前街头所见了。周遐寿老人的解释尚有未尽善处，即所画老妇左手拿的不是"香炷"，而是"火媒"，遐寿先生从来不吸水烟、旱烟、卷烟，所以对此忽略了。而画在画中，香炷和火媒又不易区别，便当作香炷了。实际不是，这是另一种，可能现在还有的特殊东西。

"火媒"是什么呢？是用一种米黄色的火纸（大张，较草纸细，易燃）先裁成一寸阔的长条子，然后把十几张纸条叠在一起，比齐、卷拢，使之纸性变成圆形，然后拿一条放在桌上平搓成一根细长的"纸篾"，外面笔直像一根线香，但是像意大利面条"通心粉"一样，中间是空的。再说得形象些，像现代喝汽水的蜡纸麦管，不过比较长些。点燃之后，把火焰吹熄，只剩一个红火头，用嘴对着轻轻一吹，又会把火焰吹燃。这样一燃一熄，一熄一燃，对于吃福建皮丝水烟的人极为方便。过去火柴不便，一般人家也备有这种"火媒"，作日常引火之用。这种纸篾，纸店中可买到搓好的，几十根一把，十分便宜。而家中如果老人们吃水烟，习惯都是买来火纸自己搓。现年五六十岁的人中，年轻时候会搓纸篾的大概还不少吧。

风俗画《火媒掸帚》，就是这种拿着"火媒""布掸子"形同乞讨的老妇人。大都在戏园门口、公园门口乞讨，有人一掏烟，她便把手中火媒吹燃，给你点烟，乞讨一个铜子；你要上洋车，她拿掸子在车垫子上先抽两下，意思把土抽掉了，乞讨一个铜子；你下洋车，她拿掸子在你鞋上抽两下，掸去浮土，乞讨一个铜子。是十分可怜的流民，师曾先生把她画入到风俗图中，使后世人知道当年有这样孤苦的无告者。

其他画幅也都类似这种内容，如"顶力者"，就是用肩膀项颈为人扛重物者，俗名"抗肩"。"穷拾人"，就是拾破烂、拾垃圾的、拣煤核的。其画幅意义似乎比后来丰子恺的《护生画册》高明多了。

弘一法师李叔同

四十多年前，与朋友在天津，常听人讲说大财主"李善人"的事，当时也没有多注意，后来读弘一法师李叔同的词，以及介绍他的文字，才知道他就是"李善人"的儿子。李善人名士珍，字筱楼，以进士出仕吏部。藏书很多。三十年代伦哲如《辛亥以来藏书纪事诗》中有诗纪他。其诗注道："天津盐商李士珍，人皆称以善人，未谂其实也。喜积书，京津书客争趋之。尝收得上海徐氏积学斋、四明卢氏抱经楼书之一部。士珍殁，其子以所有归北平图书馆，得值六万金。……"

这段记载中所说"其子"想来不是李叔同，而是他二哥天津名医李文照，字桐冈。李叔同兄弟三人，还有个大哥李文锦，早已去世。李叔同排行第三，学名文涛，李叔同后来出家做和尚，成为一代名僧"弘一法师"，成为一位由绚丽而转入平淡的人了。在动荡的年代中，同其他由绚丽而转入平淡静寂的人一样，虽出处不同，经历各异，但其始而绚丽多彩，终而平淡静寂则是完全一致的。只是世人只注意到名僧弘一法师，而把他俗家的事忘了。

弘一法师是出家人的称呼，他未出家之前的姓名一般人称他为李叔同，实际这是他的字，他原来小名"成蹊"，学名是"文涛"，在上海南洋公学读书时名"广平"，在日本留学时名"岸"，在杭州虎跑定慧寺出家时，法名"演音"，因此可以说：李文涛、李广平、李岸、演音、弘一法师、李叔同，这实在是多位一体，原是一个人的不同名字的变化，像千手千眼观音一样，变化无穷了。

社会上最熟悉的是他在家的字"李叔同"、出家的号"弘一法师"，至于其他的名字，则知者很少了。不止此焉，他还有不少别号呢。他在春柳社演戏时，艺名"息霜"，后来四大名旦之一程艳秋改名"砚秋"，别人替他起字为"御霜"，是多少受了点"息霜"的启示吧。他晚年时自号为"晚晴老人"。另外他在书、画上署的款也特别多，常用的有"一音""弘裔""昙昉""论月""月臂""亡言""慧幢""善梦"等等。这些社会上知道的就更少了。

他的青年时代，可以说是极为绚丽多彩的。他光绪六年出生在天津一家浙江平湖籍的富商家中，童年时即聪明好学，且有特殊的艺术天才，入天津县学，做了童生之后，跟着当时名书家康静岩学习篆法、刻印，十九岁到了上海，同当时上海著名书画家任伯年、乌目山僧等办起上海"书画公会"，并刊登出自己的润格广告："醵纨阁李漱筒润例。"如用古人来比，真有如陆机之入洛、苏辙之慕韩，所谓少年得意，英姿俊发了。

清代末年，名噪一时的天津坤伶杨翠喜，与李有很好的交情，李有《菩萨蛮》二阕，题为"乙巳七月，将南下，留别翠喜"。词云：

> 燕支山上花如雪，燕支山下人如月。额发翠云铺，眉弯淡欲无。　　夕阳微雨后，叶底秋痕瘦。生小怕言愁，言愁不耐羞。

> 晓风无力垂杨懒，情长忘却游丝短。酒醒月痕低，江南杜宇啼。　　痴魂消一捻，愿化穿花蝶。帘外隔花阴，朝朝香梦沉。

另当时还有名坤伶金娃娃，与李亦有交情，曾赠以《金缕曲》云：

> 秋老江南矣。忒匆匆、喜余梦影，尊前眉底。陶写中年丝竹耳，走马胭脂队里。怎到眼、都成余子。片玉昆山神朗朗，紫樱桃漫把红情系。愁万斛，来收起。　　泥他粉墨登场地。领略那、英雄气宇，秋娘情味。雏凤声清清几许，销尽填胸豪气。笑我亦布衣而已。奔走天涯无一字，问

何如声色将情密。休怒骂，且游戏。

到江南后，又有《高阳台·忆金娃娃》之作云：

十日沉愁，一声杜宇，相思枝上花梢。春隔天涯，剧怜别梦妩遥。前溪芳草经年绿，甚风景辜负良宵。最难抛，门巷依依，暮雨潇潇。　　而今未改双眉逗，只江南春色，红上樱桃。忒杀迷离，匆匆已过花朝。游丝苦挽行人住，奈东风冷到溪桥。镇无聊记取离愁，吹彻琼箫。

绚丽离不开男女之情的，歌台舞榭，相思艳词，记录了他的绚丽情感。

光绪二十三年，盛宣怀在上海办起了南洋公学，即交通大学的前身。蔡元培先生在校中教书，他到上海后投考了南洋公学。当时南洋公学分四科，第一就是师范科，也正是蔡先生任教的一科，所以他在南洋公学，就成为鹤卿先生的弟子了。当时因受刚刚过去的科举制度的影响，虽在学校当中，也特别重视老师、门生的关系，所以李叔同一直算是蔡的门生。他在南洋公学，独居一室，四壁都是书，潜心于书画、篆刻、诗歌、音乐的研究，这是他的艺术事业的基础阶段。

弘一法师一生中最绚丽的时代，是在日本留学的时候。

▶ 李叔同在春柳社饰演的茶花女

他在南洋公学师范科毕业之后，便到日本留学，入东京美术学校，研究西洋画及钢琴音乐等。这时和同学欧阳予倩、曾孝谷等人组织了剧团"春柳社"，这是七十多年前中国人在国外创办的第一个话剧团体，对后来国内的文明戏、改良时装京戏、话剧等的影响是极

大的。春柳社演出了《黑奴吁天录》《茶花女遗事》等
世界名著，当时没有女演员，李叔同以"息霜"艺名，
男扮女装，扮演爱美柳夫人、茶花女等角色，极为成
功，在留学生中风靡一时。他的扮相是十分俊美的，
在欧阳予倩的"回忆录"中，印有不少春柳社时代的
剧装照片，都可以看出他们当年打扮成剧中女主人公
时，是多么娟丽多姿、妩媚动人。而更重要的是表现
出了内在的美，心灵的美。这是和学问、艺术修养等
等分不开的。欧阳予倩在"回忆录"中记道：

　　老实说：那时候对于艺术有见解的只有息霜。
他的词章很有根柢，会画、会弹钢琴，字也写
得好。

　　从事了一辈子戏剧工作、名重一时的欧阳氏在几
十年之后，还这样推崇他，可见他在少年绚丽时期的
艺术影响有多么大了。

　　他在艺术上是全才的，他在东京从名画家黑田清

辉氏习油画，又在音乐学校研究音乐，个人出版"音乐小杂志"，他的书法，早期从《张猛龙碑》入手，后来出入晋唐，晚年脱离人间烟火气，成为逸品。他自己写给友人的信中说："拙书迩来意在晋唐，无复六朝习气，一浮甚赞许。"所说"一浮"，就是绍兴人马一浮先生，其自况及赞许都是恰如其分的。他把书法和刻印结合在一起，以书法治印，以印法作书，都以佛家的经严戒律攻之，全神贯注，无一丝涣散处。这是常人很难达到的境界。一些以怪为好、欺世盗名的乱写乱刻的所谓书家们，应该多接近一点弘一法师的芬芳。

"收拾铅华归少作"，他在中年时代出家为僧，入于寂寥恬淡了。比较一下他青年时写的"春游"歌词和圆寂时的"偈子"吧：

春风拂面薄于纱，春人妆束淡于画。游春人在画中行，万花飞舞春人下……

君子之交，其淡如水。执象而求，咫尺千里。

问余何适？廓尔亡言。华枝春满，天心月圆。

读者试看，绚丽平淡之间，还有一线游丝吗？

近年北京法源寺修好，曾为他开过纪念展览会，不过弘一法师一生，天津、上海、日本、杭州、福建……踪迹所到，地方虽多，却一直未在北京做过什么，开纪念展览于宣南，是法师圆寂后的未了缘了。

女大学校长

　　题目确切说，应该是女人做大学校长，而非女子大学校长。

　　看电视专题播放同济大学民选校长吴启迪女士的新闻，十分精彩。现代科学宠儿电视媒体，把吴校长神采奕奕的形象，传送到千家万户，呼之欲出，欣如面对！吴校长毕业清华，留学瑞士，赶上好时代，可以大展怀抱。同济历史名校，又遇上这样好校长，那必然会蒸蒸日上，成为世界第一流的大学，辉煌于新世纪，今日可预卜了。

　　中国名牌大学不太多，名大学校长因三四十年前反对成名成家，人才断代，涌现出来的知名度高的校长也较少。其中女大学校长则更少。电视专题新闻，在介绍吴校长之前，还提到两女大学校长，一是南京前金陵女子大学校长吴贻芳女士（后来担任什么校长，忘了），另一位是前些年复旦大学校长谢希德女士。这二位也是有名的大学女校长，都是留学美国的，都是女大学校长的老前辈。吴更老，是解放前就出任大学校长的，谢则较年轻一些，现在仍退而不休，前几天看电视，又担任一民办大学校长，仍在为中国大学教育事业操劳，真是让人钦敬了。

但新闻中却没有提到中国近代另一位女大学校长杨荫榆，自然名气更大，却是不能提，不便提，甚至已不知道她也是当年的女大学校长，而是被骂倒了……这真是十分遗憾的政治历史的牺牲者。不过这是七十多年前的历史了，在此不妨先作介绍。

杨荫榆氏是无锡人。无锡杨氏是世族，其先祖辈杨蓉裳，名芳灿；杨荔裳，名揆。分别是乾隆中叶拔贡、举人，都是名诗人，有才学。与袁枚、毕沅、孙星衍、洪亮吉等人均有往还，我手头有光绪戊子集字版《芙蓉山馆师友尺牍》，收有这些人给杨蓉裳的信，袁枚称他为"世兄"，是他的长辈，且带姬人、女儿到无锡就住在他家，接受他伯母、弟弟款待，显系通家之好。另乾隆初无锡人杨度汪拔贡举博学鸿词，不知是否杨蓉裳上辈、袁枚好友。未详细查对，说不清。清末民初杨寿枬，字味云，一字苓泉，也是名人，清末在度支部、民初在财政部工作，是词人骈文家，与傅沅叔、夏敬观、王书衡、刘翰怡等人过从。我手头有他一册《云过书札》，有给这些人的信，书末还有一封给他妹妹著名女画家杨令茀的信。杨令茀是林琴南女弟子，曾做过一具《红楼梦》大观园模型，十分有名。其族人丁众多，杨荫榆就是他们族中的人，哪一房，如何排，弄不清了。年轻时还逃过婚，是一个反对封建婚姻的先行者。后去日本留学，回国后在北京女子师范做舍监。民国七年学校派学监主任杨荫榆、音乐教员沈葆德赴美留学，四年毕业归来。其时原校已改名"女子高等师范学校"。杨仍在原校任职。十一年部委许寿裳为校长，十二年末或十三年初去职。十三年二月委杨荫榆为校长，十三年五月，改名为"北京女子师范大学"。十四年八月学生闹风潮，教育总长章士钊下令解散，年底恢复，第二年春派易培基为院长。杨荫榆去职，是这次学潮的牺牲品。据KP《校潮参与中我的经历》一文中说：

> 论资格，总算够当校长了，而且又是破天荒的第一次的女子做大学校长，是多荣耀呀！……

正如陈琳对曹操说："当时箭在弦上，不得不发。"当时战斗的文字，语带讽刺，十分尖锐，自不必说，但也不得不明确说出"是破天荒的第一次的女子做大学校长"。这在当时的中国是多么不容易。按，"KP"即是许广平先生。许还收藏有鲁迅先生拟稿的《对于北京女子师范大学风潮宣言》，签名者国文系教员六人：马裕藻、沈尹默、周树人、钱玄同、沈兼士、周作人。史学系主任一人：李泰棻。据《知堂回想录》，这启事登在五月廿七日的京报上，知堂老人在《回想录》中怀疑宣言是他起草的，因他最后签名。但又觉不是，以"无从去查考"结束之。但《纪念鲁迅诞辰百周年文学论文集及鲁迅珍藏有关北师大史料》中所收原件，有许广平批语，是鲁迅先生拟稿的。……不过这些都是历史，签名诸位，有几位我都较熟，都是老师，不过都是古人了。这桩历史公案的原件，都收在《纪念鲁迅诞辰百周年文学论文集及鲁迅珍藏有关北师大史料》书中，重新翻阅，觉得真像一场闹剧。知堂老人在《知堂回想录》中对此事记载甚详，称许季弗辞去校长，由杨继任，因其留学美国，办女校最好女校长，"岂知这位校长乃以婆婆自居，把学生们看作一群的童养媳，酿成空前的风潮……"把责任全推给这位中国第一任女大学校长了。

女子师范大学杨校长的上级教育总长章行严先生，即孤桐老人，被鲁迅称作"章士钉"的章士钊，是本世纪中国老辈知识分子、学人当中最幸运的一位。而第一位女大学校长却后来回到苏州东吴大学教书，沦陷时惨死在日寇野兽兵的屠刀下。为政治学潮牺牲之后，又为民族抗战作出牺牲。杨绛女士是她的侄女，文中曾经写到，包天笑《钏影楼回忆录》中也有记载。最近《文汇读书周报》顾潮《北大宿怨》一文中又提到此事。我早在六十年代初就听亡友杨醒石兄（杨云史弟弟杨潜庵之子）详述此事……因思百年历史，纷纭杂乱，写历史者或因种种原因，不得不作种种曲笔；而读者、听者，千万不要偏听偏信，要有点独立思考的能力呀！

吴梅词学

上海举行祝贺俞振飞先生舞台生活六十周年会演，盛况空前，而且在剧目中有不少出少见的好戏，比如张继青演的《痴梦》一剧，就是十分难得的。这是一出作功戏、独角戏，是继"马前泼水"救事之后，演朱买臣的妻子梦想她丈夫来接她到任所去，穿戴霞帔、凤冠，载歌载舞，完全是表演她的"梦境"，所以叫"痴梦"。这是一出很见功夫的戏，行话说"女怕《思凡》、男怕《夜奔》"，因为演戏时，人越少越难，这些戏都是台上只有一个人演，所以更难了。

说起这出戏，还是六十来年前，在北京大学教词曲的吴瞿庵老先生为北昆前辈韩世昌谱的本子，当时韩世昌氏正是风华茂发的时候，吴瞿庵氏也正在壮年，于北大执教之余，亲自为韩排了这出寓意深远、刻画世态炎凉的好戏，是很值得纪念的。瞿庵先生在北大教了几年词曲，桃李盈门，为国家培育了不少人才，好多都是海内外知名之士。现在还有不少健在者，如任二北、萧重梅诸位老先生，现在都是八十多岁的高龄，可以称作明时人瑞了。

吴梅

瞿庵先生在北大任教数年之后，便离京南下，执教于前金陵东南大学。韩世昌氏则仍在北京，与白云生、侯永奎等为昆曲艺术惨淡经营，支撑残局，但曲高和寡，营业始终不好，记得三十五六年前在东安市场"吉祥"看他们演出《狮吼记》，说明书前面印了两句古诗："不辞歌者苦，但伤知音稀。"不用看戏，只看这份说明书，就有声泪俱下之感了。当时韩世昌氏年事虽已不小，但精力、中气仍十分充沛，演来一丝不苟，只一句白口："季常，我且问你，昨日酒席筵间，有妓无妓？"不用"麦克风"，仍能灌满整个园子，韵味清真，即使在最后一排，也听得清清楚楚。那一次连听他不少天，但自此之后，便未再聆霓裳，几十年来，空有绕梁之感了。

瘿庵先生于抗战期间，撤退到后方，客死在云南大姚，去世后，名画家徐一帆为绘《霜崖归魂图》，以寄屈子"招魂"之思，番禺叶恭绰氏为题《浣溪沙》云：

> 凄瑟云车黯大姚，骚魂万里若为招，可堪吴雨正潇潇。　　恨血秋坟添鬼唱，新声乐府断仙韶，剧怜人世尽萧条。

瞿庵先生逝世时，也不过五十四五岁。如果要多活个二十来年就好了，可惜哲人早去，客死他乡，不亦悲乎？

《南唐二主词》

　　高只有十四点五厘米，宽只有九点五厘米，正身只十二页，前面有题辞、遗像等三页，瓷青纸书衣，贴着一个书签，黑边铅印书名："金陵卢氏校刊南唐二主词。"这样小小的一本书，却是这样从内容到形式均完美无瑕，古雅宜人。只是瓷青书衣，已经变色，订书的丝线，下面已经断了，说明它也十分残破，如果有生命，已经苍老了。但是在朋友面前，感到还是那么可爱亲切，书后有校刊者的跋：

　　《南唐二主词》，今传者明万历谭尔进、吕远二本，毛晋抄及侯文灿、金武祥、刘继增、朱景行、沈宗畸、刘毓盘、邵长光、王国维诸家复各有增益，唐圭璋笺最晚出，尝谓多据宋本，惜错杂有他家之作。兹余所录词三十七首，则皆二主所为，确可信者。毓麟为写刊巾箱本，馈诸同嗜，时庚寅七夕，余抱病闲居亦逾岁矣，冀翁。

"庚寅"是一九五〇年，这已是解放后印刷的小线装书了。但迄今也已近半个世纪，不得不使人惊叹时光之速，面对这样一小本残破线装书，读校刊者的跋语，很可想见"抱病闲居"的卢冀野氏眷恋古老文化的感情了。

王国维《人间词话》谓南唐中主词，"大有众芳芜秽、美人迟暮之感"。又谓"词至李后主而眼界始大，感慨遂深，遂变伶工之词而为士大夫之词"。真是一言中的的词论。只是"作个词人真绝代，可怜薄命作君王"。三十几首小词，却是用"别时容易见时难"的"无限江山"作代价换来的。还搭上了小周后的青春貌美和牵机药下的不值钱的性命，这绝代词人的代价未免太大了。千古莫不为之叹息。

说起南唐二主，中主李璟、后主李煜，他们的词，名句如"一江春水向东流"，那知道的人还是不少的。而说到卢冀野（卢前），知道的人恐怕就不那么多了。这不妨还从扉页题字的"霜崖"说起。"霜崖"是近现代词曲家吴梅的号，边上还有个"吴"字小图章，十分古拙。《知堂集外文》收有"卢冀野"一篇短文，一开头就写道：

> 吴瞿安前后在北京大学、中央大学掌教，专讲词曲之学，桃李遍南北，最有名的任二北与卢冀野……

简单说：词曲家吴梅，桃李虽多，而号称大弟子的只有二人，就是任二北、卢冀野二位先生。卢是南京人，专门研究词曲戏剧，编有《饮虹簃丛书》，还编有《南京文献》，校刊明代赵南星《清都散客二种》，是明末俗曲的重要著作。后一种近年有新印的本子。

▶ 卢前（冀野）

卢氏"跋"中说："毓麟为写刊巾箱本。""巾箱本"三字是古代线装书的术语。线装书开本不像现代平装书，什么大三十二开、小三十二开，那样整齐。木刻线装，一般开本较大，天地较宽。普通都高市尺八九寸，宽五寸多，大本大字，五六十页订成一册，看上去是十分方便舒服的。也有为了放在枕头箱中。其箱长约一尺五六寸，高宽各五六寸，行路时，晚间可当枕头，内中放书及笔砚等，这种书开本小，叫"巾箱本"，更小的叫"袖珍本"，可以藏在袖中，混进考场翻阅。只三十七首小词，印成一本书，页七行、行十五字，白口（这又是一个线装书术语，以后再解释），薄薄的，也是一本完整的小书了。麻雀虽小、五脏俱全，前面还有后主像、近代各家题诗，有沈初、谭莹、周之琦、冯煦等家，卢冀翁自题两首七绝云：

> 吟罢南唐二主词，小楼昨夜梦儿时。
> 官亭遗迹山僧指，玉砌雕阑应在兹。
>
> 何年补筑词皇阁，如此江南剧可哀。
> 花月春风夜管领，玉楼瑶殿照秦淮。

卢氏一九五一年春间就去世了。而任二北先生却寿近期颐，晚年一直在扬州师院，前数年才仙去。

关于卢冀野，在《许姬传七十年见闻录》中有一段记载为他改《柳毅传书》的事，文云："《柳毅传书》，我写出初稿，其中有幕后帮腔插曲，我借用《长生殿》中《弹词》'五转'的格式，写了一支曲子，并填了工尺，有一句唱词写不好。一天，吴瞿安先生的学生卢冀野兄（前）来看我，我把帮腔插曲给他看，他给我补填了一句，还对个别词作了修改……原稿已佚，最近从一本书里找到了曲文底稿，因上面有冀野兄亲笔修改的字迹，就交荣宝斋装裱，现影印在这里，并录原词于下：

> 当日这个姗娘在泾河岸，牧羊受苦。多亏了那侠义的大丈夫，凭肝胆亲自救仙姝。传书信，走长途，因此上才扫荡泾川无义徒。恰便似，雾散烟消，花明柳舒。恰便似，鱼得水，闯江湖。恰便似，鸿飞万里孤鹜。恰便似，红日下轩轩起舞。恰便似，双飞鸟直上云衢。恰便似，熨他湘锦绣天吴。全仗那夫妻们有良谟。向大同村展开一幅灿烂缤纷耕织图。

原文内加重点的是冀野修改字句，他对"绣天吴"句很得意。因为天吴是海神的典，可切柳毅与姗娘的美满姻缘。最近吴晓铃兄提意见说：'锦簇花团'的'锦'字，与'湘锦'重犯。余即改为'灿烂缤纷'。"

我引用这段文字，加重点的字，排极困难，我就不加了。但略作说明，以见卢冀野词曲功力及雅俗之分，曲词中所有"似"字，原来都是"是"字，这一改便不实，神话剧要有空灵之感，二字读音虽同，却大不一样。二是"轩轩起舞"四字，原文是"红日下人人鼓舞"，如果是写标语、发新闻，"人人鼓舞"通俗易懂，千篇一律，写时不用费脑筋，但写在曲中，便觉粗俗不堪，一改同样是歌颂红太阳的句子，雅俗便大不相同了。也可见当时这些文人歌颂的心情。可惜卢氏过早去世了，没有赶上历届运动，及最后算总账的"横扫一切牛鬼蛇神"，是幸呢还是不幸呢？前引《知堂集外文》，同书尚有一文刊于一九五一年四月二十九日，题为《卢冀野与赵南星》，开头云："昨天刚在翻旧日记，见去年今日的四月二十二日项下记着，上午卢冀野君来访，以抄存《芳茹园乐府》定本赠之。过了一会儿，《亦报》送到，却看见卢君去世的消息，吃了一惊……"可以考见卢氏去世的日子。许书又记云："冀野兄还送我一本他著的《楚凤烈传奇》，这是抗日战争年代写的。"许姬传先生我不认识，而所说吴晓铃先生却很熟，不过二位老人也已先后作古了。

俞粟庐水磨腔

朋友来信说，苏州嘉宾云集，会演昆曲。明年是汤显祖逝世三百六十五周年，所以会上演出了不少"临川四梦"的折子戏。据友人信中说：小生汪世瑜的《拾画》《叫画》，正旦张继青的《写真》《离魂》，都是极为出色的好戏，尤其张继青的戏，被誉为半部《牡丹亭》，成了标准杜丽娘了。故人情重，"遗我双鲤鱼，中有尺素书"，我虽然未看到戏，仅从故人的信中，已听到水巷吴宫的檀板和小楼隔院的笛声了。

苏州是南剧的故乡，远的不说，就说二三十年代吧，当时正是苏州昆剧传习所鼎盛期。据徐珂《康居笔记汇函》记："丙寅秋冬间，苏州之昆剧传习所，艺成而来上海，演剧于徐园。老伶工徐金虎主之。丁卯元日往观焉。观者不及百，珂寡交游，而遇冯梦华丈、周梦坡、姚虞琴三老……逾夏而息，以园在康脑脱路，地僻左，顾曲者鲜，移爱多亚路之大世界游戏场，甚嚣尘上，士大夫且却走矣。嗜昆曲皆忧之，惧其为‘广陵散’，乃赁广西路之笑舞台使演唱，名之曰‘新乐府昆戏院’，十一月二十日开幕，张菊生同年屡约往观……四之日风日晴好，又折简相招。珂亦以杜门旬余，思一游散，诺而往。所演为《荆钗记》之认亲、绣房、开眼、拜冬、上路，《西厢记》之跳墙、落棋，《紫钗记》之折柳、阳关。名角如饰生之顾传玠、周传瑛，饰末之施传镇，饰旦之朱传茗、张传芳、华传萃，饰丑之姚传湄，皆登场串演，极歌舞之能事。”信中说这次不少八九十岁硕果仅存的南北昆名宿都参加了演出。也包括“传”字辈的人了。北昆赶来参加盛会的九十高龄的侯玉山，演唱了“嫁妹”。这正是端午节的应景戏。我不禁想起四十年前，在东安市场吉祥园听侯老演“嫁妹”的情况了，南昆耆宿演出的最珍贵的是俞振飞、郑传鉴演出的“小宴”，俞的吕布，郑的王允，这是"连环计"中的一折，振飞先生以八十高龄，饰雄姿英发的温侯，虽说老树着花无丑枝，然总不免有头白人间李龟年之感吧。

俞振飞是词曲世家，五十多年前，先生尊人俞粟庐、宗海老先生，息影吴门，以诗酒词曲自娱，与词曲大师吴瞿庵梅诗筒往还，极一时宫商之盛。瞿庵先生散曲"寄俞粟庐、宗海吴门"第一曲"刷子序"云：

> 书斋数弓，东方暮年，游戏神通，偶翻成一曲清商，传遍了裙屐江东，匆匆。

几句曲子，很能想见粟庐当年的情韵。粟庐老先生七十岁时，瞿庵曾以一大套散曲为寿。第一支"北越调斗鹌鹑"云：

> 事业屠龙，功名射虎，跌荡词坛，逍遥艺圃，白发青樽，红牙画鼓，老先生，兴不孤，桑海重经，年华细数。

第五支"柳营曲"云：

> 顾曲徒，遍玄都，先生妙音追太初，按板花
> 姑，撅笛花奴，如意击珊瑚，徐泗溪重起汾湖，
> 叶怀庭再见姑苏，江山余啸傲，裙裾又通疏，吾，
> 丝竹恣歌呼。

这样的曲子，现在已是《广陵散》，海内外能谱者
尚有几人？振飞先生克绍箕裘，毅然放弃了同济大学
的教职，献身于氍毹檀板，几十年来，载誉于海内外，
如今以八十高龄，犹演"小宴"，金阊道上，声遏飞
云，别无他话，唯有祝其长寿了。

▶ 清末戏照（约摄于1909年）

▼ 俞振飞在《游园惊梦》中饰演柳梦梅

▶ 溥儒人物画（可见"旧王孙"印）

远近生苍翠璧峰下
渔舟碧螺芝林赤道
秋月前峰小柏楼
鸦鸣的吟 溥儒

▼ 溥儒山水册页

嚴溪殘葉染琴書

己亥嘉平月溥濡 [印]

石逕寒雲生履帶

懸崖先生居中和鄉塾水渠繞樹石擁聯丈書此聯貽之

▶ 溥儒楷书七言联

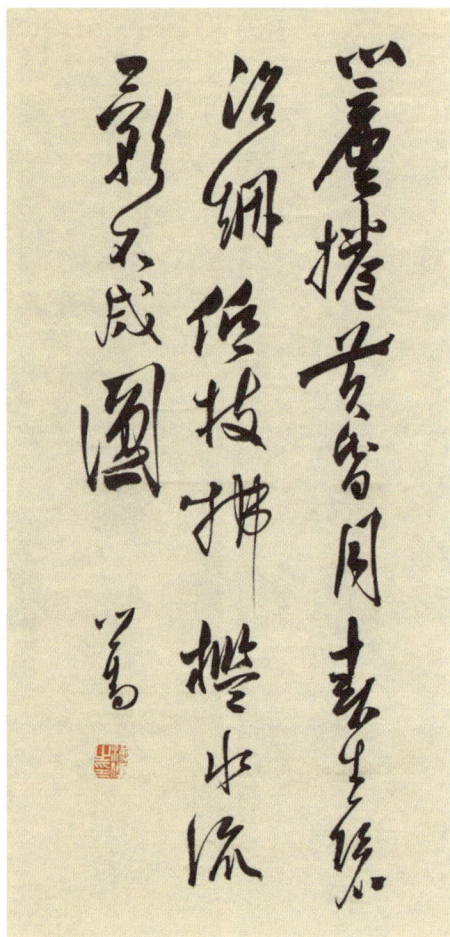

溥儒行书中堂

"旧王孙"书画

　　在旧时北京，可以称作"旧王孙"的人很多，旧王孙中能书善画的人也不少，但是因为只有溥心畬氏刻了一方"旧王孙"的闲章，常常盖在画上，一个许多人都可用的雅号，就变成某人私有的了。所以说到"旧王孙"的书画，便是专指这位与蜀人张大千氏齐名，被人们合誉为"南张北溥"的溥儒溥心畬氏了。

　　溥氏是清代宗室的近支，按，溥儒是小恭王溥伟的弟弟，是溥字辈带偏旁的近支，即都是"立人"旁的字起名字。是末代宣统帝溥仪的堂房哥哥，自幼生长王邸，怡情诗画，最后成为一代名画家。其出身的确是一个"金枝玉叶"的王孙公子，以"萋萋芳草忆王孙"之意，在其法绘上钤一方"旧王孙"的图章，更增诗情画意。黄秋岳氏《花随人圣庵摭忆》记旧京画史云：

> 师曾以癸亥病殁金陵，自后十年间，画家派别分歧，诸子亦风流云散，惟有溥心畲，自戒坛归城中，出手惊人，俨然马、夏……

黄氏于民初姜颖生、林畏庐、陈师曾、姚茫父、王梦白、陈半丁、齐白石以及金北楼、周养庵等众家之后，独推溥心畲氏，誉之为"出乎马、夏"，即宋代马远、宋代夏珪（字禹玉），画山水自李唐以后，无出其右。黄氏以马、夏比溥心畲，盖誉北京诸画家山水，溥于二三十年代间，虽然后出，一时亦无出其右者矣。后张大千亦由上海去当时之北平，于一九三四、三五年间，"南张北溥"二氏均在北平，为北平画坛最盛时期。南京、上海诸家无法与之抗衡。

在清代宗室中，书画的艺术传统，也是源远流长的。乾隆、嘉庆时的紫琼道人允禧，是康熙第二十一子，后封慎靖郡王；瑶华道人允祕，是康熙第二十四子，封诚恪亲王，这都是宗室中有名的大画家。尤其允禧画风，远接董源，晚师文徵明，在艺术上成就很大。另外清代中叶著名的书法家成哲亲王永瑆，是乾隆第十一子。其书名直到二十世纪初还声斐艺苑。在琉璃厂古玩店明清书画中，成亲王的字价钱最高。清代宗室中的这种风气，绵绵直到晚近。除溥心畬氏之外，还有他的另一堂兄弟溥忻溥雪斋氏，被人誉作旧王孙中之"二俊"，是一点也不过分的。

人们虽然惯称"南张北溥"，但二人风格，并不一样。如以诗家作比，张有似王渔洋，以风神、韵味胜；溥有似袁子才、王静安，以性灵、境界胜。四十五六年前，有一次溥氏开画展，家中买了一个小立轴《江天落潮图》，图的左下方用界画法再加花青皴染，画了一所仙山楼台，画的中上部全是极淡的水墨水纹，右上角草书题跋："吴岫新经雨，江天正落潮。心畬。"有"旧王孙"朱文小印。一派宋人意境，其韵味在赵伯驹、夏珪之间，既深邃、高远，又润泽、妩媚，绝非满纸墨黑一团的那种山水画可比。

薄氏草书，于规矩之中，稍作狂态，十分有味。曾在前北京东斜街口泰兴理发馆见到他用碗口大的草书写过《两般秋雨庵随笔》中的那副名联："到来尽是弹冠客；此去应无搔首人。"没有上款，只署"心畬"二字。边上还有两个小横额，各写二字，写的什么，记不清了，这幅龙飞凤舞的旧王孙的字，是否还在人间？

这是十七八年前为香港某报写的一篇短文，编入书中，十分寒伧单薄，但当时限于字数，只是一点点，去年夏天在北京有幸又去恭王府花园游览，走在后面薄心畬旧时作画的房子，人们自然想到旧时"旧王孙"在王府的情况。阅台静农氏《有关西山逸士二三事》记当年去恭王府拜访薄心畬的情景道：

　　我与心畬第一次见面，是在北平他的恭王府，恭王府的海棠最为知名，当时由吾友启元白兄陪我们几个朋友去的。王府庭院深沉，气派甚大，触目却有些古老荒凉。主人在花前清茶招待，他因我在辅仁大学与美术科主任溥雪斋先生相熟的关系，谈起话来甚为亲切。雪斋是溥心畲从兄，这两位是旧王孙，同负画苑盛名。兄清癯而弟丰腴，皆白皙疏眉，头发漆光，身材都不算高⋯

台文记第一次见面，想象旧景，颇能传神。溥心畲氏解放前去了台湾，与台氏又在英千里先生办公室相见，其后过从甚多，文中都有记载，见《台静农散文选》，我在此就不多引了。溥心畲是六十年代中期去世的，到张大千回台定居，心畲去世已将二十年矣。一九九三年，我去台北"中研院"文哲所访问，游览阳明山"故宫博物院"，有一室专门陈列"旧王孙"书画，我得以畅所观赏，只可惜还都是小件的多，看来溥心畲氏书画还稍欠气魄了。

熊凤凰

熊希龄氏字秉三，因为他是湖南湘西
凤凰县（在清代建制为直隶厅）的人，所以
人称"熊凤凰"。多少年
前，誉之者称他为慈善
家，毁之者称他为"慈善
起家"，加了一个"起"
字，意义便不大相同。

熊氏自光绪十八年
点翰林之后，做了一阵
子庶吉士，后来回到原
籍湖南，和陈三立（陈宝

▼ 熊希龄

箕子，名诗人，陈师曾、陈寅恪之父）、黄遵宪、梁启超、谭嗣同等筹办"南学会"时务学堂。戊戌时，本来和江标要补"四品京堂"，入都引见，不料让王先谦参了一本，戊戌政变后，以"庇护奸党、暗通消息"的罪名，受到革掉庶吉士，永不叙用，并交地方官严加管束的处分。到了庚子之后，赵尔巽为他奏请免了处分，以二等参赞官的身份，跟着载泽等人出洋考察，从此熊又走上仕宦的道路。民国二年，出来组阁，担任国务总理兼财政部长，袁世凯称帝，熊氏去职，住在天津。袁世凯死后，正赶上京南、冀中一带闹大水，灾情严重，熊氏以在野身份，出来督办水灾河工善后事宜，这是熊氏从事"慈善事业"的开始。

水灾之后，无家可归的儿童极多，熊氏广泛募集经费，筹备资金，在香山静宜园边上盖西式房子，建立"香山慈幼院"，收容这些无家可归的儿童。一九二〇年，校舍全部盖好，请来教师、工作人员，有名的香山慈幼院正式在风景秀丽的静宜园边上成立了。《胡适的日记》一九二二年四月二日记云：

知行昨夜病了，今天不能与我们同去逛香山，我与经农同到香山。天小雨，不能游山。熊秉三先生邀我们住在他的双清别墅里。这一天没有游山，略看慈幼院的男校。这学校比去年九月间又进步了。新设的陶工里，现正在试验期中，居然能做白瓷器，虽然不能纯白，已很白了。试验下去，定更有进步了。熊先生爱说话，有许多故事可记的，我劝他作年谱，或自传。他也赞成。他说他对于光绪末年以至民国初年的政治内幕，知道最多最详。……

熊先生说，湖南新化邹氏藏有康熙、雍正朝的笔记，中多可考证史实。我劝他可搜求来，我们可以为他印行，也是史料的一种。

适之先生所记，颇可想象熊氏创办香山慈幼院初期的形象。

熊氏湖南湘西凤凰县人，人称"熊凤凰"。沈从文先生也是湘西凤凰人，一九二五年五月经林宰平、梁启超二位名家介绍，去香山慈幼院图书馆当办事员，当时"熊凤凰"正在院中，对这位凤凰小同乡，自然关怀备至，惜当年未与沈师谈及香山慈幼院旧事，想象前人，亦渺不可追矣。

熊晚年与毛彦文女士结婚，而毛又是吴宓追了多少年的单相思者。《吴宓日记》已出版，一九三六年日记中多处记到，如七月七日记云：

　　阴，是日为香山慈幼院回家节，及集团结婚之日，宓感触特深。……宓原决定于今年暑假居清华养静读书，不赴他地游访。乃熊、毛复以香山此会回平，报纸又如去年春之竞相登载。连日平津各报新闻插画，熊、毛俪影，屡见不一。宓深受刺激，因之心情又极烦苦，是夕宓遂作诗一首，题曰《七月七日晚作》云：

　　一抹西山映晚霞，芳邻咫尺又天涯。

　　雪中私到窥池馆，月下谁同泼乳茶。

　　七夕长生嗟后约，十年幽恨叹无家。

清华水木宜消暑，畏逼楚氛去住差。

熊氏是一九三七年十二月廿五日在香港病逝的，吴宓与贺麟自长沙联合发唁电，在抗战流离中。其后直到抗日战争爆发为止，香山慈幼院在北京一共存在了十六七年，北京沦陷之后，便无形中关闭了。抗战胜利后，又开过二三年，《一个女兵的自传》的作者谢冰莹曾在此工作过。

香山慈幼院办院之初，是收容水灾后无家可归的儿童，但因后来办得很有成绩，校址又在风景优美的香山，所以不少阔人，也把小孩送到香山慈幼院上学，因此香山慈幼院中，便有两种学生，一是孤儿，一是阔人的子弟。因为学生都是住校的，学习专心，所以学习成绩一般说是很好的。学校后来不但有自己的校舍，而且有自己的果园，小工厂，还发行院刊，熊氏一直是慈幼院的董事长，抗战前夕，曾著有《香山慈幼院历史汇编》二十二篇，是世界闻名的了。

郁达夫与北京

在"五四"以来的著名新文学家中，郁达夫先生在北京住的时间不算太长，前后三度，总起来也不过三五年之久吧，可是就在这短短的几年，达夫先生却留下了极为深挚的眷恋的感情。他在《北平的四季》一文中写道：

中国的大都会，我前半生住过的地方，原也不在少数，可是当一个人静下来回想起从前，上海的闹热，南京的辽阔，广州……汉口……以及杭州的沉着，总归都比不上北平的典丽堂皇，幽闲清妙。

如果说老舍先生有这样感情，那是毫不奇怪，因为这是王粲在《登楼赋》中所说的"人情同于怀土兮"的乡土观念，而郁达夫先生，一位富阳人，在北平住的时间又不长，也是这样地怀念北平，这就说明北平是多么地具有魅力了。达夫先生第一次在北京住，还是民国初年，由东京回国，到北京参加文官考试，住在他哥哥家里，本来想考中高等文官之后，弄个外交官做做，但是后来没有考中，不久便又回东京帝大上学去了。这是第一次。第二次是一九二二年之后，这次时间比较长，其后三四年间都在北京，并在北京大学教书。

据《吴虞日记》，一九二三年十月十四日记：

本学年北大聘请诸人，见昨日《北大日刊》者，录之如后：

教授：戴夏、张贻侗、樊际昌、高一涵、李宗侗、林玉堂、江绍原、汤尔和八人。

讲师：余棨昌、林志钧、赵淞、屠孝实、张煦、于树德、郁达夫、温文光、张健九人。

《周作人日记》一九二三年十一月三日记：

　　耀辰凤举来，共宴张欣海、林玉堂、丁燮林、陈源、郁达夫及士远、尹默共十人，九时散去。

一九二六年七月三日记云：

　　晴热，上午达夫来……

这几年中，记到郁达夫处颇多，待到一九二七年，则只记收到达夫函了。

这时正是新文学名家云集北京的时代，胡适、徐志摩、林语堂、刘半农等人当时都在北京，可以说是新文学前期的金色的早晨了。这时的郁达夫如何呢？林语堂氏在其《八十自叙》中记道：

　　在《语丝》集会中给那个团体增加轻松快乐气氛的，是郁达夫，他那时已然是因诗歌小说的成就而文名确立了。郁达夫一到场，全席立刻谈笑风生。郁达夫酒量好，是鲁迅的至交。我们坐在低矮的藤椅上，他总是以放浪形骸、超然独立而自满自足的精神，手摸索着他那留平头的脑门子……

林氏把郁达夫当年的神情写得十分传神。

达夫在一九二四年曾发表过一篇题为《给一个爱好文学的青年的公开信》的文章，这是在北京教书时期写的，这位"青年"，就是现在名闻世界的老作家沈从文先生。当年沈先生只是二十出头的青年，刚刚进入文坛，而现在则已是八十岁的老者了。达夫先生这次在北京居住的时间最长，曾经在大雪天和朋友骑小驴到西直门外骆驼庄过过夜，曾经在钓鱼台边看过隐隐约约的雪后西山，曾经到什刹海、二闸、菱角沟坐过游船，骑小驴到八大处、香山看过红叶……达夫先生第三次到北京，是在一九三四年秋天。一九三五年出版的《郁达夫日记》有《故都日记》，记载较详，八月十五日云："晚上在五道庙春华楼吃晚饭，主人为孙百刚氏……"孙百刚氏八十年代初还在世，写有关于郁达夫、王映霞的故事。八月十九日记："去史家胡同甲五四号访叔华、通伯，中午在正阳楼吃羊肉……"叔华即凌叔华，通伯即陈源，《西滢闲话》作者。郁氏既是《语丝》派的人物，又是"东吉祥"派，即《现代评论》派的好友。这一时期，周作人先生去日本，郁九月一日记道："大约周启明氏将于明日到，以后又有一二日忙了。"九月三日周回平之翌日，郁即记云："晨八时半，访周作人氏，十年不见了，丰采略老了一些。"

查《周作人日记》同日记云："上午达夫来访，平伯、废名、启无来，各赠物……"九月四日晚在东不压桥章川岛家请客，为郁达夫、周作人洗尘，有许季茀、废名、孙百刚等。其后就再未到过北京。先生说："在北京以外的各地……谁也会得重想起北京。"可惜先生在一九四五年惨死在南洋了，不然，日本投降以后，我想他也许会回到北京居住吧。

友人寄来一本新出版的郁达夫先生的诗，收集的诗不多。其中一首写于一九一九年十月十九日，题为《晨进东华门口占》的诗道：

疏星淡月夜初残，钟鼓严城欲渡难。

耐得早朝辛苦否？东华门外晓风寒。

诗后作者自注云："今日为高等文官考试之第一日，余起床时，刚三点半，微月

▼ 东华门
（约摄于1906年）

一痕，浓霜满地，进东华门时口占一绝云。"这诗写得十分潇洒，颇有些清朝新进士入朝殿试时的余风遗韵。我国科举考试制度，经过几百年的沧桑，到清代末年，即一九〇五年正式废除。辛亥之后，北洋政府订了高等文官考试和普通文官考试的办法，不定期地举行这样的考试来遴选官吏，分政治、法律、外交等等科目，考中了，就以"荐任官吏"任用，政治科名次在前的可以放县长，外交科名次在前的可以放参赞，郁达夫当时在东京留学，赶回北京报考文官考试，报的是外交科。

报考高等文官，由各省地方官推荐，到了北京，还要找两位本籍京官作保，以防假冒，被保荐的人照例要送京官一笔谢仪。清代的京官，官俸极少，这笔仪金确实补益不小。民国初年，仍然参照清代的办法，参加文官考试的人，仍然要有在京的荐任以上的官吏作保才能应考。鲁迅先生当时是教育部月薪三百元的金事，是荐任最高级，是有资格作高等文官应试者的保人的。不过郁达夫当时的保人是谁就不知道了。考试的地点是在故宫文华殿，所以一大早披星戴月，要赶进东华门等候点名领卷了。

遗憾的是这次考试他文战不利，名落孙山。他在京住在他做京官的哥哥郁家吾（即郁华，名律师）家中，没有考中高等文官，便仍要离开北京到日本读书去。临行时他哥哥赋送行诗云："一片芦沟月，怜君万里行。清谈当此夜，难尽别离情。"他有《留别》诗云："迹似飞篷人似雁，东门祖道又离群。秋风江上芙蓉落，旧垒巢边燕子分。薄有狂才追杜牧，应无好梦到刘蕡。明朝去赋扶桑日，心事苍茫不可云。"诗中明说下第后即将去日本，临歧惜别，手足情深，很像苏东坡和苏子由了。

郁达夫先生一九一九年十一月间，应高等文官考试报罢之后，仍旧离开北京回日本东京，继续到帝国大学去读书。临行留别其兄长郁家吾的诗中有句云"薄有狂才追杜牧"，这句诗颇有些自负，而且以杜牧自比，所谓"落拓江湖载酒行"，所谓"赢得青楼薄幸名"，读过他的小说《沉沦》的人知道，他也确有些浪漫主义色彩。

当时正是深秋季节，燕云寥廓，游子思归。哥哥家住在北京，故乡远在浙江富阳，他既不能留在北京，得手足之乐，又不能回故乡，得田园之趣，却要再到异国东京去，而且是在名落孙山的情况下出国。为了排遣失意和离愁，他在离京之前，十一月十日特意去凭吊了陶然亭。幽思满怀，在慈悲庵墙上题了这样的诗句：

> 泥落危巢燕子哀，荒亭欲去更徘徊。
> 明年月白风清夜，应有蹒跚道士来。

这还不算，又到附近胡同中看望了熟识的人，仿龚定庵离京时《杂诗》体例，写下了《己未都门杂事诗》两首道：

> 手中芍药眼中波，十二金钗值几何？
> 旧是笠翁歌舞地，韩家潭上美人多。

惯闲宰相尽风流，百顺胭脂院院游。

一夜罗衾嫌梦薄，晓窗红日看梳头。

　　这两首诗正可以给"薄有狂才追杜牧"一句作个注解。六十多年前，北京南城有颇有名气的"八大胡同"，那是个销金窟。当时高级妓院风靡一时，"四大金刚"（四个名妓女）高树艳帜，著名的林黛玉、花宝宝等，其交际之广，是上自总统黎元洪，下至贩夫走卒都拉得上关系的。达夫诗中所说韩家潭、百顺胡同、胭脂胡同，正是这些高级妓院集中的地方。李笠翁故居在韩家潭，又是很著名的掌故。在胡同中访友，把这些都牵扯到思绪之中，也是很自然的。而诗之所以写得这样缠绵，也就在他自比杜牧的这个缘故了。

　　郁达夫毕竟"一觉京华梦"，不得不离开北京。他是坐现代交通工具的火车离开北京的，但对于他自己此番离去，却也写出了韵味高古的诗。其《出都口占》云：

　　芦沟立马怕摇鞭，默看城南尺五天。

此去愿栽千里足，再来不值半文钱。

诗毕竟是诗，如写成"坐上火车出北京"，那成什么话呢？

从"断魂枪"谈起

　　老舍先生在《蛤藻集》中，收了一个短篇《断魂枪》，写一个老年镖师半夜里在后院练枪的故事，一路枪飕飕地练完了，僻静的小院中，只有一个人，无限凄凉，叹口气："唉，镖局没有了，洋枪兴起了，断魂枪也没有用了，全完了……枪法？不传，不传……"这是四十五六年前看《断魂枪》留下的深刻印象。据知老舍先生且精于武术，而且到晚年还常常练习。青年时也是下过功夫的。因此我常常想，老舍先生如果以写《断魂枪》的手法，写一部武侠小说该有多么好呢？一定是大有可观的。可惜没有写。

　　老舍先生如果写武侠小说，其条件会比后来那些一味杜撰乱扯的好得多。早年著名武师的掌故，那是说不胜说的。就以大刀王五来说吧，老舍先生少年时代，和大刀王五有过来往的还大有人在。俞平伯先生父亲俞陛云老先生《入蜀驿程记》忆庚子旧事云：

> 余所乘者大刀王五镖车，王以侠勇有声燕赵间，幸脱于险。

陛云先生去世不过三十多年，也是亲身坐过王五镖车的人。可见离现在并不太远，老舍先生自然也是非常熟悉这些人和事的，短短的一篇《断魂枪》，已经非常传神了。如果写篇长一些的武侠小说，那想象中的精彩艺术效果，还用问吗？当然，老舍先生要写，也绝对不会写拖泥带水、没完没了的玩艺。

写小说，纵然才气很大，最好也不要拖得太长，连古典小说《水浒》《儒林外史》都是如此，前面精彩，后面便入陈套，何况庸碌之辈。老舍先生深知这一秘奥，所以他一生几十种作品中，都

▼ 洋车与风车（清末民初）

是短而精彩，连《骆驼祥子》那种垂世名作，也不足二十万字。他最长的作品是在重庆时写的《四世同堂》，却使人感到很松，在他作品中并非压卷之作。

我最早是在《宇宙风》上读到《骆驼祥子》和《牛天赐传》。当年是在暑假中，借了同学家的《宇宙风》合订本看的。我被这两种小说立即吸引住了。因其对我有更亲切的一面：其原因之一是我有六七个拉洋车的朋友，有老头也有小伙子。其原因之二是我从山乡初到北京城不多年，有点像牛天赐。虽然他是北京近郊的，我更远些。而与老北京的关系和自身的土头土脑，却是非常神似的。

　　我在初中一二年级时，也曾爱看市井武侠小说，什么《三侠剑》《雍正剑侠图》，以及后来《蜀山剑侠传》《青城十九侠》《十二金钱镖》等等，但自此之后，我把《三侠剑》之类的玩艺统统丢了，越来越懂事，但童年、少年时期的不懂事也越来越远了，渺茫了。哀乐中年之后，不觉垂垂老矣。什么金庸、梁羽生种种，只觉其无聊可厌耳。

名人与名伶

偶翻林琴南先生《畏庐诗存》,见有一首诗的题颇长,其文云:

> 戊午正月,沈昆三招同樊樊山、冒鹤亭、罗瘿公⋯⋯集其寓斋,听陈君胡琴,张君法曲,时贾郎、梅郎、姚郎、程郎均与席,梅郎亦度曲二阕,明日读樊山词,而瘿公并以诗来趣和,作此答之。

戊午是民国七年,公元一九一八年,这是足足六十五年前的事了。与会诸老,自然早已成为古人,而座中诸年少，如果有寿近期颐者，那今天还有可能游戏人间。可惜都未登耄耋，在二十多年前，都相继作古了。《兰亭集序》所谓"俯仰之间，皆成陈迹"，不要说樊山、畏庐老人的盛会已成陈迹，即《荒山泪》三游丝腔，《贵妃醉酒》之雍容华贵等等，都渺不可追矣。题中所说"贾郎"是贾碧云，"梅郎"是梅兰芳，"姚郎"是姚玉芙，"程郎"是程砚秋，其诗云：

> 一曲灯屏集众仙，玉盆棐几早梅鲜。
>
> 居然四座生奇暖，难得诸郎正妙年。
>
> 华发深惭银烛影，兵尘宁近绮筵前。
>
> 风怀何似樊山老，明日新词上锦笺。

现在这四位艺术大师，虽然都已成为古人，但当时却正是难得"正妙年"的时候。程砚秋生于一九〇四年，当时实足不过十四岁，论虚岁也不过十六岁。梅兰芳也不过十八九岁。贾碧云、姚玉芙稍微大一些，也只二十岁吧。他们以这样的年龄，却在艺术上已经有了很好的成就，能与这些老诗人、老学者在一起盘桓，是十分不容易的。

也可以这样说：四大名旦之所以成为四大名旦，以及贾碧云、姚玉芙等位之所以名重一时，在艺术上最得成功，同这些老辈文人的帮助，和接近这些老诗人们，受他们的文化熏陶，是有密切关系的。有些人虽然也有天才、也很努力，但没有接触过较高艺术境界的人的熏陶、培育，那同样演戏，便浮浅、粗野、没有深度，达不到更高的境界。艺人的造诣，与高深的文化修养，尤其是与中国传统诗、词、戏曲、书画艺术、社会风俗、名士器度等等的熏陶，实在是分不开的。四大名旦的成就并非偶然，樊樊山、易实甫、林琴南、罗瘿公、齐如山、陈叔通等人都起过十分重要的辅导、帮助、宣传的作用。

林诗所谓"风怀何似樊山老，明日新词上锦笺"，当年樊山老人为梨园新人写过许多首新诗，其中不少是为梅兰芳写的，长歌《梅郎曲》是脍炙人口的名作。易实甫《哭庵赏菊诗》为梅兰芳写的，就更多了。如《万古愁曲（为歌郎梅兰芳作）》《梅魂歌》题下注云："瘿公和余国花行云：梅魂已属冯家有。既非事实，论者多不以为然，瘿公亦自悔之。余乃戏作此篇，浮瘿公一大白也。"《题梅兰芳雁门关剧》《送兰芳偕凤卿赴春申，即为介绍天琴居士》《梅郎为余置酒冯幼薇宅中赏芍药，留连竟日，因赋〈国花行〉赠之，并索同座瘿公、秋岳和》……诗题尚多，录以上诸题，以见一斑了。

罗瘿公《鞠部丛谭》记云："梅兰芳初次演《尼姑思凡》于吉祥园。张季直、熊秉三、梁任公并坐台前第一排座，时人谓第一流阁员同时出席云。"因当时熊任国务总理，张、梁均为部长。

有一个无锡人叫程颂嘉，是民国初年在无锡师范做校长，民四到北京开会，留下一册日记，收在其遗著《宝砚斋遗稿》中，记有吉祥园观梅兰芳云："今日所见之戏，并不足奇。所奇者，皤然老翁二十余人，见梅出，张口叫好，为可怪耳。"这是外地人亲见这些人捧梅兰芳的实录，出自非名人笔下，亦颇有趣。世俗的人可能说这是"大老捧戏子"，新派的人也许认为这是腐朽的士大夫的玩艺，这些看法都是极为粗浅，没有理解其对历史文化的一代深远影响，即以樊樊山说吧，他不只是作两首诗送送梅兰芳，他还以其文化修养影响他，甚至还亲自编写剧本，如著名的《盘龙剑》《后义妖传》等。

梅、程、贾、姚等位，在他们的熏陶下，不但唱戏，而且读书、写字、学诗、学画，从多方面提高艺术气度，这些人诗画等在名家的指导下，都取得了很好的成就。又如一九一七年丁巳，词曲大家吴梅，到京师大学堂教词曲，对当时北昆、京戏以及梆子戏等著名演员都给以很大帮助，亲自教韩世昌、白云生度曲，为鲜灵芝谱散曲《拟西施辞越歌》，第一支《绣带儿》云："休提起娥眉身价，算和亲轮到奴家，便长留两臂宫砂，怕难忘一缕溪纱。"曲子好，辞句好，一时听者极为神往，便是一例。

过去我家中有一张梅兰芳、贾碧云《姑嫂英雄》的剧照，正是那个时候拍的，真是妩媚英俊、神态万千。现在舞台上找不到梅兰芳、贾碧云，那台下也找不到能谱出这样《绣带儿》的吴霜崖了，台上、台下都已是《广陵散》了。

畏庐老人林琴南诗题中所列诸老，那罗瘿公更是极为重要的一位，可以说程砚秋的成就和享大名，是他一手培育出来的。所以程御霜一生念念不忘他这位恩师在文化艺术上、立身处世上对他的严格培育。

罗瘿公，广东顺德人，但他却是出生于北京、幼年长在北京的。他父亲是光绪时翰林院编修，他大了才回广东广雅书院读书，和陈千秋、梁启超同问学于康有为，同为南海弟子。袁世凯阴谋帝制，他十分反对，便纵情诗酒、陶冶梨园，在一次堂会戏上看准了程菊侬（程砚秋原来的艺名），用六百元银元，为他从原来的师傅荣蝶仙那里赎身，那正是程砚秋少年倒嗓（生理发育时期）最困难的时期，又请乔蕙兰教他昆曲，九阵风（阎岚秋艺名）教武功，后又介绍他拜王瑶卿、梅兰芳为师，直到他成名为四大名旦之一。罗还为他编了《梨花记》《龙马姻缘》《琵琶缘》等戏，现在知者已很少了。

梅、程师缘

　　著名青衣程砚秋确曾拜梅兰芳为师。对此，也许有人感到奇怪：都是"四大名旦"之一，又都是年纪相仿的，为什么说他们有师徒关系呢？但这都是历史的事实。梅兰芳比程砚秋虽然大不了几岁，但梅很早成名，在梨园行中，辈分较高。当年京剧演员成名之早，现在人们有时很难想象的。如著名老生余叔岩，在十三岁时，就红得发紫，载誉梨园，而且唱念做打，都具大家风范了。记得当年刊物上曾登载他的剧照，《洗浮山》中饰贺天宝，身材还未长足，是个"娃娃生"的样子呢，就气度不凡。梅兰芳也是这样，十一岁登台，到十四五岁已经名震梨园，开始向梅大

▶ 梅兰芳（左）与
程砚秋

王的宝座上迈步了。程砚秋是在十五岁时，即一九一九年，经罗瘿公介绍，拜梅兰芳为师，执弟子礼，当时程砚秋尚未出名，但梅兰芳已是南北闻名的伶工了。当时梅兰芳正和余叔岩合作，组成"喜群社"。罗瘿公介绍程拜梅为师，也就是介绍他搭喜群社的班，唱二牌青衣，给余叔岩"跨刀"，唱《打渔杀家》《御碑亭》等戏。

在此不妨引点文献资料：

姚茫父《弗堂类稿》诗甲二收有《浣华三十，其弟子艳秋、碧云为之寿，因赠》七律云：

昔年识汝初逾纪，转轴光阴已壮龄。

喜见声名归曲圣[*]，教成弟子拜南星。

催尊菊好迎霜健，揽镜山来斗鬓青。

缀玉簪红春渐觉，胎仙信息问黄庭。[**]

（[*]吴骚评梁伯龙。

[**]浣华先榜所居曰缀玉，及纳芝芳，别舍曰簪红，

　　皆本石帚梅词也。）

　　按石帚就是姜夔，号白石道人，常称姜白石，亦号石帚。诗后又注云：当日曾语李释戡云："吾于缀玉书此诗，山用隶楷，若于簪红，则当作篆书也。相与抚掌。并记。"

　　当年北京梨园行，最讲究排辈分，梅兰芳一生都不是狂妄自大的人，他敢于让程砚秋拜他为师，还不单因为他当时已经成名，而实际他的辈分也比四大名旦中其他三人为高，他祖父梅巧玲、父亲梅雨田，都是梨园前辈，因而他在梨园界，不论从家世辈分论或是从学艺的辈分论，他同王瑶卿、王凤卿、余叔岩这些人都是平辈的。虽然他的岁数比王瑶卿小得多，但

他同王是平辈称呼，而另外三个大名旦，则是王瑶卿的徒弟。所以他有资格认程砚秋为弟子。

梨园行投师，一是求启蒙，二是求深造。深造要拜名角为师，请求指点，学些特殊流派的名戏。程拜梅兰芳后，梅先给他说了一出《贵妃醉酒》。这时正好江苏南通张状元（謇）盖了"梅欧阁"，大事宣传"北梅南欧"（欧阳予倩），同时让欧阳予倩在南通办"南通伶工学社"，开创新型戏剧教育。南通伶工学社行开学典礼时，邀请南北名角唱戏，先是邀梅去南通，正巧梅兰芳另外有事，不能南下，便叫程砚秋代表他去。程在罗瘿公等人悉心筹备之下，南下到上海，转南通，在伶工学社开办典礼的庆祝会上，代表梅兰芳唱了一出《贵妃醉酒》，名师出高徒，首次演出就获得成功，大得张状元季直先生的赏识。回到北京后，即加入梅、余的喜群社。其后程亦享大名，后来相继出国，梅去美国，程去欧洲，都是剧坛名人，很少论师徒了。

马连良与卓别林

　　近二十年中，梨园名宿颇有凋零之叹，马连良氏的潇洒的曲调，也早已成为《广陵散》了。那《甘露寺》中的老成持重的乔玄，那《蒋干盗书》中的一心想合力破曹的鲁子敬，那《借东风》中的神机妙算的诸葛武侯，那《四进士》中的热心救人、老谋深算的老吏宋士杰，那许多不同的人物和各种炉火纯青的唱腔，到今天对海内外许多戏迷说来，空有余音绕梁之感了。

　　北京，是京戏的故乡，本来在北京生活过的人，多少都会哼两句。而我这个笨伯，虽然走到东南西北，总以北京人自居，却一句也唱不来，对京戏完全是一

个门外汉，因而对戏的本身，也就没有发言权了。但又因毕竟生长在这个京戏的故乡，也同梨园界一些人士有过点滴的友谊，不免知道一点梨园旧事，常常浮动在记忆之窗中。就以马老先生说吧，他同卓别林氏的那张极为有趣的合影，直到今天，还如在目前。我说这张照片极为有趣，是照片中一个"古代人"，一个现代人；一个中国人，一个外国人；一个穿着戏装的中国名演员和一个穿着西装便服的西方大明星拍在一起的照片，这不是很有趣吗？

这已是足足四十五年前的旧事了：一九三六年三月，卓别林到沪，与马连良在剧场见面。照片中马连良氏立在右方，身穿补服蓝袍，玉带，头戴黑绒乌纱，口上挂着萧疏的黑色三缕髯口，正是《法门寺》中赵廉的打扮，两手抱拳，笑嘻嘻地面对着这西方大明星施礼打招呼。左方面对面站着这位滑稽大师卓别林（那时北京译作"贾波林"），身穿灰色条子西装，红斜条领带，也笑嘻嘻地带着好奇的眼光望着这位穿着明代官服、扮着梅坞县县太爷的中国名须生行礼。二人的神态拍得很好，马氏勒了网子后笑时向上翘的细长眼角和卓别林氏笑时的深深的酒窝，都恰到好处地表现出来了。这张彩色照片是为某一期的《实报半月刊》的封面登出来的。有谁保留着这古老的刊物，可能还会找到这张照片，至于谁拍的，在哪个园子的后台，则都不记得了。

按马氏是老科班富连成社"连"字辈出科的，与刘连荣、于连泉（小翠花）同科，开创一代马派唱腔，是智慧与功力的结晶。惜传者乏人，早年有位弟子本有出蓝之望，可惜后来倒仓，一蹶不振了。另有所谓"天桥马连良"者，亦只形似耳。"江山代有才人出，各领风骚数百年"，于梨园界，亦当作如是观，只希望于来者耳。

晚年赛金花

　　说到陶然亭旧事，不禁又想到一代名女人《孽海花》的主角赛金花。她逝世之后，也是葬在陶然亭畔的。其坟在香冢的东面，通往慈悲庵去的那条小路的转角处，墓门东向，墓前立着一通人造黑色金刚石的碑，八分书"魏赵灵飞之墓"，比起香冢和醉郭坟的那两个小石碣来，要阔气多了。

　　小说《孽海花》是一部未完成的作品，没有写到赛金花的晚年。按赛金花到北京做妓女，还是庚子前的事。"戊戌政变"（一八九八年）之后，赛金花从上海来到北京，住在前门里刑部衙门后面，利用曾是"状元夫人"的名声，招揽游客。陆润庠是洪钧状元的同乡至好，看赛金花招摇得太不成话，便用官府力量去驱逐了她。但是时隔未久，便是"庚子"，赛金花便利用机会，又回北京，重操旧业。从此"赛二爷"的大名，在北京便传开了。在近五十年前，北京社会上爱说"赛二爷"故事的人大有人在。原因是赛金花虽然是个妓女，当八国联军蹂躏北京时，她利用特殊身份，的确为北京百姓做了一些好事。

晚年生活十分潦倒，靠一点残余的积蓄度日，住在天桥北大森里两间破房中，活的岁数倒不小，一九三六年冬去世时，已经七十多岁了。

按《赛金花年表》：

赛清同治十三年十月九日生于苏州城内周家巷，时洪钧已三十六岁。十三岁落花船应客为娼，作清倌。十四岁嫁洪钧，随洪出国，十七岁回国在北京，洪做侍郎。二十岁洪卒。二十一岁即光绪二十年在沪复为妓，认识盛宣怀、李鸿章等人，二十五岁至天津开金花班，庚子逃难到京，洋人进城，结识联军统帅瓦德西。三十岁光绪二十九年，在陕西巷开南班妓院，三十二岁系刑部狱，押解回籍。三十三岁到上海为妓，后嫁黄姓。四十岁时，黄某死，又嫁魏姓。后又来北京，四十九岁时，魏死，与魏家不相容，只身携一顾姓女仆，赁屋天桥西之居仁里，景况日渐贫困。以后均住北京。民国二十五年十月廿一日去世。按年表，赛去世时为六十四岁。但另外资料记载，赛金花去世时已七十三岁。所以我约略言之为七十多岁。晚年在京生活近二十年。

一九〇二年春天，赛金花因为虐待养女致死，被关在刑部衙门狱中，刑部大狱是清代最高一级的监狱，同时还关有苏元春，是中法战役中颇有名的一位将官；还关一个姓沈的沈荩，是当时维新志士，《轰天雷》小说的主人公；加上赛金花，一时有"名将、名士、名妓"尽入"公门"之说。其后沈荩因那拉氏的"秘旨"，杖死在狱中；苏元春被充军新疆，死在戍所。赛金花则援引"报效银两赎罪"的律例，买了个"押解回籍"的轻罪名，被押回苏州，交地方看管。不久又花钱托人活动，重到上海做妓女。辛亥之后，又回到北京，仍用"赛金花"名字挂牌为妓。其后年岁日长，在民国初年嫁与国会议员魏某，待魏某死后，赛金花便只身同一女佣住在北京，过其潦倒生活，靠一点残余的积蓄和老朋友周济度日，晚年更为穷困，住在天桥北大森里旁的居仁里两间破房中，于一九三六年冬去世，其时年约七十了。距离一八八六年下嫁洪钧为"状元夫人"时，盖已五十年矣。赛金花死后，有好事者杨云史、潘毓桂、张次溪为其营葬于陶然亭下，立了一通黑色金刚石的碑，碑上写着"魏赵灵飞之墓"，还有碑文。现在这个碑没有了。

潘毓桂是日本女影星李香兰（日女名山口淑子）的干爹，"七七事变"后任警察局长，是大汉奸。杨云史清末做过新加坡总领事。民国十年前后，做吴佩孚秘书长，后在北平卖画、卖字做名人，"七七"后，死在香港。赛去世时正在北平，为赛墓诗碣七绝六首，后两首道："父老于今肉骨铭，埋香端合葬江亭。我哀遗事谈天宝，不为闲情诔小青。""寒日余姿事可哀，画图省识赵阳台。为君一扫齐东语，自有闲人凭吊来。"诗后有记载，述赛金花庚子时在北京事，大都是他亲见的。结尾记云：

> 门人张次溪与其事，来请余作诗碣……文既成，计购石命工，当四百金。翰茂斋主人宛平李月庭君，镌艺精绝，良工也。其人风雅重义，自白愿为灵非选佳石，手刊此碣，独任其成，不需赀费，于是工竣。如月庭者，风义可风矣。民国丙子冬至立，江东杨云史撰书。

解放前，我几次观赏过这个碑，很高大，是深灰大理石磨光刻的，十分光亮，石头很好。解放后修陶然亭公园时，不知弄到哪里去了。

再有据《齐如山回忆录》，庚子时，他做外国人生意，常见赛金花，赛当时也做生意，据他说：赛不大会说德国话。

过去以赛金花为题材的诗、文作品是不少的。最有名的首推樊樊山的前、后《彩云曲》，过去在陶然亭西墙时候，她的确曾利用她的特殊地位帮助了一些人、营救了一些人，但并不像《孽海花》所写，她和瓦德西在德国时就有暧昧关系。关于她在侵略者面前替一些人排难解纷，办些好事的情况，在过去北京群众中流传的故事很多，三四十年代中，还有不少亲眼见过"赛二爷"的"老北京"，都津津乐道这些故事。关于她过去是否认识瓦德西这点，也有人亲自问过他。近人夏仁虎（号枝巢子）老先生《旧京琐记》记云：

> 庚子之役，德将瓦尔德西为联军司令，踞仪鸾殿。赛金花者，故某公使下堂妾，曾随使节，于西语甚娴习。暨复入风尘，遂应德将之召，颇能相机援救难民，或为贵人之陷在都城排难解纷，于是群奉之曰"赛二爷"。实则德将仍以娼妓待之。时人附会，乃谓其随节时即与瓦有情愫云云。曾询之，赛笑其全非事实。

枝巢老人是经历过"庚子"，又长期住在北京，与赛金花熟识的人，后来长期在北京做教授，故去并不太久。先生的《旧京琐记》成书于赛金花逝世之前，印数很少，而且是非卖品，书中所记是较为客观中肯的。"妓女"总是妓女，点滴"好事"也总是点滴好事，捧之过高，固然不必；骂之甚狠，压之甚厉，也往往是一时的愤激语，并不必据之为准则。因为历史事实还是客观存在的，客观评价赛金花也还是应该的。

上有嵌壁刻石，樊山老人在《孽海花》一书中也出现过，名"万范水"。三十年代赛金花潦倒于大森里时，刘半农先生曾去访问过她，也曾写文章介绍过。夏衍同志的《赛金花》剧本，社会上都知道，不必多说了。另外还有署名"洪渊"的，写过一本《赛金花故事》。至于小说，则还有"燕谷老人"的《续孽海花》在。燕谷老人名张鸿，字隐南，号琼隐，又号蛮公，常熟人，清光绪甲辰进士，殿试时是进呈十卷的首卷，本来也很有状元的希望，但因"对策"中主张立宪，被慈禧给降到"三甲一名"，由"进士及第"变成为"赐同进士出身"了。后来做过外务部郎中，驻仁川领事。和曾孟朴氏是中表亲，对赛金花事也知之极详。在沦陷时，他用燕谷老人的笔名，为《孽海花》续书三十回，陆续登在当时徐一士主编的纯学术刊物《中和月刊》上。这个"续集"写得较为成功，使《孽海花》这部未完成的杰作，得以成为"完璧"，从这部书说，还是有可取之处的。如果现在的《孽海花》，能把燕谷老人的"续书"作为附录印进去，我想就各方面讲，也还无伤大雅。但对读者说来，得见全豹，那应该是极为可喜的了。

小凤仙轶事

蔡松坡去世后，北京各报刊载小凤仙的挽联云：

> 不幸周郎竟短命；
>
> 早知李靖是英雄。

上联用《三国》，下联用《红拂记》典故，极为贴恰、工稳，不愧为一时名作。刘成禺《洪宪纪事诗本事笺注》云：

> 中山公园开黄（兴）、蔡追悼会，小凤仙伏灵前痛哭。亲挂一联云："不幸……"

另据《许姬传七十年见闻录》载：

> 田象奎兄告诉我，蔡松坡死后，在北京中山公园举行追悼会，悬挂着小凤仙送的挽联：
>
> > 九万里南天鹏翼，直上扶摇，怜他忧患余生，萍水相逢成一梦；
> >
> > 十八载北地胭脂，自悲沦落，赢得英雄知己，桃花颜色亦千秋。

许书谓："典雅贴切，一望而知是文人捉刀。"前联刘书亦记为"某髯手笔"。大概当时报纸上好事代小凤仙拟的挽联不少。但前者简洁确切，一望而知是小凤仙挽蔡联，后者啰啰唆唆，酸气冲天，比喻不伦，"忧患余生"，不知所云。尚谓"典雅贴切"，许氏也真是内行人说外行话了。云南起义全靠蔡松坡，而蔡松坡离开北京，则全靠小凤仙，是以蔡锷因小凤仙而得以脱险，小凤仙因蔡锷而得以出名，所谓英雄美人相得益彰，不能因她是一妓女而轻之也。昔时曾保存一幅小凤仙之铜版精印照片，好像是从早期的《小说月报》上剪下来的。当时这些杂志的第一页都是一张名伶、名妓、名媛的铜版照片，大都是半身标准照，当时还不大时兴生活照。小凤仙长脸、重眉、厚唇，是北方脸型，妩媚而有英俊气，发型虽因正面相看不见，但从两鬓及当时流行样子推想，是"爱司型"。元宝领、滚海虎绒边的方胜暗花漳缎窄褙衬绒棉袄。小凤仙这张照片是极美的，可惜我所保存的早已失落，至为遗憾。

▼小凤仙

据萧重梅丈说：小凤仙是河南人，原在开封，后来北京。但另据刘成禺《洪宪纪事诗本事笺注》云："沪妓凤云在京张帜，易名小凤仙，名噪甚，松坡昵之。"如果健在，现在也不过八十三四岁左右。当年北京妓院有南、北之分，南方多叫院，如怡春院、鸣凤院，或馆，如潇湘馆，北方都叫"某某班"，小凤仙是北班子云吉班的红人。手头有民国八年《北京实用指南》，食宿游览章尚有"云吉班"名妓女颜凤仙、任桂凤、马金凤等人。蔡松坡被袁世凯注意之后，便故意过花天酒地的生活，以迷惑袁手下人的视听，便认识了小凤仙，做了她的熟客，经常为她摆台吃花酒，作"花头"，二人十分投机，小凤仙很有点"江湖女侠"的气概，而且工于心计，很会安排。据说她安排蔡锷出京是很巧妙的：当时妓女住处，一是妓院，房中都布置得富丽堂皇，二是家中，俗名"小房子"，都在小胡同的大杂院中，十分简陋僻静，只有极熟的知交，她才肯带往家中闲坐。小凤仙经常把蔡带到家中，两人乘骡拉轿车，放下车帘，悄悄地出了彰仪门，直奔丰台，在丰台买慢车票到天津，到天津一进租界，袁世凯便无可如何了。这就是当年小凤仙送蔡锷出京的故事。

蔡锷离京，以及去世之后，小凤仙照样在云吉班做妓女，生意更红了。松坡去世她的确祭奠过相知，当时报纸都登载了小凤仙"哭灵"的消息，"所谓哭将军亦是哭自身"，飘零红粉，是值得同情的。

另据《许姬传七十见闻录》记载，一九五一年许随梅剧团到沈阳演出，梅收到过小凤仙的一封信，信云：

梅兰芳同志：闻已来沈，不胜心快，今持函拜访。在三十四年前，于北京观音寺（名字记不住了）由徐省长聚餐一晤，回忆不胜感慨之至。光阴如箭，转瞬之间，数载之久，离别之情，难以言述。兹为打听家侄张鸣福，原与李万春学徒，现已多年不见，甚为怀念。梅同志，寓北京很久，如知其通信地址，望在百忙中、公余之暇，来信一告。我现在东北统计局出版部张建中处做保姆工作。如不弃时，赐晤一谈，是为至盼。

此致

敬礼

原在北京陕西巷住，张氏（小凤仙）现改名张

洗非。来信通讯处：南市区大西区德景当胡同廿

一号李振海转交张洗非。

后来梅兰芳回忆起在观音寺青云阁附近福兴居著

名山东馆和她同过席，约小凤仙来谈过话，同时谈话

的有梅氏夫妇、姚玉芙，由许问话，问小凤仙出身和

蔡锷认识经过，原文较长，未便引录。后来小凤仙因

梅兰芳托沈阳交际处李处长照拂，当了机关学校保健

员……

一九五一年的三十四年前是一九一七年，民国六

年，当时名伶、名妓在酒席宴间同席，是平起平坐的，

沧桑而后，则地位悬殊矣。梅氏为人厚道，予以照拂，

亦不胜"师师垂老过湖湘"之感慨矣。另《孽海花资

料》中所收《曾孟朴年谱》对小凤仙出身亦有详细记

载，感兴趣者，可参看。

旧时北京的会馆

北京的会馆，已经有几百年的历史了。但这一与历史上各个时期经济、政治、文化有着密切关系的事物，在半世纪以前，就逐渐失去了它的历史作用。今天，在北京的宣武门外大街上，以及某些胡同中，时时还能见到当年刻在大门上的会馆题字。

北京的会馆，首创于何代何年，一时也难确切地说明。但估计是明代中叶，或者稍前一些时间。明万历时举人沈德符《万历野获编》记云："京师五方所聚，其乡各有会馆，为初至居停，相沿甚便。"明代刘侗在《帝京景物略》中云："会馆之设于都中，古无有也。始嘉、隆间，盖都中流寓十士者，四方日至，不可以户编而数凡之也。用建会馆，士绅是至。"看来，在十五世纪二十年代北京就已出现了会馆。

会馆的发展，是与封建社会某些时期政治相对稳定、文化发达、经济比较繁荣极有关系的。清代康熙、雍正之后，直到乾、嘉两朝，是北京各地会馆发展最快的时期，乾嘉时汪启淑《水曹清暇录》中记道："数十年来，各省争建会馆，甚至大县亦建一馆，以至外城房屋基地，价值昂贵。"汪的记载是真实的，乾、嘉以来的会馆，一般都存在下来，直到近代。据近人徐珂《清稗类钞》记载："或省设一所，或府设一所，或县设一所，大都视各地京官之多寡贫富而建设之，大小凡四百余所。"徐珂所说，也毫不夸大，清末朱一新《京师坊巷志稿》现已重版，书中把光绪初年调查的会馆何存、何废，都作了详细的记载。前三门以外，有些一般的胡同中，都有好些所会馆。如长巷上、下头条，当时有泾县、南昌、汀州、江右、丰城等馆。旧有武林会馆，已废。长巷二条，有临江、汀州、浦城、武陵等馆，旧有广丰会馆，已废（按广丰还有一处会馆，在菜市口铁门）。两条胡同中，作为会馆的房屋，就有十一处之多，可以想见当时会馆是遍及京师南城的。如果有人按照《京师坊巷志稿》所记数一数，恐怕是与徐珂所记数字不相上下的。

徐珂说："或省设一所，或府设一所。"实际并不只此，有的大省、大府，甚至有两三处会馆。如福州一府，就有福州会馆、福州新馆。绍兴也有两处会馆，一处在南半截胡同，旧名"山会邑馆"，旧时绍兴府所在县，是山阴、会稽，故名；一处在虎坊桥，馆名"越中先贤祠"，又名"浙绍乡祠"。宣外教场下二条有贵州会馆，教场六条又有贵州会馆。因而会馆并不一定是省设一所、府设一所的。用现代的话说，会馆之设，是一种公益事业。各地会馆有无与多少，主要看这个地方旅居京师的京官多少，政治力量大小，经济力量如何，是否有热心公益的人提倡创办等等。因而并非平均设置，国家也无明文规定。有的省份，一点点的小县在京也有会馆。有的则很大的地方也没有会馆，如山西雁北大同府、朔平府这样的大府，明、清两代在北京都没有会馆。

　　会馆一般可分两大类型，一种与文化政治有密切关系，一种与商业经济有密切关系，前一种占多数，后一种占少数。明、清两代的科举制度，每隔三年在北京举行一次全国性考试，叫会试。在贡院出榜之后，凡榜上有名的人，再参加一次殿试，分出等次、名次，一甲一名"进士及第"，就是人们常说的状元。每到考期，各省举人大多数都来京参加考试，人数很多，一般都上万人。有的来自边远省份，偏僻小县，如云贵川广一带。那时交通不便，几千里上万里的路程，要走上半年才能到。虽说"公车"，公家提供一些交通工具，但自己也要花很多钱。如果一次、两次都考不中(封建社会时考试，无年龄次数限制，考不中可以继续考)，往返再来，路费时间都成问题；如果留在北京等下次考试，住处又成问题，这样便出现了以接待赶考举人、类似地方招待所的会馆。外省在京经商的商人，为了议事、联络同乡感情以及寄居单身客商，也按地区行业建有会馆，如山西人建的颜料会馆、银号会馆等。

当然也有两种性质兼有的。即既与商人有关，也与士绅有关，这种士绅、商号合力筹建的会馆也很多。

会馆的房子，一般是在京地方人士和商号集资购置的产业。《林则徐日记》就记载了他在嘉庆二十一年春，为筹建福州新馆购置房产的事，记载有赴万隆号备福州新馆屋价事，但未详细记明这笔款项谁出多少。旧时福州新馆的碑上定有详细记载。现果子巷阎王庙街云南会馆旧址大门墙上，还嵌有一块刻石，刻有重修会馆时捐款者姓名。现在已是字迹模糊，看不清了。大会馆的房屋，有的是买了名人旧家式微后的住宅改建的，如韩家潭广东会馆，就是著名的芥子园旧址，又是康熙时李笠翁住过的房子；广安门大街扬州会馆，就是清初徐乾学故第，有"碧山堂"旧址。

会馆的管理，一般是由同乡人中在京居官地位高、有声望者任其事。同乡人多的会馆，甚至有类似董事会之类的管理团体。这些会馆经常举办一些活动，比如逢年过节同乡人在馆中聚会祭祀乡贤等等。平日住在馆中的工作人员叫"长班"，这一名称是套用封建官场中衙门差役的称呼的。随官外出叫"跟班",在固定地方服役叫"长班"。做长班的都是随官来京的同乡人,做了长班,便在京安家落户,几代都在会馆中做长班了。

会馆中不少单间房屋,来京会试的举人可以住,考不中也可住下去,在京做小京官的也可以住。供应开水,不收房租,住多少年都可以,但有一个重要条件,就是不能住女人,不准带家眷。如发现谁带着妇女住进会馆,便群起而攻之了。晚清李伯元《南亭笔记》就记有锡金会馆为一住宿者饰婢为童,阖馆大哗的事。这一规定在辛亥革命之后还很严格,鲁迅先生住在绍兴会馆时,馆中一住客也发生过类似的争吵。这一规定在三十年代之后就松了,大多会馆中就住满家眷了。

会馆大小相差很大,有的只是一所四合院,有的则是许多大四合院,如著名的虎坊桥浙绍会馆、宣外大街江西会馆等院中搭有戏台,是同乡人重要的集会娱乐场所。清末浙绍会馆几乎天天有堂会戏。民初陈师曾等著名人士的追悼会也是在江西会馆举行的。

不少会馆都是值得保留和纪念的地方，如鲁迅先生住过的绍兴会馆，戊戌政变康有为、康广仁住过的南海会馆，辛亥革命后用作讲演会场的湖广会馆，历史上秦良玉住过兵、后来改为会馆的四川会馆，以及举办过名人追悼会的江西会馆等，适当修复保留几处，我想是有意义的。

此文原应一刊物之约而写，但刊出时被无知编者删截太多，内容十分单薄，手头有一本民国八年商务印书馆的《实用北京指南》，一本民国二十五年的《北平旅行指南》，均载有北京会馆名单，据前者看，更见旧时京都会馆风貌，计有：直隶十一所，省馆新、老馆及畿辅先哲祠，县馆只河间、正定、津南、深州、唐县、天津、大宛、遵化。山东八所，省馆三所，县馆济南、寿张、汶水、武定、青州。河南十三所，省五所，叫河南一、叫中州四，县馆八处，而归德占两处。山西三十四处，叫"山西"之省馆三处，叫"三晋"两处，其他叫"两晋""晋冀""晋太"者三处，另"三忠祠""云山别墅"亦全省者，剩下曲沃、盂县均两处，而晋北没有。江苏廿八处，而前书漏江苏省馆，至北半截胡同，解放后仍在。扬州有新、老两处，一在菜市口，一在珠巢街。江震两处，即吴江、震泽，一在贾家胡同，一在南柳巷。淮安二处。安徽三十八处，省馆一处，徽州三处，其他歙、黟、泾、旌德、婺源等县均为两处，且多有电话，可见其财力及文化。江西省则更多，全省六十三处，省馆二处，宣外大街江西会馆最大，有戏台，民初许多大聚会都是在此举行的；南昌、南康、抚州、吉安、永新均两处；另外谢公祠、萧公祠、铁柱宫，均江西全省会馆。福建二十三所，福州两处，一在南下洼子，一在虎坊桥，后者名新馆，乃林则徐在庶常馆所买。浙江三十七处，全浙两处，一在下斜街，一在南横街，名新馆，最大，可唱戏宴客；杭州两处，仁钱两处，即仁和、钱塘二县，亦杭州；另有越中先贤祠，亦全省会馆，西珠市口，最热闹。湖北二十八处，湖广会馆在虎坊桥，最大，有戏台，现已新修。湖南二十一所，省馆两处，长沙、湘乡、湘潭均两处。陕西、甘肃并在一起，共二十八处，有关中会馆，在宣外大街，渭南有三处，甘肃有三处；凤翔、富平、蒲城、泾阳各两处。四川十四处，以四川名者会、新、老、南、中、东六处，成都、重庆均有自己会馆。广东三十五处，米市胡同著名的康南海住过的南海会馆，八十年代还在。广西八处，云南九处，贵州七处。除此之外，还有按行业分的，如颜料、药行、烟行、绸缎行、靛行、当行、玉行、金行都有各自的会馆，梨园行也有会馆。民国廿五年还有三百四十处左右，基本上都在宣武门外一带。

南锣鼓巷思旧

旧时北京大学最有名的宿舍是东斋、西斋，其次是红楼后面的新楼，而说到文学院南锣鼓巷有一幢宿舍，却很少有人提起过，我在那里住过半年多，是抗战胜利那年暑假后的事。一晃，半个多世纪已经过去了，陶渊明诗云"池鱼思故渊"，近日因看一位老学长的稿子，忽然想起了它。

锣鼓巷，我小时候在乡下时，就知道它，我父亲清末上的那个求实中学就在北锣鼓巷，他常常说起这个巷名，而我小时到北京后，直至上北大读书，已在北京住了近十年了，却从未到过这条后门外著名的巷子。离开家搬到这里来住，感到很新鲜，乡下时每年正月"耍十五"，惯闻锣鼓声，北京十年，倒沦陷了八年，久已不闻这欢快的音响了，忽然住到以"锣鼓"名巷的地方，又赶上抗战胜利，因而新鲜之余，十分兴奋，正好《新生报》筹备创刊，同学编副刊，约我写稿，便写了一篇《锣鼓的思念》，登出后，父亲看了也很高兴。而有些左派同学也十分赞赏此文，但我却政治感觉迟钝，毫未想到言外之意，过了多少年，才慢慢回味过来……

这幢宿舍在锣鼓巷南口进来不远路西，临街一溜青砖墙，十分整齐，中间一扇大红门，很气派，很像一座考究的大四合院，可是进大门却不是。进了大门，一溜东房都有宽大的廊子，右拐有廊子连接院子中一幢西式红砖方形平房，东西南三面有窗有门。有六个长方形大小约十几平方米的房间，每间住三或二人。我搬进去得晚，先住门口，后搬到西面一间，搬的原因是冬天到了，每个房间都要生炉子，而宿舍的煤有限，管理员闻国新先生让并几个房间，少生两个炉子，煤充足，房间可烧得暖些，这样我便与另一同学搬到西面一间去了。

我在这里住的时间不长，却十分潇洒，北京过去东西南北城住家，虽都在北京城内，感受却大不一样。北城真正是元代以来，明清两朝大官第宅集中的地方，洪承畴的府第就在南锣鼓巷，民国初年还有洪氏后人住在里面……要考古，几乎每幢大房子都有历史名人住过，而我们当时一群青年学生却无人爱考古，只爱骑车串胡同，往南左拐向南，顺河沿，就到红楼去上课。往北不远，左拐进入井儿胡同往西，再经过帽儿胡同著名的清代步军统领署衙门，一出去，就是后门桥头，路西一家的炒肝、灌肠，是北京最有名的，一穿义留胡同，就是风光秀丽的什刹海河沿了。

北大南锣鼓巷宿舍往南不远，路西有条小胡同，叫蓑衣胡同，这条胡同走不通，往西没有多远就拐向南，不远又拐向东，出来又是南锣鼓巷了。出来的这条胡同叫福祥寺。住到南锣鼓巷宿舍没有多久，我就和另一同学到这条胡同一所宅子中来过，是和许世瑛先生话别。

许世瑛先生是许寿裳的长子，《鲁迅日记》有两处记到他，一是民国三年甲寅二月初五记："上午季市将其大儿世瑛来开学。"一是在上海新亚饭店参加许世瑛的婚礼，这已是三十年代鲁迅移居上海的事了。《鲁迅日记》下册不在手边，一时无法检其确切日期。许寿裳字季市，是鲁迅最好的朋友之一，许世瑛先生由鲁迅启蒙，看其长大，参加其婚礼，关系自非一般。但世瑛先生却久在北京工作，沦陷期间，长期在知堂老人主持下的伪北大文学院任教。日寇宣布投降，八年抗战胜利，已沦陷了八年、改称北京的市民一下子沸腾起来了……但是伪北大仍是照常于九月初开学，学生报到、注册、选课。中文系三年级有一门课佛典文学，也称佛教文学，主讲是周作人，但第一次在红楼二楼西北角一教室上课时，进到教室的却是许世瑛先生，说"周先生近来身体不好，这门课由我来代上"云云，大家都知道是什么原因，自然心照不宣，也不说什么了……这样上了一个来月不到两个月，重庆来人接收，陈雪屏先生主持"临时大学"，文学院是二分班，伪北大文学院的教师便全解聘了。

许世瑛先生夫人是宝熙的孙女。宝熙是清代旗人，而且是宗室，不过是远枝，孙子改姓华，就是华粹深教授，后曾在临大二分班短时期任教。宝熙的宅子前门在福祥寺胡同，后门在蓑衣胡同。据说宝熙是清初豫王多铎的后人，多铎是清初打到南京、代多尔衮受降的人。世瑛先生作为他家的孙女婿，就住在他家后面院子中，走蓑衣胡同后门。那年冬天，许寿裳先生已到台湾接任台湾大学校长职务，世瑛先生准备去台湾。我和另一同学由锣鼓巷宿舍去看望先生，路很近，很快就到了。路南大门，进门先是一条引路，通向前院，但沿墙走不远，左手一个月亮门，进去是后院，五间北房，也是三正两耳，花木很多，只是冬天，没有叶子，十分萧煞了……九月初进教室代知堂老人上课时，穿旧灰纺绸长衫，这次话别，已穿棉袍子了……音容如在，已是半世纪前的历史了。

南锣鼓巷宿舍第三位值得思念的是李萃兄，原来后面还有千把字，专写他，报纸刊出时，因为忌讳，被编者删去了。后来收入另一书中，也未补充，十分可惜，原稿虽已遗失，但心中的思念，还存在着，这次便补足它，再编入此"秉烛谭"中，还是一段旧话。

李萃是冀东滦县人，是李燕的弟弟。李燕是法国留学生，同北大名教授李书华、李书田等人是同乡，是否本家，不知道了。当年都是河北省的优秀人才。李燕留法学数学，因李礑、李书华等人关系，"七七事变"前，任北平师范大学校长多年，抗战胜利后，回到北平，曾任三青团北平书记，四九年和谈时，李燕是南京政府和谈代表之一。李萃是李燕的小弟弟，中学时在志成中学读书，比我高五年，"七七"后，未去后方，仍在志成上学，毕业后考燕京英文系，太平洋战争，燕京封门，他上了半年管翼贤办的新同学院，就算毕业，被派到东京去了。东京大轰炸，他逃回北京，转学伪北大外文系，和我同住南锣鼓巷宿舍，成了朋友。抗战胜利，他哥哥李燕回到北平，介绍他去税务局兼差。西南联大复员，他去了清华，大四毕业时，拿到一张清华文凭，一张燕京文凭。还为我父亲奔波过饭碗，未成功。

和我同住南锣鼓巷时，一齐从美国《时代周刊》

上翻译过《朱可夫将军传》，在当时一家报纸上连载过，报名忘记了。因为中学是先后同学，说起中学时一些老师的旧事，常常当笑话说，十分谈得来。一同去红楼上课时，两辆破自行车，顺河沿骑过来，边走边谈，虽然半个多世纪过去了，他的形象仍如在目前。他生过肺病，面色有些苍白，但却时有红晕。解放初，有一次在南小街遇到了，还立着谈了半天，好像一谈就总有谈不完的话一样，可是后来也没有联系。我五十年代前期，到了南方，再未联络过。只知他先在女附中教中文，后来到北京师范学院教书，好像还是在中文系，虽然他的英文说、写都好，造诣很深，但当时谁还要英文呢？会说英文都可能成为"罪名"……这样的人在历次运动中当然都是在数难逃，而在"文化大革命"中自然更是隔离审查的对象，最后据说跳楼结束其四十来岁的生命了……

鲁迅先生写文时，曾提过向子期的《思旧赋》，这篇"思旧"的短文，似乎也不应该少了这位很少人知道，而我常思念的李莘兄……

故宫标卖黄金器皿经过

　　偶然写小文谈了一下清代东陵黄金供器的事，这只能说是清代宫廷黄金掌故的沧海之一粟，如果收集资料，编一部"清宫黄金掌故谈丛"之类的书，那将会成为一部洋洋大观的专著。这时忽然想到，不妨再说一桩故宫卖黄金的旧事。

　　溥仪《我的前半生》中，曾经记载他在宫中，内务府几次卖黄金的事，把很精美的金佛像，按分量卖给前门外金店。卖时还要除去成色和焊药的重量，不但破坏了珍贵艺术品，而且大大地便宜了金店，另外经手人从中揩油，也赚了大量的黑钱。

不过那座美丽的紫禁城中，黄金太多了，明卖暗偷，连抢带骗，直到溥仪被赶出故宫，也并未将黄金卖光。故宫博物院成立之后，也卖过不少次黄金。就笔者所知，谈谈五十一年前，故宫博物院三次标卖残废金器的事。

在其所印《故宫博物院三次标卖残废金质器皿经过情形》前言中云：

> 本院照议决案，凡关合于处分之物品，分批提出，集中整理，先均经监委会之审查，然后分别售卖或仍旧保存。先药材，次食品，再次绸缎皮货，或标卖，或公卖，或零售，迭经办理在案。近以本院永寿宫、景仁宫两处库房内，有旧日用过之残废金质器皿一批，或有碗而无盖，或盖已残破，或缺少配件，类多不整，先由本院按照平常出组手续，分别提出，集中于延禧宫新建之库房……

全文甚长，未便全引，大体情况是这样的。即民国十八年故宫博物院在南京的理事何敬之（应钦）等开会决议，因故宫博物院经费无着落，将院藏无关历史文化的东西出售作为建院基金。其决议由当时南京政府行政院核准，由院方请地方法院、市长、卫戍司令、理事、北京各大学代表，成立临时监察委员会监督执行。在这样的背景下，有计划处理标卖了不少东西。廿一年七、八两月标卖永寿宫、景仁宫两处库房残废黄金器皿，就是以这项决议作根据的。

标卖的东西是金火锅、金盆、金盘、金碗、金八宝、金如意、金八仙、金筷、金杓、金炉、金杵臼、金蜡扦、金盒、金盆架壶等共计三十六种，全部共重五千数百两。都是咸丰以后的制品，定为没有历史文物价值。而且都是残缺器皿，如火锅缺两个环呀，单根筷子呀，金碗缺个盖呀，八宝少一样等等，都是平日太监使用搬运时偷了去的。

在出售标卖之前，故宫工作人员先把这些东西从永寿宫、景仁宫按"藏"字和"金"字账号分别提了出来，原册账号注销，另编"处"字账号，手续十分严密。集中于延禧宫，召集监察委员会委员周大文、刘瑞琛、程千云、易培基、俞同奎、吴瀛、程星龄、江瀚等开会议论，查视监定物品，提出决议，认为这些残缺金器，均属咸丰以后年号款式，可以招标出售。但如发现有雕刻精美，或年号在咸丰以前，则剔除不能随便处理。这标就招标出售了。

在此这几位委员就其主要者作一简单介绍，现在读者大多不知道他们的姓名和情况了。周大文，当时是北平市市长，是东北军张学良的部下。易培基，字寅村，曾任孙中山代表，黄郛组阁时，任教育总长，多年任故宫博物院院长。俞同奎，字星枢，曾任北大化学教授，故宫博物院委员会委员，实权人物。吴瀛，字景洲，由内务部警政司管外事警务，文物专家，后调故宫长期任职，即吴祖光先生父亲。江瀚，字叔海，图书文物专家，司法专家，江庸先生父亲，老前辈，好多事常由江翊云（庸）代表。程星龄是当时会计科长，刘瑞琛是地方法院检察代表，周大文每次均由周鹏飞代表，江瀚常住天津，此次标卖黄金，则由何澄一代表。

当时那些残废黄金器皿经监察委员会议鉴定、决议招标出售之后，便定出招标规则，把物品分作十标，向各金店、银号、首饰楼、商会发出通知，公开出售。

招标规则规定：投标商人可任择一标或数标投标购买，十标分配，最重的八百余两，最轻的只一百余两。承购商号在规定看货日来看货，以试金石验看成色。投标人每标应先缴纳保证金三百元。如投中作为价款一部，投不中立时发还。未缴保证金无效。投标时于标单上必须注明所投各标两数、成色，填写商号及铺长姓名，并加盖水印（当时北京商业术语，图章习惯叫水印）。得标人于两日内来院备款取物，过期不来缴价，以放弃得标权利论，三百元保证金院方没收，不再放还。因为当时是官方对私人商号共事，规则定得是很严的。

第一次投标是七月廿一、二两日看货，到金店五十二家；第二次看货是廿七、八两日，到金店六十五家;第三次看货是八月十一、二日,到金店四十五家。看过货后,第三日即投标,由地方法院检察处、市政府、北京大学各监委到场监察开标。得标商号即于当天携带自己所带砝码与故宫博物院之天平、市平砝码双方共同衡量标准重量,并当场用夹剪剪开,如发现有灌银、铜、锡者,照数剔除分量。最后折合成纯金足赤重量,按照当天东交民巷英商汇丰银行所挂黄金牌价行市折合价款。一共三次看货,三次投标,为什么不一次办完呢?因为有的所投过低,不够标底数字,便要再投。什么叫"标底"呢?即内部先定出每标照行市最理想的折算数字。

那时北京金店很多,大都集中在前门外廊房头条、二条、珠宝市街一带,资本都很雄厚,著名的有三阳、开泰、天宝、中源、宝华、全聚、宝兴、三聚源、宝兴隆等。大大小小有一百三十多家,参加了这次投标。得标的商号是宝昌、宝善仲记、乾泰、义聚、富聚、富源、中源、天聚兴、天聚号、三益兴等家。投标单是故宫印刷厂自印的。上面印有"故宫博物院处分物品投标单"字样。前面文字印道：

> 投标人某某，今遵照贵院处分绸缎及药材临
> 时投标适用规则，愿出价承购贵院现在标卖之各
> 类物品，听候开标，兹依所定各标分别标明价格
> 开列如左表。计开……

金店得标买到后，由故宫守门公安局警士检查后，将物品运走。三次共得款三十八万八千一百余元，存放银行，作为基金。沦陷后则不知此款如何了。

此次故宫标卖残缺黄金器皿，在民国廿一年七、八两月，其时正是日寇侵略者发动"九一八"之后，溥仪已到了东北，又在南京国民党政府古物南迁之前。吴景洲《故宫盗宝案真相》书中，对此略有记载，择引如下：

> 不久，易院长回到北平……我们内部虽然有
> 些龃龉，外面看来却是非常动人，大批的金砂、

金器、锦缎、皮货、山珍海错，不断流出宫外，换成大批的钞票银元……调查我们处分物品案的钦差御史，他首先注意的是黄金。我叫会计上拿来全部金砂、黄金处分案给他看，他将金器案反复看了多少遍。他说：内府的金器应该十足，还应加成，如何有写明九成、八成、七成的？何以还要去重？

我答复他："这些金器的处分，有监察委员会负责。纯金不能制成用品，镶焊加了焊药，所以要除分量。"

可是他回到了南京，依旧参了一本，送到高等文官惩戒委员会。那时委员长是叶楚伧先生，叶先生为难了，一件常识都不够的理由书如何处分呢？只有束之高阁。

古玩铺

北京旧时古玩铺特别多，后门外鼓楼前大街、隆福寺、东四牌楼、东安市场、东单等处都有，最多是中国古董，也有洋古董。而古玩铺最多的是和平门外琉璃厂。

琉璃厂向称"文化街"，其商业经营范围是：书籍、碑帖、书画、笔墨、文玩、印章、印刷、装裱等等。这些行业有的又有横向关系。比如书画、文玩、印章三项，就有横向交错的部分。书画中时贤书画，就是书画铺、南纸铺的生意。而古人书画就归古玩铺经营了。印章铺只经营刻图章，卖铜章、石章料。如果古人的图章，什么赵飞燕的印了，汉寿亭侯的印了等等，那又归古玩铺去卖了。"古玩"在文人口中，不说"古玩"，而叫"文玩"，意思是文人雅玩之物。实际如从历史文化的角度去说，也是讲得通的。因为要玩这些玩艺儿，不比玩扑克牌和乒乓球，因为要有一些历史文化知识才行，因而也可叫"文玩"。不过"文玩"的涵意，较"古玩"更广泛些，因为还包含新的，而"古玩"则只是古的了。

琉璃厂是古玩铺集中的地方。多的年代，有七八十家之多。古玩铺，大部分都叫"某某斋"，而且还加上一个古字，有名的如延古斋、信古斋、遵古斋、茹古斋、赏古斋、敬古斋、隶古斋、敦古斋、崇古斋、式古斋，还有什么"英古""尚古""古韵""古欢""古雅""苍古"等等。读者试看，单一个"古"字，能翻出多少花样呢？当然也有少数不叫"斋"，不带"古"字的字号。它们都起另外高雅的名字，如有名的"维古山房""大吉山房"，也都是古玩铺。

古玩铺门面都不大，一般三开间门面算大铺子了，大多是两间或一间门面，不过有的后面带着很精致的磨砖小四合院，这样门面虽小，里面还比较大。不过广义地说"琉璃厂"时，除东西琉璃厂外，还包括南新华街、海王村、火神庙、土地庙等处。海王村四周则都是一间间的单间，开着不少小古玩铺，那都是没有院子的小买卖了。三十年代中，琉璃厂古玩铺中还有不少开在咸丰，或同治初年的老字号。如德宝斋，开于咸丰九年；英古斋，开于同治六年；论古斋，于同治元年开张。不少都是七八十年的买卖。小小的铺子，春夏秋冬，年年月月，门上挂着成亲王、翁同龢、贺寿慈等人写的金字匾额，灿灿发光。门窗洁净，室内四壁光可照人的紫檀多宝阁上摆满了一般人叫不出名堂的玩艺儿，铜的、瓷的、漆的、刻的……掌柜的坐在八仙桌边的螺钿太师椅上等客人，小徒弟在边上站着侍候着，手还不停着：一手拿只炉或瓶，一手拿一大块丝绒，不停地擦呀，磨呀，磨呀，擦呀……门口有买主儿一进来，立刻站起，把手中玩艺儿交给徒弟，满脸堆笑，迎接客人了……

古玩又叫"古董"，又写"骨董"。《桃花扇》"先

▶ 新年厂甸庙会

▼ 庙会人群

▶ 中南海全景（约摄于1935年）

▶ 中南海迎薰亭（约摄于1935年）

声"一上来就唱道:"古董先生谁似我?非玉非铜,满面包浆裹。"已故现代著名史学家邓之诚先生的笔记书名《骨董琐记》,一可看出"古董"得名之久;第二"古董""骨董"哪一个对呢?《通雅》说"骨董",并引《说文》:"呼骨切,古器也。"宋代朱熹《晦庵语录》作"汩董"。《通俗篇》说"骨董"是方言,初无定字。这样"文玩""古玩""古董""骨董""汩董"等等,这么许多奇怪的名称,实际上是一种东西,从汉语的复杂性说,多么有趣呢?

古玩不但名称复杂,其内容就更复杂了,小小的古玩铺,包孕着几千年的历史,几万里的土地,几十代的智慧,几亿人的生活。三代钟鼎,有的是当时多少人吃饭的家伙,秦砖汉瓦,还沾着不知多少能工巧匠的汗水……每一件古玩要和人联系起来,和历史联系起来,那就有说不完的话了。

古玩铺中那些"古里古董"的玩艺儿虽多,但是主要的两大类,即古瓷和古书画,其他铜器,包括三代鼎彝和明代宣德炉,汉玉珮件,摆件,象牙雕刻,漆器，绣品等等。古玩铺有行话，叫"硬片""软片"，或叫"硬彩""软彩"。所谓"硬"者，以古瓷为主，旁及古铜器、古玉器等，但古玉又入玉器行。因此有的古玩铺收汉玉，有的则不收。所谓"软"，主要指古字画，旁及绣品。但绣货比较少，以书画为多。

鉴别古物，从明清以来，就是非常高深的专门学问。在马派名戏《一捧雪》中的汤裱褙不就是因精于鉴名古器物而受知于奸相严嵩的吗？琉璃厂那么多古玩铺，每家的掌柜的都是一个古器物鉴赏家，都必须先具有起码的古物常识。看瓷器知道甚么是"冰纹""窑变""釉下蓝""粉彩"……看铜器知道甚么是"土花""包浆""铭文"等等，这些对普通人说来莫名其妙的字眼，而对古玩行业说，则只是鉴别古物知识的ABC耳。其实其中每一样都有无穷的学问。

香山饭店

坐落在以红叶闻名的北京西山，由美籍华人著名建筑师贝聿铭先生设计的香山饭店，近已竣工，并开始试营业了。这真是一个十分逗人相思的好消息，这样一座出色的饭店，正好在金色的秋天落成，开幕的日子正好选择在红叶满山的时候举行，我仿佛已经望到在那碧云红叶之间，隐隐而现的新屋脊、新楼窗了，真是"高下楼台红叶间，碧云白发且盘桓"。因为距饭店不远就是碧云寺啊！

说起香山饭店，这新建的，论起辈分来，也像电子计算机一样，是第三代的了。这或者是年轻人不大晓得的事。不妨稍谈谈。

香山饭店的第一代，是二十年代张恨水写《啼笑因缘》时代的饭店，在《啼笑因缘》结尾的地方，写关秀姑随刘将军来到香山饭店，愚蠢而顽恶的刘将军原以为已经到了温柔乡中，不想上了关秀姑的圈套，夜间血溅芙蓉帐，刘将军在香山饭店一命呜呼，关秀姑为樊家树、沈凤喜报了仇。故事极富于传奇色彩，把关秀姑写得像唐人传奇中红线女一样，当年曾两三次拍成电影，那时的香山饭店其实是十分简陋的，不要说与新建的无法比拟，即同

第二代的香山饭店也是相去甚远的，那个香山饭店就在山脚静宜园入口处，都是灰砖的西式平房，同香山慈幼院的房子差不多。目前，曾经在第一代香山饭店住过的人，恐怕很少了吧，因为那已是五六十年前的事了。

至于第二代香山饭店，还得由《啼笑因缘》说起，书中写到樊家树在去西山途中遇匪，忽然为关秀姑所救，又忽然送他到一所小洋房中，原来是何丽娜小姐的别墅，结局设计得非常美，最后樊家树和何丽娜并肩立在鹅黄丝绒的窗帘前，后楼窗上望着关秀姑父女，骑上小驴沿着红叶满山的小路，得得而去……这样的别墅多么美呢？这种别墅后来做了什么呢？有不少就做了第二代的香山饭店。

那时香山上名人的别墅是很多的，朱启钤的、周作民的、周学熙的、梅兰芳的、同仁堂乐家的，还有不少外国人的，都是隐藏在山腰上，白云和红叶中的一幢幢的小洋楼，这些洋楼因为主人都不在了，有一个时期曾集中管理作为饭店，这就是第二代香山饭店。

如今新落成的是第三代香山饭店了。

我接到老友报道新建香山饭店已经落成，并已试营业的信后，诗意顿兴，诉诸章句，一寄情怀吧，我便写了一首词，调寄《永遇乐》。其词句云：

> 故国浮云，频年客馆，月明千里。喜得秋来，重阳近也，佳节无风雨。登临纵未，也应载酒，欲约黄花一聚。奈天涯，良朋念我，日归犹未归去。　飞鸿目送，谢它辛苦带到，京华寄语。染遍霜林，香山不老，总是多情侣。音书报我，征车待发，还应抽暇蜡屐。相思在，白云深处，红栌影里。

我把这首词，和我无限思念香山的情愫，诚心祝贺新香山饭店落成开幕的芹意，托天上的秋云，托窗前的月色，寄到京华红叶深处。

结尾一句，为什么说"红栌影里"呢？因为江南的红叶大多是枫树、乌桕树，而香山的红叶则是黄栌树和柿子树。黄栌叶深秋尽赤，所以叫"红栌"，实际就是红色的栌叶也。既然有柿树，为什么不说"红柿"呢？那不行，柿是仄声字，这里只能用平声，栌字是平声故也。"相思在，白云深处，红栌影里"，我想，新建香山饭店之美，大约就是美在这种诗的意境里吧。

香山，我曾多次在感旧录中怀念过，它是自然的山，是西山的一峰，它的最高峰俗名"鬼见愁"，正名"香炉峰"，因山顶有巨石，白云缭绕，好似香炉中的香烟一样，因名香山。冬日雪后，尤其远望，风景绝佳。因而"西山雪霁"或曰"西山晴雪"，是"燕京八景"或"金台八景"之一。乾隆帝弘历御题"西山晴雪"的碑，就在香山静宜园中。

如果冬天住在新盖的香山饭店里，赶上天降大雪，依窗看看山中的雪景，雪后的晴云，自然很好。但我更感到好的，则是春天的春花，盛夏的浓荫，和深秋的红叶，这三者才是香山饭店的绝景。在春天，杏花、海棠以及其他果木树的山花，是极尽高下烂漫之致的。盛夏则"双清"的泉水和参天老树的浓荫使整个香山成为离北京最近的清凉世界。至于深秋红叶，那就更用不着多说了，经霜之后，那又比春花烂漫多了。古人诗云"霜叶红于二月花"，"红于"者，红过也，有人以之作为书名，改作"霜叶红似二月花"，平仄不调是小事，而且意思上也讲不通了。香山饭店盖在这样风景如画的地方，又在满山红叶之时开幕。白云深处，红栌影里，风景如此之美，怎不叫人无限相思呢？

城南情调

　　林海音的小说《城南旧事》搬上银幕，而且得到了金鹰奖，这是很可喜的消息。可惜的是：我过于孤陋寡闻，直到今天，还没有看到过这部电影，亦没有读过林海音的原作，因此我还只是对这个《城南旧事》的标题想象着，想着它必然是美丽的，亲切的，只看这四个字，我便有他乡遇故知之感了。

　　"城南"二字是值得思念的。"城南"不同于"南城"，这二者在北京旧时的语言中，有很明显的区别。北京城是四方的，有东西南北之称，而当初"凸"字形的城墙中，又有内城、外城之分。前门里面的内城，有东城、西城、北城之分，但无南城。南城则是专指前三门——正阳、宣武、崇文之外。虽然外城亦有东、西方向，但只统称之曰"南城"，便不再分东西了，而且范围似乎只限从前门到珠市口一带。宣外、崇外则似乎不包括在内，因之又有西南城角、东南城角的说法，就是指右安门白纸坊一带、左安门天坛以东一带。那么"城南"又是哪里呢？这就是指骡马市大街及东、西珠市口以南一带。但东珠市口以南旧时住家、名胜都不多，大部分是各种手工业作坊，而旧时住家、会馆、商业、旅店、名胜、古寺都集中在西边，尤其是南横街一带，因此"宣南""横街""城南"都变成特有的名称了。

"城南"这一名词，不但是特有的名词，有特定的范围，而且是一个文化气息十分浓厚，与清代的文人词客有着特殊因缘的名词，以之写入诗词中，便有一种特殊的春明气氛，有一种使人徘徊眷恋的书卷气。袁子才《随园诗话补遗》中有一则云：

　　庚申初春，余与兼山及诸同年在京师游陶然

亭。兼山《次壁间田退斋少宰韵》云："欲雨不雨春昼阴，城南亭子同登临。雪痕消尽苇根出，磬响断时禽语深。……"

近人夏孙桐崇效寺看牡丹《瑞龙吟》起句云：

城南路，还见绣陌横芜，绀墙欹树……

这些诗词中，都叫"城南"，不叫"南城"，一方面因为这些地方的确是在北京城的南面，而且甚至是最南面，如陶然亭，已到永定门西面的城墙下了。而另一方面，亦是更重要的一方面，就是那点特有的情调，特有的气氛，这点情调不同于其他城，是城南所特有的，其特点是什么呢？就是永远值得使人思念，时时进入梦境的情调。

从《城南旧事》获奖，想到城南，与城南那特有的情调。

城南的情调，说得简单明确些，是京华特有的情

▼ 北京城东南角楼（约摄于1927年）

调，它是包孕全国文化的情调，是几百年中形成的。

在全国范围来说，不论是哪里的人，一领略过这里的

情调，便如饮醇酒，如坐春风，熏沐怡情，终生难忘。

夏孙桐词的起句是"城南路，还见绣陌横芜"，"还见"者，所见非只一次也，多么一往情深！夏孙桐字闰枝，是江苏江阴人，在北京，他也是客居，而对"城南"的情调，却是一往情深，所以写出这样缠绵悱恻的词来，这点奥秘何在？且听我慢慢道来：

明代已远，不去多说，只从清代说起。清代近三百年中，北京是国都所在，是京师。全国各地的人，尤其是各地的读书人，都憧憬着这日下文物之邦，春明风物。三年一考，各省的最杰出的读书种子都来到北京，使各省的文化气氛在北京得到一个总的汇合。这汇合集中在哪里呢？就是"城南"。当年内城除宫城而外，东西北三城，主要王公贵胄、八旗旧家、尚书侍郎、一些大官的第宅，以及各大衙门，一些庙会商店。全国的举子来京，极少在城内落脚，极大多数集中在宣武门、和平门、南横街两侧。

他们来京时，不论是湖广路的、江南路的，还是陕甘路的等等，进的都是彰仪（即广安）门，如果住店，也在骡马市大街一带，如果住会馆，也在这一带的各条胡同中。他们不管考中考不中，最少要在这一带住上几个月，甚至几年、几十年，如清末的大名士李越缦，由三十岁出头没有中举人就来北京起，一直住了三十多年，直到去世，名义上是绍兴人，实际上已经是北京人了。如果这些举子有考中进士的，或留在北京做京官的，便也在这一带租或买所小房安个家，就是客居宣南了。如果用现在的话说，这一带是几百年来全国文化人在京都比较集中的地方。这就是形成城南情调的最根本因素——文化。

一般来说，住在这里的人都是文化较高的，他们客居在京师城南，但无作客之感，他们各有各的同乡人，可以打乡谈，吃乡味，年年在本省、本县的大会馆中团拜，有南货挑子挑着他们各自家乡的土产上门打着乡谈来卖。他们又有各自情投意合的其他省份的好友，讲学问、讲诗文、讲书、讲画、看花、访胜，甚至喝酒、看戏，各随所好，无不极为融洽。他们爱上了纸窗老屋，煤炉天棚，有岁时之乐，无客中之感，这是几百年形成的，可以包孕全国的北京城南情调。

城南游艺园

　　京华的城南一带，自清代康、雍以来，游胜之处就很多，但直接以"城南"命名的地方却没有。直到本世纪初才出现一个以"城南"命名的游乐胜地，那就是"城南游艺园"。这个名盛一时的娱乐场所，现在客居国外、外地的人，恐怕知道的很少了，因为它差不多在半个世纪以前就没有了。逛过城南游艺园，现在还能记得那里的情况的，最少要在六十三四岁以上的人。如果再年轻，即使在孩提之时，跟着大人去过，那记忆也不真切，或者有一鳞半爪印象，但多半是模糊的了。

　　由辛亥之后，直至一花甲前，这段时期里，是城

▼ 东四牌楼商家（约摄于1901年）

▼ 先农坛太岁殿（约摄于1901年）

南游艺园的鼎盛时期。当时北京社会上有夸耀繁华去处的两句话道："东四、西单、鼓楼前，前门大街游艺园。"这游艺园即指城南游艺园。它的园址就在北京外城南端，天桥之西，先农坛之北，具体说，城南游艺园是先农坛的一部分，陈宗蕃《燕都丛考》引《顺天时报丛谈》云："缘先农坛在今日已分为四：一为先农坛，一为城南公园，一为城南游艺园，一即为先农市场……城南游艺园，该园景物，久为都人士所欣赏……园中景物，本先农坛之旧观，茶坊酒肆，少资点缀，亦足为红尘中之清凉世界，游人蝟集，每至夕阳西下，绿女红男，成群结伙而来。"由西珠市口中间往南一拐，经万明路、香厂一带，笔直一条马路，就到了城南游艺园的大门了。

这个大门是坐南向北开的，园址原是明、清两代皇帝祭先农，举行"九推"仪式，亲自扶犁种御田的先农坛。先农坛地方很大，方圆好几里，游艺园占了先农坛西北隅一大片地方。辛亥之后，由教育部社会教育司主持，把先农坛这块地方划出来开辟了一个城南公园，虽说是公园，却也没有什么树木和风景，只有一个水塘，可以种荷花，多少有一点趣味。

二十年代，北洋政府在北京，北京出现过几年畸形的繁华。原因是民国初年直到欧战时期，北洋政府经济尚可维持，当时除政府官吏外，还有参、众两议院议员八百名，人称"八百罗汉"，这些人的收入都很多，各部科长月薪都在二百五十元大洋以上，议员、总长等每月只车马费、薪金都在五六百之谱。再有各省大小军阀，各种官吏，刮足了地皮，年年要到北京借公干的机会挥霍一番。因之前门一带酒楼戏馆生意极好。当时还不时兴跳舞，也无十分低级的黄色玩艺，只是小凤仙树艳帜的八埠，也就是俗名八大胡同的妓院所在，每夜都是车水马龙，征歌逐酒。城南公园距此近在咫尺，于是有一些天津商人，又利用军阀资本，便在这一带投资，修万明路的东方饭店、新世界游艺场、大森里弄堂楼房、城南游艺园等等，这完全是仿照上海大世界、天津劝业场等经营方式投资修建的。

说来这也是商业眼光，果然做了十五六年好生意，算来投资应该连本带利早已收回了。东方饭店、大森里、新世界、城南游艺都是前后同时修建开办的。连万明路、香厂路的马路也是当时新修的。到过这一带的人一定还记得,这里马路两旁,都是民国初年的那种灰色洋式建筑,迥不同于北京的老式街道,是另有一种味儿的。这里不说别的,只说城南游艺园。

城南游艺园是由商人投资,先在城南公园内盖了许多房屋,然后再召商承办各种娱乐、饮食及其他行业,很快就繁华起来了。最热闹的时候,有京戏场、文明戏场、杂耍场、落子馆、电影场、台球房、地球房、中餐馆子、西餐馆子、新式茶馆、各种吃食摊、耍货摊、书报摊,另外在房屋外面,还有一片以荷花池为主的小花园,有回廊、凉亭、小桥、山石等等小而曲折,亦有情趣。好的是:在戏场、电影场等处看倦了,可以到这个小花园内透透空气,游玩游玩。如果又想看热闹,再随便钻到那一个场子中去观看,极为方便自由。它的经营方式,完全像上海大世界一样,花一角大洋买一张门票进去,随便你看什么都可以。

▼ 茶水摊

如果你高兴的话，从一早晨进去，在那里盘桓一天，直到半夜再出来，也只要那一角钱，这样逛法，那当然非常合算。但喝茶、吃饭、买零食等还是得另花钱。

这一天如何安排呢？不妨拟个游览时间表：上午九点钟到园门口买票进去，这时各种戏及玩艺都未开场，但台球、地球已可玩了，进去打一盘，不过要另花点钱；或浏览一下场内算命、看相的摊子，听听他们的江湖口；或到小花园凉亭上坐一会儿；然后到茶室或吃茶点，或吃炒面、汤包、春卷都可以。饭后出来转转，即可入文明戏场看张笑影的"锯碗钉"，或到杂耍场听十样杂耍，最后听徐狗子的相声或刘宝全的《大西厢》。反正无分身法，看了这个不能看那个。日场五点钟结束。出来就在园中吃饭，中餐、西餐任便，如果嫌贵，那在摊上买点牛肉干、腌鸡子、面包也可当饭。等夜场开了再进去看：京戏贾碧云的《狸猫换太子》，西洋戏法韩秉谦的催眠术，无声电影卓别林的《摩登时代》……要看什么都可以，直到午夜才散场。这样可以走了吧？还不要忙，还有最后的精彩节目呢。那就是放西洋烟火，其实是日本烟火，在那花园中把五颜六色的烟火一一放完看足后，游人才矇眬着眼，游兴阑珊，出园回家。

瀛台思古

德龄公主的名著《瀛台泣血记》已在去年重印出版，"瀛台"这个曾经囚禁光绪、名闻中外的宫苑，又将引起人们的注意了。

瀛台是北京中南海里面邻近南海北岸的一个小岛。北京城内有不少叫作"海"的小湖泊，其水都来自西北面的玉泉山。这股清泉汇合其他水成为高梁河，被引至德胜门，从水关进城，先是积水潭，次是什刹海后海、前海，再向前即被引入元、明、清三代的宫苑，以金鳌玉蝀桥为界，桥北为北海，桥南为中海、南海。南海为圆形，直径约四百公尺，瀛台在这一圆形小湖的北岸边，宛如一朵碧莲花中的黄色花蕊。

▶ 瀛台远观（约摄于1935年）

▶ 瀛台近观（约摄于1927年）

瀛台在明朝时叫"趯台"，清代顺治时改名"瀛台"，取"蓬瀛仙山"的意思。康熙时，在这小岛上修建了一所精致的宫殿，绿水环绕，林木幽深，夏日极为凉爽，是清初皇宫内苑消暑胜地。一到冬天，瀛台周围都是明镜一般的坚冰，宫中还在这里演习溜冰。

南海北岸与瀛台之间，相隔两丈多宽的水面，过去由一座大木头活络桥连接着。登岛沿着水边走一圈，大约有四五百米。过桥向西南方向走去，是宽阔的汉白玉石阶。历级而登，不远，便到了"翔鸾阁"，雕梁画栋，共有五间，左右延展开去，环抱着的是弧形的楼。旧时有匾，东面曰"祥晖"，西面曰"瑞曜"。这座翔鸾阁，南北门窗都是对开的。穿过翔鸾阁，是个南北短、东西长的大院子，对面就是瀛台正殿"涵元殿"的后墙。涵元殿东是庆云殿，西是景星殿，前是蓬壶殿、香扆殿。其他还有楼名"藻韵""绮思"，有室名"虚舟""水一方"。四周都有暗廊连接，各楼、各室都能走得通。最南端有一座结构十分别致的十字形小殿，名"迎薰亭"，三面临水，四端凸出处是门，

▶ 瀛台翔鸾阁
（约摄于1901年）

▶ 中南海内"木变石"
（约摄于1935年）

曲折处有窗，门窗全部打开之后，凉风习习，碧波粼粼，虽在炎暑，也极为凉爽宜人。

如果登上瀛台，不进翔鸾阁，而由左右两侧沿水边道路走去，风景又完全两样了。一侧是老柳倚岸，碧波涟漪；一侧则是用太湖石堆的假山，都有一两丈高。据记载，这是清初堆石名家张南垣和他儿子的作品，所用太湖石是宋朝汴京"艮岳"的旧物。假山上面和背后都是参天古树，老槐、老柏，郁郁苍苍。从树隙中可以望见涵元殿等建筑物的黄琉璃瓦屋角，衬着高空蓝天白云，极为幽静深邃，有仙境缥缈之感。在园林建筑艺术上，瀛台是极为成功的。那里还有样怪东西，便是"木变石"。它如一石笋，而上面有明显的木纹，深灰色，有绿色苔藓，看看是木头，敲敲却作石音。

瀛台是个好地方，但在历史的长河中，有一段时期，却变成囚禁光绪帝载湉的宫廷"牢房"，前后约十年。光绪二十四年（一八九八），"戊戌政变"之后，八月，西太后又听政，囚光绪于瀛台，对外声称光绪（载湉）病重，不能视事。实际上，光绪并无病，只是被囚罢了。他住在四周环水的瀛台涵元殿，拉起活动木桥，便与外界隔绝。光绪三十四年（一九〇八），载湉死在瀛台，时年三十八岁。清代遗老们称这一事件为"涵元旧事"，也就是德龄据以写《瀛台泣血记》的史实。

辛亥革命之后，在袁世凯阴谋称帝前夕，即以瀛台接待来京履任的副总统黎元洪。当时的黎元洪，也等于袁的高级囚徒。太炎先生曾改唐诗讥笑道：

云移鹭尾开军帽*，日绕猴头识圣颜**。

一卧瀛台经岁暮，几回请客劝西餐。

（*指当时将军军帽上的羽毛。

**骂袁世凯沐猴而冠。）

诗中颇见太炎先生"嬉笑怒骂皆成文章"的战斗性。这已是七十年前后的旧事了。瀛台，这一当年名闻中外的胜地，解放后回到人民的手中，如今又有机会供大家参观了。

按北京的各个公园，在三四十年代中，我去的最多

的是中南海，因为我家住西皇城根，离开
府右街极近，中南海内当时有游泳池、冰
场、成达中学，还有不少住家的，如流水
音一带，就住着画家徐燕荪、音乐家老志
诚。一位小同学的祖母是同仁堂乐家老姑
奶奶，住在瀛台桥下三大间西屋中，因而
我们从西门骑车进去，经过怀仁堂前门，
骑车一直就冲上去了，不要说不要买票，
连下车也不用，晚上也不关门，我在沙滩
北大上学时，每天晚饭后回家看看，再骑

车回学校睡觉，总是在中南海穿行而过。至于中南海里面，小时候三天两头进去玩，东面万善殿，东南流水音，西南万字廊，中间居仁堂、瀛台，没有一个地方不是跑熟了的，春夏秋冬阴晴雨雪，各种美景，没有一个地方不熟悉，自从抗战胜利后，李宗仁在里面用部分房屋做其所谓"行营"，进去得就少了。解放后，只五十年代初因听报告，去过一趟怀仁堂，就再未去过。自到上海工作后，那真是回首燕云，如在天上了。而打倒"四人帮"后，中南海南面居然有一个时期内部开放了。几次开会，都曾进去参观过，而且不少人听我说，都公推我做向导，由南长街东南角进去，什么瀛台、春藕榭等处房屋树木都保存得很好，只是瀛台木桥换成水泥桥，桥旁同学祖母旧时租住的房子，都拆去了。最可惜的是东南角一带，康熙初年由名家张南垣修的"流水音"大面积假山、楼阁等等，当年康熙在钓鱼、查初白赋"臣本烟波一钓徒"的地方，那么美的珍品古建筑群，全部拆光了，都改建成兵营式的二层楼灰楼房，真是要多难看有多难看。想想真是可惜、可怜，没有文化的时代，又有什么文化遗产可谈呢？